三弥井古典文庫

# 武家義理物語

井上泰至／木越俊介／浜田泰彦　編

# 目次

井原西鶴について　1
作品の魅力　6
小説の焦点──『武家義理物語』における「義理」の位置　10
凡例　14
目録（章題と副題および語釈）　17
本文　24
参考文献　251

# 井原西鶴について

井原西鶴は、元禄六年（一六九三）八月十日、五十二歳の生涯を閉じた。辞世の句は、「浮世の月見過ごしにけり末二年」。「「人生五十年」といわれる期間で自分は浮世の月を見尽した。残りの二年はおまけである」と詠んだこの句から読み取れる境涯から察するに、特段未練を残してこの世を去ったのではなさそうである。

不朽の名作にして西鶴の散文作品デビューを飾った『好色一代男』を発表したのは、四十一歳の時であった。七歳を迎えたばかりの夜に、「恋は闇といふことを知らずや」と腰元を口説く話から説き起こされる主人公世之介の衝撃的な出現をもって、西鶴は散文作者として当たりをとり、以降、一六八〇年代に集中的に散文作品を発表し続けることとなる。文学史では、『一代男』以降の散文諸作品は、それまでの「仮名草子」に対し新たな境地を開拓したとされ、「浮世草子」と称される。今日、『一代男』をはじめとする浮世草子作者として知られる西鶴であるが、その活動期間は没年までの十年余を占めるに過ぎないのである。

では、浮世草子作者として出発する以前の四十年間、西鶴は何をしていたのか。決して、不遇な「売れない時代」に甘んじていたわけではない。というのも、脚光を浴びた期間があまりにも短かったとの自覚が当人にあるとしたら、先のような辞世の句は詠まなかったであろう。現在残された資料に拠る限り、西鶴は十五歳頃から俳諧を学び始め、その活動は最晩年にまで及んだ。

俳諧師としての西鶴の功績として、まずは、一人で多くの句を立て続けに詠んだ「独吟」・「速吟」を挙げなければなるまい。三十四歳の時、西鶴は二十五歳の妻を失った。その追善のために編んだ『俳諧独吟一日千句』(延宝三・一六七五年刊)は、一日で百韻の連句興行を十度行い、その先鞭をつけた作品である。以降、延宝五年(一六七七)には一夜一日一六〇〇句独吟、同八年(一六八〇)には四〇〇〇句独吟、そして、貞享元年(一六八四)六月六日には二三五〇〇句独吟を成就させるに至った。もう一つは、新規興行の立案とその成功者としての側面である。大坂生玉《いくたま》神社で十二日間にわたり開催した万句興行を収めた『生玉万句』(寛文十三・一六七三)は、史上空前の規模の興行を成功させた俳諧師としての人脈を見せつけるに十分な句集であった。あるいは、紀州熊野で詠んだ独吟百韻を絵巻とし、かつ自注を加えた『独吟百韻自註絵巻』(元禄五・一六九二年秋)も前例を見ない俳諧興行であった。

そのため、西鶴は生涯俳諧師であった(乾裕幸『俳諧師西鶴』一九七九年・前田書店)と評されたり、『一代男』以降のテキストに俳諧と小説を綯交ぜにした構造が通底している(中嶋隆「メディアの時代を駆け抜けた西鶴―俳諧から「好色物」浮世草子へ」『21世紀日本文学ガイドブック』④井原西鶴　二〇一二年・ひつじ書房）といった評価を後世受けることとなった。つまり、西鶴の浮世草子作品の創作には、俳諧師としての素養が不可欠であったとの視点である。後半生になって浮世草子作品に筆を染めた西鶴にあっては、その逆に散文作品なしに彼の俳諧は成り立たなかったとは言えないことは明らかである。

本書に収めた『武家義理物語』を刊行した貞享五年（一六八八）前後の西鶴は、浮世草子作品を量産した反面、俳諧への関与はほとんどなくなる。同年に刊行をみた作品を列挙してみよう。

・正月、『日本永代蔵』六巻六冊刊。
・二月、『武家義理物語』六巻六冊刊。
・三月、『嵐無常物語』二巻二冊刊。ただし、西鶴存疑作。
・六月、『色里三所世帯』三巻四冊刊。
・九月以前か、『好色盛衰記』五巻五冊刊。
・（元禄元年）十一月、『新可笑記』六巻六冊刊。

内容上の分類からは、『武家義理物語』と『新可笑記』が「武家もの」、『色里三所世帯』と『好色盛衰記』が「好色もの」、残った『日本永代蔵』は、当時の商業資本主義経済を生きる商人の成否を描いた作品であり、『嵐無常物語』は前年十二月に自害した俳優嵐三郎四郎を扱った作品である。存疑作も含まれるものの、総じてこの年の西鶴は、多種多様な浮世草子作品の量産期にあったといえるだろう。

友人であり医師であった真野長澄宛書簡に、「この頃の俳諧の風勢気に入不申候ゆへ、辞め申候」と西鶴が記したのは、ちょうどこの時期であったとする説がある（野間光辰「西鶴の転向―西鶴第五書簡をめぐって」『文学』第三十四巻第一号、一九六六年一月）。一見すると、右の内容は貞享五年前後の西鶴の文芸活動の傾向と一致するようではあるが、先述したように西鶴にとって俳諧と浮世草子の執筆とは不即不離の関係にあった。本欄で担うべきところではないので多言は避けるが、『武家義理物語』のそこかしこに畳みかけるようなテンポを刻んだ文章が散見されるのは、彼の俳諧で培われた「独吟」・「速吟」の能力に由来するに違いない。この時期の西鶴は俳諧を辞めたというよりも、浮世草子の執筆が多忙を極め、物理的に俳諧に割く時間が不足していたのであろう。

こうした推測を重ねざるを得ないのは、生前に残された西鶴の実人生にかかわる資料が少ないためである。実のところ彼の本名ですら分かっていない。伊藤梅宇『見聞談叢』には、西鶴の本名を「平山藤五」と記しているが真偽のほどは定かではないのである。

先に書いたように、西鶴が浮世草子を執筆した時期は、没年までの十年余に過ぎない。それまでの俳諧師としての西鶴も、確かに独吟と速吟で大きな評判は得たものの、『好色一代男』をはじめとする浮世草子作品を発表していなかったら、今日の文学史上の名声はなかったであろう。彼の浮世草子は、武家・商人・農民等の身分階層あるいは老若男女の生活をあますところなく描き出した豊饒な世界である。

そして、多方面の視野と様々な方向へ拡散・交錯する物語世界こそが、西鶴の浮世草子諸作品の魅力であろう。武士だけではなく、その周辺人物にまで焦点を当てた短編を集めた『武家義理物語』もまた、その例外ではない。

（浜田泰彦）

## 作品の魅力

町人の世界を描く作者としてのイメージが根強い井原西鶴であるが、武士を描いた諸作にも町人物とは異なる魅力がつまっている。両者には人を描こうとする姿勢において共通するものが認められるのだが、その描き方は根本的に異なっている。

『武家義理物語』の前年に刊行された『武道伝来記』は、副題に「諸国敵討」とあるように、一貫して敵討の物語を描いている。そして、『武道伝来記』が各話ある程度長い筋書きを有するのに比すれば、『武家義理物語』は比較的簡潔で凝縮された話が多い。また、敵討が具体的な行為であるのに対し、義理というのは抽象的な概念である点にも大きな違いがある。ただし、この『武家義理物語』という作品は、義理そのものについて論じようとしたものではない。義理を主題とする物語の集合体なのであり、直接描かれているのは、人物たちの具体的な行為や思いである。それらを通して義理なるものが顕れるよう、各話、筋はもちろんのこと、人物関係や設定に細かな配慮がなされている。武士であるということは、一つ一つの言動に責任を問われ、日常は言うまでもなく、非日常においても、あらゆる物事や事態に対し、瞬時に然るべき対処をしていかねばならない。そうしたことは、いつ何時、どのような形で顕れるか分からないからこそ、常に緊張の持続と冷静な判断を強いられるのである。しかしサムライも人である。そこには感情の問題が表裏一体としてあり、かなり特異な空間を生きている者同士には、他の身分の者には及びもつかないような信義が生まれる場合もあれば、些細なことで命を落とすことになる摩擦もある。時には義理ゆえに残酷な展開を見せる話も含まれている。

ここでは、いくつかのキーワードをたどりながら、話のさわりのみを紹介していくことにしたい。まずは、「約束」。三の二「約束は雪の朝飯」は、石川丈山と小栗何某という二人の世を捨てた元武士たちの話、「仮初に申し交はせし言葉」の重さが主題となる。一の二「黒子はむかしの面影」は、婚約をめぐる明智光秀と姉妹の話、一の三「衆道の友呼ぶ千鳥香炉」では衆道関係における亡き人との約束における義理が描かれている。また、三の一「発明は瓢箪より出る」に登場するある老侍は、たまたま同船した二人の侍に発生した喧嘩、ならびに刀の紛失という突発的事態を預かり、自分の望みを聞き入れてくれるなら、刀のありかをつきとめようと言い、二人と約すのだが、果してその望みとは……。

次に「名」。名誉、名声、評判など、複数の語義にまたがるものだが、これは、武士とその家にとっては命と等価であった。五の四「申し合はせし事も空しき刀」には、窮地を脱そうとした侍が「盗人の名」を取ることを、六の一「筋目を作り髭の男」では「先祖の名を下す事」を、それぞれ断固として忌避する姿が描かれる。「名」を汚すことは恥辱につながるのであり、これにまつわる話は他にも複数収められている。

この「名」とも深く関わるのが「失言」、武士には決して侵してはならない領域があり、本人は軽い気持ちで発した言葉が、往々にして相手の体面、名を傷つけ、刃傷沙汰に及ぶ。前出「発明は瓢箪より出る」をはじめ、三の三「具足着てこれ見たか」などが該当する。

最後に「悪心」。西鶴は武家物に限らず、人の心につけいる悪を描くのに長けているが、金、嫉妬、自身の氏素姓など、人の欲に絡むものとして、一の一「我が物ゆゑに裸川」、二の三「松風ばかりや残るらん脇差」、六の一「筋目を作り髭の男」などにそれぞれ活写される。物語では、こうした悪心が色々なドラマを生み出すことになる。

本作を二十一世紀に生きる者の目で読むと、ところどころに違和感を生ずることが予想される。ただ、その違和感が、時代を隔てているからなのか、それとも武士の世界の特殊性に起因するものなのか、もしくは登場人物が特異であるからか――各話を鑑賞するにあたっては、こうした複数の層を踏み分けながら読む必要がある。これは古典作品を読む場合にはつきものなのだが、江戸時代のこと、とりわけ武士の常識やものの考え方、文化的な背景を知る過程そのものが、いまのわれわれにはかえって面白い。その際、注釈を参照しながら武家物の世界に慣れていただきたい。また、こんにちから見ると、各話淡々と話が進み、登場人物たちが何を思い、何を考えて行動しているのか、一読分かりづらいかもしれない。しかしこの点も、あからさまに心中が描写されず、また説明が極力省略されるからこそ、作品に深みが出るのである。江戸時代なりの文脈を重視しながら、行間にあるものを想像しながら読むことによって、各話それぞれが個別に有する面白さも自ずと見えてくるはずである。

もちろん、本作に描かれている武士像が江戸時代のサムライの全てではないし、作者・西鶴の偏りも当然あるだろう。しかし、物語化される過程である程度デフォルメされているからこそ、『武家義理物語』全二十七話は、江戸時代のサムライのエッセンスをよく伝えており、導入としては最適である。ここから、さらにリアルな武士の姿を求める向きには、たとえば江戸時代の武家説話や史学方面の研究成果を手にとっていただきたい。逆に、たとえば、本書を通過して浄瑠璃の時代物を鑑賞すると、これまでとは違った発見があるかもしれない。

（木越俊介）

## 小説の焦点――『武家義理物語』における「義理」の位置

『武家義理物語』は「草子」（娯楽読み物）であって、「物の本」（道徳書）ではない。だから、西鶴は武士の生き方を読者に教え諭そうなどとは考えていない。かといって、西鶴が武家の道徳に頭から否定的で、武家自体にも皮肉な視線だけを投げかけていた、と考えるのは早計である。「草子」とは言え、大名家の蔵書に西鶴の武家物だけは顔を出す。頭から武家とその根本倫理を否定していたわけではないと見るべきだろう。

道徳を教え諭すわけではないから、本書の「義理」の意味を、作品の一章一章から検討し、厳密に定義しようとしたところで意味はない。むしろ、そのように定義できるような「義理」を、一律に作品に当てはめられるような話は、「小説」としては低級だ。「義理」という、幅のある言葉を、タイトルや序文で示しておき、多様な主人公たちの生きざまや、物語の展開から、読者が「義理」の実態を、情感を以て受け止められるよう仕掛けることが、小説の戦略としては重要である。その意味で「義理」という言葉は、無限定に空疎な言葉でもいけないが、厳密にこれと定義できるようなものであってもいけないし、そう理解しようとするのは、高級な小説への対し方ではない。

では、当時「武家」の「義理」とはどういう方向性を持っていた言葉なのだろう。そもそも「武道」「武士道」という言葉には、多様な意味があり、時代によっても変遷があった。そのうえ武士の道徳は、儒教倫理のように整然と論理的体系が整備されたものではない、変化する現実にいかに対応するかに主眼を置いた動的なものであることに価値を置いたから、先に示したように、「武家」の「義理」も厳密な定義には馴染まない幅を持っていた。とはいえ、ある程度の枠を持って、その言葉がイメージできなければ、無限定なものに堕してしまう。

西鶴の目の前にあった「草子」の中で、重要な発言をしているのは、『可笑記』である。その象徴的な言葉は、以下のようなものである。

武士道の吟味と云ふは、嘘をつかず、軽薄をせず、佞人ならず、表裏を言はず、胴欲ならず、不例ならず、物毎自慢せず、驕らず、人を譏らず、不奉公ならず、朋輩の中よく、大かたの事をば気にかけず、互ひに念比にして人を取たて、慈悲ふかく、義理つよきを肝要と心得べし。命をしまぬ計をよき侍とはいはず。（巻五）

（武士道を考えるに、嘘をつかず、軽薄でなく、主人にへつらわず、二枚舌でなく、強欲でなく、無礼でなく、高慢でなく、驕慢でもなく、人を誹謗中傷せず、奉公を疎かにせず、些細なことに囚われず、相手を尊重し、下の者を取り立て、慈悲深く、義理がたいことを肝要と心得るものである。命を惜しまぬ勇猛なだけの侍はよい侍ではない。）

戦争の緊張感が遠のいた寛文期（一六六〇年代）には、武士は勇敢さだけでは、あるべき武士にはなれなくなり始めた。そして、町人出身とは言え、西鶴も同時代に人となっていた。ただし、小説の中で、『可笑記』が言う理想の武士が初めから登場しても、面白くも何ともない。むしろ、主人公は物語の中で、武士の「義理」を果たしにくい状況を課され、それでもそれを実行してみせたり、逆にあるべき武士の行動からかけ離れた「不義理」を行って、転落していったりする。その時、主人公にとって重要なのは「決断」であった。武士とは、緊急時に正しい「決断」を求められる。緊急時とは、戦国の世では戦争そのものだったが、平時にそれは奉公の中で起こる様々な緊急事態であり、守るべきは奉公する「御家」と、自らの「家」とその名誉であった。そして主人公の「決断」こそは、この小説群の山場でもあった。

彼等に課された課題も、その結果もさまざまであるから、それは作品を味読することで、読者が答えを見付けてほしいし、「読みの手引き」はその案内役を果たすことだろう。そして、読者が少しでも人間として「強く」ありたいと思い、しかもその「強さ」とは、物理的な戦いにのみ発揮されるそれではないものである時、本書は一級の文学として、読者に「強さ」とは何かを情感豊かに語りかけてくることだろう。

西鶴は強い人間が好きらしいから生き生きとそれを描いて見せる。西鶴自身強い人なのだろう。文体も相応に、俳諧的省略が効いてきびきびしている。この適度な緊張感は、西鶴のナマの言葉である原文からしか得られない。ただし、弱くて失敗する人間をあからさまに指弾したりもしない。時に皮肉っぽくもあるが、しようのない奴だと余裕のある笑いを交えて的確に描出してゆく。そして、困難な決断によって、何かを失う、あるいは事に失敗した人間に対しては、精一杯の「情」を込めて言葉の餞を贈ってもいる。強さの中に垣間見える「優しさ」は、ただ「優しい」だけの、ふやけたそれとは対極にあるものなのである。

（井上泰至）

参考文献
谷口眞子『武士道考』（角川選書、二〇〇七年）。
磯田道史『近世大名家臣団の社会構造』（文藝春秋社、二〇一三年）。
笠谷和比古『武士道　侍社会の文化と倫理』（ＮＴＴ出版、二〇一四年）。
井上泰至「西鶴武家物と刊行軍書」（『近世刊行軍書論』笠間書院、二〇一四年）。

## 凡例

一、本書には、井原西鶴の武家物浮世草子作品である『武家義理物語』（貞享五・一六八八年二月刊）の本文及び挿絵を収めた。底本に東洋大学図書館蔵本（吉田幸一氏旧蔵本）の影印版を所載した近世文学書誌研究会編『近世文学資料類従』西鶴編10（一九七五年・勉誠社）を採用し、本文を作成した。挿絵は、同書より転載した。

一、本文は適宜し、段落を設けた。会話文や心中思惟には、鉤括弧「　」を付し、会話文内の引用箇所には二重鉤括弧『　』を付した。また、句読点を適宜付した箇所がある。

一、読みやすさの便を考慮し、原則として漢字は通行の字体に改めた。また、原文の漢字を仮名に改める（例、「此」→「この」、「其」→「その」、「成る」→「なる」）などの措置を施した。

一、標準的な旧仮名遣いに従い、書き改めた箇所がある。濁点・半濁点は適宜補い、送り仮名は、現在の用法に統一した。

一、踊り字は用いず、書き改めた。

一、平易な説明を心掛け、頭注を付した。作品世界の地理や文物に親しみが持てるよう、図版を挿入した。その際、なるべく『武家義理物語』刊行時に近い時期から資料を採取した。

一、各章の終わりに、本文解釈の手助けとすべく読みの手引きを添えた。なお、巻二の一と巻二の二は、二章連続構成のためまとめて手引きを添えた。

一、『新編日本古典文学全集』69（二〇〇〇年・小学館）所収の同作品を担当された広嶋進氏の本文校訂・校注に多大な学恩を受けた。記して感謝申し上げる。

# 武家義理物語

## 目録

### 巻一


一　我が物ゆゑに[1]裸川《はだかがは》……28

[2]一文惜しみの百知らず

夜の松明《たいまつ》は[3]心の光

二　黒子《ほくろ》はむかしの面影《おもかげ》……37

[4]跡《あと》が先とは妹《いもと》の縁組《ゑんぐみ》

[5]疱瘡《ほうさう》の神も恨みず

三　[6]衆道《しゆだう》の[7]友呼ぶ[8]千鳥香炉《ちどりかうろ》……46

都を山居《さんきよ》にする親仁《おやぢ》

頼まれて心の外《ほか》の念者《ねんじや》

四　神の咎《とが》めの榎木屋敷《ゑのきやしき》……56

強き人には[9]古狸《ふるだぬき》も

古き[10]靭《うつぼ》が生きて働く


目録題語釈

1　人足が丸裸で川で銭探しをさせられたことと、捜索のために川の水が涸れたことの両義にかかる。
2　わずかな金銭を惜しみ、あとになって大損するのに気付かないこと。
3　青砥左衛門藤綱の知恵の働きのこと。
4　前後が入れ代わること。ここでは沢山某氏の妹が姉より先に嫁いだのを指す。
5　祈願次第で疱瘡（現在の天然痘）にかからなかったり、軽く済むと信じられた神。
6　男色における兄分と弟分との倫理的な関係。
7　「さ夜中に友呼ぶ千鳥物思ふとわびをる時に鳴きつつもとな」（『万葉集』巻第四）等。
8　千鳥手の青磁香炉。宗祇からやがて秀吉の手に渡ったとの伝説がある。
9　年老いた狸。化けて人心を惑わせるといわれる。
10　雨や熱から守るため矢を納める細長い筒。

11　出家した神崎家・森岡家父母と、両家が失った息子を合わせると六人となる。狂言「六人僧」を通わせたか。12　破産する。「破る」は上下にかかる。13　鳴門海峡の別称。大小の渦流が生じることで知られる。14　謡曲「富士太鼓」の「富士が恨みを晴らせば、涙こそ上なかりけれ」を踏まえる。住吉の楽人富士の敵討ちを内容とする当該作品を通わせた。また、比較にならぬほど優れたさまを指す諺の「富士は磯」に本話で登場する「磯貝氏」をかける。15　現在の大阪市中央区本町にある本願寺津村別院。16　御堂で御讃談を行う際に合図でお八つ（午前／午後二時頃）に打つ太鼓。「富士太鼓」の敵討ちを含意（注14参照）。17　（『漢書』「蘇武伝」の故事による）手紙。18　公開せずに、内輪で見る。19　謡曲「松風」の「村雨と聞きしも今朝見れば、松風ばかりや残るらん」を踏まえる。本話の登場人物である「松風」にかける。20　もとは囲碁で逆転の一手を指


五　死なば同じ浪枕《なみまくら》とや……62
大井川《おほゐがは》は命の渡り
一度《いちど》に[11]六人俄《にはか》坊主

巻二
一　[12]身代《しんだい》破る風の傘《からかさ》……70
[13]阿波《あは》の鳴門《なると》に気が立浪《たつなみ》
[14]恨みは富士を磯貝氏《いそがひうぢ》の事
二　[15]御堂《みだう》の[16]太鼓《たいこ》打つたり敵《かたき》……75
東武《とうむ》より飛ぶがごとく[17]雁書《がんしよ》[18]内見《ないけん》
露は花屋が門に命の事
三　[19]松風ばかりや残るらん脇差《わきざし》……88
身がな二つ月の夜《よ》・雪の夜
兵者《つはもの》も弱者《よわもの》も御用《ごやう》に立つ事
四　我が子を[20]打ち替へ手《で》……96
相手をよくも[21]切戸《きれと》の文殊《もんじゆ》

す。はっきりと言わずに逆の表現を取ったり、言動とは逆の結果になるよう行動したりすること。
21 「切」は前後にかかる。切戸文殊は、現在の京都府宮津市にある臨済宗妙心寺派の智恩寺。
22 家名・家督を相続する。
23 賢い知恵。
24 「瓢箪から駒が出る」（意外なところから意外のものが出ること）をもじる。
25 上賀茂神社の東の山。
26 日陰。
27 江戸時代の鎧。腹巻・胴丸等を改造し、南蛮胴をとり入れ、小具足類を完備した。
28 戦場へ出立する。

## 巻三


分別の外《ほか》の[22]屋継《やつぎ》の事

一 [23]発明は[24]瓢箪より出る……102
今の世の油断のならぬ物は出家
言葉咎《とが》めは浪に声ある事

二 約束は雪の朝飯……110
[25]賀茂山《かもやま》の[26]片陰《かたかげ》に隠者あり
昔の友の身の上咄《ばなし》の事

三 [27]具足《ぐそく》着てこれ見たか……116
物の気に掛かるは病中の床《とこ》
[28]陣立《ぢんだ》ちの物語潔き事

四 思ひも寄らぬ首途《かどで》の嫁入り……122
親仁殿に契約の娘
執心《しふしん》通ひて助太刀打つ事

五 家中《かちう》に隠れなき蛇嫌ひ……132

せまじきは武士の座興[29]
極めては世に恐ろしき物なき事
巻四
一 なるほど軽い縁組《えんぐみ》……………140
狭き所をかりの[30]世の中
一日に[31]二度《にど》の駆け梶原勝《かぢはらまさ》りの事
二 せめては振袖[32]着てなりとも……………151
[33]元服《げんぶく》は昔に[34]帰《かへ》り花咲く
犬の通ひ路《ぢ》心ざし深き事
三 恨みの数読む[35]永楽通宝《えいらくつうほう》……………160
これぞ雨の日の長物語
幽霊身の上を訴訟の事
四 [36]丸綿《まるわた》[37]かづきて偽りの世渡り……………168
京に隠れなき[38]十分《ぶ》一取り
武士の息女《そくぢょ》に誠ある事

29 その場限りの戯れごとや冗談。
30 前後に「借り」と「仮」にかける。
31 一の谷合戦で、重傷を負った次男梶原景高を救出すべく、父景時が多勢の源氏軍に二度駆けつけたエピソード（『平家物語』巻第九「二度之懸」等）による。
32 元服前に着用した丈を長くして、脇の下を縫い合わせない袖のこと。
33 男子の場合、だいたい十五、六歳の間に前髪、月代《さかやき》を剃り落とし、服の袖留めを行う。34 花を咲かせる時期が過ぎた後で、再度時節外れに花を咲かせること。35 明朝の永楽期にかけて鋳造された円形方孔の銅銭。日本にも大量に輸入され、江戸初期まで標準的通貨の一つとして流通した。36 綿を広げて絹で包みこんで作った婦人用の帽子。37 前後にかかる。綿帽子を頭にかぶる意と偽りの世渡りによってだまして損をさせるの意。
38 婚姻の仲人や就職の斡旋等の世話した際、手数料として金額の十分の一を取る江戸時代の慣例。

巻五


一　大工が拾ふ曙[39]のかね……………………176
　　美女の俄米屋もをかし
　　相性見ずに縁組の事
二　同じ子ながら捨てたり抱いたり……184
　　心ざし深き女のおもはく
　　情け知る武の道の事
三　人の言葉の末みたがよい……………190
　　[40]花と花との盛《さか》り比べ
　　最期に[41]分別出《い》づる事
四　申し合はせし事も空《むな》しき刀……………197
　　同じ心も変はる世の中
　　武士は悪名《あくみやう》残し難《がた》き事
五　身がな二つ二人の男に………………203
　　敵《かたき》に[42]相惚《あひぼ》れの女郎


39　暁方に寺で打つ鐘。大工が拾った「銀」をかける。

40　原義は、人々を左右の二組に分け、花を出し合って比べ、その花を和歌に詠みあったりして優劣を競う遊びだが、ここでは細田梅丸と岡尾小吟の両名の美しさを指す。

41　思慮深くことにあたる。

42　男女が相思相愛になるさま。

よくよく思ひ入りて最期極むる事

巻六
一　筋目《すぢめ》を作り[43]髭《ひげ》の男……212
蜷川《にながは》の流れ[44]を濁さじ
誠は顕《あらは》れ出づる法師の事
二　表向きは夫婦の中垣《なかがき》[45]……224
年寄男も縁《えん》かや京住まひ
神鳴《かみなり》の夜業平《なりひら》[46]の昔を思ふ事
三　後《のち》にぞ知るる恋の闇討《やみうち》……232
主命《しうめい》と親の敵《かたき》いづれか
西《にし》[47]の宮《みや》の落馬養生の事
四　形《すがた》[48]の花とは前髪《まへがみ》[49]の時……241
万里《ばんり》隔てて心中《しんぢゅう》[50]の程
頼もしき侍《さむらひ》大坂《おほざか》にある事

43　前後にかかる。すなわち、新九郎が系図を偽ったことと、松脂《まつやに》や蝋等をまぜ作った髭のこと。
44　蜷川家の家系の流れと、川の流れの両義にかかる。
45　仲を隔て遮るものにたとえる。
46　雷鳴が轟く夜に二条后を奪って逃走した『伊勢物語』芥川の段（第六段）を指す。
47　現在の兵庫県西宮市。
48　若衆の外見の美しさを花にたとえる。
49　月代を剃る元服前、まだ前髪が生え揃っている様子を指す。
50　相手に対する信義や愛情を守り通すこと。

# 序

[1]それ人間の一心、万人ともに変はれる事なし。[2]長剣《ちやうけん》させば武士、[3]烏帽子《えぼし》をかづけば神主、[4]黒衣《こくえ》を着《ちやく》すれば出家、鍬《くは》を握れば百姓、[5]手斧《てをの》使ひて職人、十露盤《そろばん》おきて商人《あきうど》をあらはせり。その家業、面々[6]一大事を知るべし。[7]弓馬《きうば》は侍の役目たり。[8]自然《しぜん》のために、[9]知行《ちぎやう》を与へ置かれし主命《しうめい》を忘れ、時の喧嘩・口論、自分の事に一命を捨つるは、まことある武の道にはあらず。[10]義理に身を果たせるは、[11]至極の所、古今《ここん》その物語を聞き伝へて、その類をここに集むる物ならし。

1　そもそも。
2　太刀は武士のみの特権でもあり、責任と名誉を象徴した。町人は脇差のみ許可された。
3　男子の黒い袋状のかぶり物。
4　墨染の衣。僧衣。
5　大工道具の鍬形の斧。
6　専心すべき大事。
7　弓術と馬術。あわせて武芸の道を言う。
8　万一の時。緊急事態。
9　幕府や藩から与えられた俸禄。
10　果たすべき道義、およびそれに適った行為。前掲「小説の焦点」参照。
11　最上。

貞享五戊辰年[12]楼月[13]
吉祥日
「鶴永[14]」「松寿[15]」

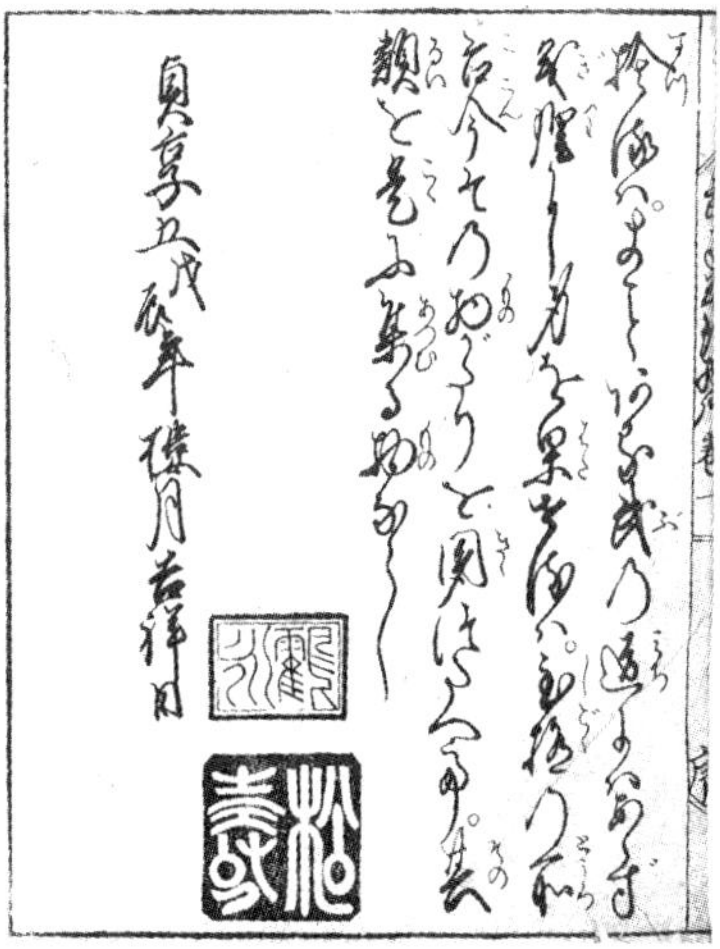

12 一六八八年。
13 二月。
14 西鶴の初号。
15 西鶴の軒号。

## 読みの手引き

己れの身分に与えられた役割＝職分を務めるというのは、江戸時代の基本的な倫理であった（源了圓『徳川思想小史』）。そこには、どんな仕事にもつけるという近代の感覚はない。冒頭に言う人間の本質的な心とは、あくまで固定的な身分を前提にした上で、それぞれの職分に「専心《せんしん》」する心根一般を言う。

武士以外の職分に言い及ぶのは、好色物・町人物を書いてきた西鶴の、読者への配慮か。さて、戦のない世の武士は、実力行使の折の果断さのみを評価される存在ではなくなった。むしろ個人の勇敢さの発露――例えば敵討や殉死は、御家という組織を危機にすら陥らせる時代となった（山本博文『殉死の構造』）。刀は鞘に収められ、「戦い」そのものではなく、「義理」というやや抽象的な倫理で、彼等は制御されることとなったのである。その「義理」の諸相はこれから展開する物語群を読めばわかる。ただ、一貫しているのは、「戦争」ではなくとも、武士には比喩的な意味で緊急事態の「戦い」が、突如ふりかかり、命がけの「決断」をし、それを速やかに実行することが求められる。「至極」の「義理に身を果た」す行為そのものが、物語の核として浮上してくるわけである。武家物の前作『武道伝来記《ぶどうでんらいき》』では、「中古」の「敵討《かたきうち》」の物語と序文で位置づけられていたが、本書では中身も近き代のテーマに変わり、時代も「古今」のものとして、新機軸をうたっているのである。参考として江戸前期武士に多く読まれた『甲陽軍鑑』の口書（序文）の一節を引いておく。

一、学問の儀、右、国もつ大将さへ、あまりはいかがと存ずるに、まして小身なる人は、奉公を肝要《かんよう》にまもる人の、学をよくとをさんには、無奉公になりて、家職をうしなひ、無忠節の侍になる。子細は、無事のとき、座敷のうへの奉公が、敵にむかふときの忠功なり。なにの道も、家職をうしなはん事、勿体《もったい》なし。その家職とは、武士の家に生るる人は奉公なり。奉公に二つあり。一つはざしきの上にての奉公、一つには戦忠の奉公なり。出家は仏道・儒道の儀、家職なり。町人はあきないの事家職也。百姓は耕作のこと、これ家職也。右之外も諸細工人・諸芸能、その道々に、我がなりたるわざに心がくる事尤なり。家職をおほかたにして、やめて余の事をいたし、精に入るは、大ひがことなり。

（井上）

# 一の一　我が物ゆゑに裸川《はだかがは》

[1]口の虎身を喰《は》み、舌の剣《つるぎ》命を断つは、人の本情[2]にあらず。憂ふるものは、富貴《ふつき》にして愁《うれ》へ、楽しむ者は貧にして楽しむ。[3]嵐は雲吹き晴れて、[4]名月院《めいげつゐん》の眺め、[5]鎌倉山の秋の夕暮れを急ぎ、[6]青砥左衛門尉藤綱《あおとざゑもんのじようふぢつな》、駒を歩ませて[7]滑川《なめりがは》を渡りし時、いささか用の事ありて、[8]火打袋《ひうちぶくろ》を開《あ》くるに、十銭に足らざるを川浪に取り落とし、向ひの岸根に上がり、里人をまねき、わづかの銭を、[9]三貫《ぐわん》文《もん》与えてこれを尋ねさせけるに、あまたの人足、[10]松明《たいまつ》を手毎《てごと》に、水は夜の錦《にしき》と見え、

1　口は禍の元と同義。2　本来の性質。
3　「明月を翫ぶといふ事をよめる／なごりなく夜半の嵐に雲晴れて心のままに澄める月かな」（『金葉和歌集』秋　源行宗）。
4　明月院とも。鎌倉にある臨済宗の名刹。
5　鎌倉鶴岡八幡宮の北側にある山。もしくは、鎌倉郷の山々。
6　鎌倉時代の武将。「読みの手引き」参照。
7　鎌倉市を流れ、由比ガ浜に注ぐ。
8　火打石を入れて携帯する袋。
9　三千文。青砥説話の最初である『太平記』巻三十五では「五十文」。
10　松明の灯りが川面に映る様を例えた。

人の足手《あして》は[11]しがらみとなつて瀬々《せぜ》を立ち切り、探しけるに、一銭も手に当たらずして、難儀する事しばらくなり。

「たとへ地を割《さ》き、[12]竜宮までも是非に尋ねて取り出《い》だせ」と[13]下知《げぢ》する時、一人の人足、仕合せと一度に三銭探し当り、その所を替へず、又は一銭二銭づつ、十銭ばかり取り出せば、青砥左衛門勘定合はせて、喜ぶ事限りなく、その男には外《ほか》に褒美《ほうび》を取らせ、「これそのまま捨て置かば、国土の重宝《ちやうほう》朽ちなん事[14]本意《ほい》なし。三貫文は世にとどまりて、[15]人の回り持ち」と、[16]下人《げにん》に語りて通りける。

この理《ことはり》聞きながら、[17]「一文《もん》惜しみの百しらず」とぞ笑ひしは、

11　川の流れをせき止めるよう、杭を打って竹や木の枝をからみつけたもの。

12　水底深くにあるとされる水神の都。

13　命令する。

14　残念である。

15　諺「金は世界の回り持ち」。

16　ここは「人足」を指す。

17　諺。

[18]智恵の浅瀬を渡る下々が心ぞかし。兎角《とかく》は夜《よる》の[19]まうけに、思ひ寄らざる事なれば、「今宵《こよひ》の月に[20]集銭酒呑《しふせんざけ》まん」と、各々[21]勇みをなせり。その中に物の才覚らしき男の言へるは、「いづれにも心よく酒事《さけごと》さすは、我に礼を言ふべし。その[22]子細は、青砥《あをと》が落とせし銭に、尋ね当たるべき事は[23]不定《ふぢやう》なり。時に某《それがし》が[24]利発にて、この方《ほう》の銭を手回しして、左衛門《ざゑもん》ほど世に賢き者を、[25]偽《いつは》りすましける」と言ひければ、皆々[26]横手を打つて、「さてはその方が働きゆゑ、[27]楽遊《らくあそ》びの面白や」と、盃《さかづき》始めけるに、又一人の男、興《きやう》を覚まして、「これ更に青砥が心ざしにかなはず。汝《なんぢ》が[28]発明らしき顔つきして、[29]人の鑑《かがみ》となれる、その心を曇らせけるは、並びなき曲者《くせもの》、[30]天命も恐ろし。我老母《われらうぼ》を[31]はごくむ頼りに、この銭うれしかりしに、[32]今のあらましを聞き、なんぞこれを取るべし。その上、母この事聞かば、まことをもつて養ふとも、なかなか常も満足する事あらじ」と、その座を立ちて帰り、母に語るまでもなく、朝《あした》にとく起きて、[33]馬の沓《くつ》を作りて、今日

18 浅知恵で世を渡る。
19 儲け仕事。
20 各自で負担する宴会。
21 活気づく。
22 理由。
23 当てのないこと。
24 知恵を働かせて。
25 だまし通した。
26 感心する様。
27 無礼講の楽しみ。
28 利口な。
29 人の手本。
30 天罰。
31 扶養する。
32 一部始終。
33 馬の足につけるわらぐつ。後に明かされるこの男の出自「干馬」とかかわるか。

を[34]なりあひに暮らしぬ。

この男は言はねど、自然と青砥左衛門聞きて、その人足を捕《とら》へて、厳しく[35]横目《よこめ》を付け、身を丸裸に改め、落とせしまことの銭に尋ね当たるまで、毎日[36]過怠《くわたい》を言ひ付けるに、秋より[37]冬川になるまで、いかばかり難儀して、世間もおのづから水かれて、やうやう真砂《まさご》になる時、九十七日目にかの銭残らず探し出だし、危ふき命を助かりぬ。これおのれが口ゆゑ、非道を顕しける。

その後、[38]正道《しやうだう》を申せし人足の事を、ひそかに尋ねられしに、[39]千馬之介《ちばのすけ》が筋目《すぢめ》、[40]歴々の武士にて、千葉孫九郎《ちばまごくらう》といへる者なるが、子細あつて二代まで身を隠し、民家に紛れて住みける。流《さす》石《が》侍の心ざしを深く感じて、青砥左衛門、この事を[41]時頼公《ときよりこう》に言《ごん》上《じやう》申して、首尾《しゆび》よく召し出されて、二度《ふたたび》武家の誉《ほま》れ、千歳《ちとせ》を祝ふ[42]鶴が岡に住みぬ。

34　成り行き任せに。
35　監視。
36　過失の償い。
37　冬になって水の少なくなる川。「錦織掛く神無月の、冬川になるまでも」（謡曲・「竜田」）。
38　正しい道理。
39　下総の武家千葉氏の一族の者。
40　家柄の高い武士。
41　鎌倉幕府五代執権北条時頼。善政をしいたとされる。
42　現鎌倉市。源氏の守り神鶴岡八幡宮がある。

## 読みの手引き

### ◇賢者も悪者も密告される世の中

青砥《あおと》説話の淵源は『太平記』巻三五「北野通夜物語付青砥左衛門事」である。――藤綱は北条時宗・貞時に引付衆として仕え、公事（裁判）の公正さとその返礼品も送り返す実直さで名をなす。鎌倉の滑川に銭十文を落とし、松明五十文で買い求め、銭を捜索。笑う周囲に、銭十文は捜索しなければ永遠に失われるが、こうすれば銭六十文を天下の為に利すると答えた。

『太平記』そのものが、史書として、あるいは読み物として大変好まれたことは、その版種、および派生書のおびただしさから十分確認できるが、その章段は、政道論・歴史論を対談によってなしていく様式となっており、江戸期にも同様の話題を小説で展開する場合の雛型となった。ただし、青砥説話に限って言えば、『太平記秘伝理尽鈔《たいへいきひでんりじんしょう》』の存在も無視するわけにはいかない。以下、箇条書きで挙げた部分が、『太平記』本体とは異なる、『理尽鈔』の青砥説話の要諦である。

①巻八「相模守時頼入道政務　附青砥左衛門廉直」

上総青砥荘、青砥藤満の妾腹の子藤綱は十一歳で出家、行印法師に儒仏を学び、時頼の催した仏事供養に、破戒の金持ち僧ばかり集めたことを批判したことが、時頼の耳に入り登用される。

②巻九「時頼入道與青砥左衛門尉政道閑談」

藤綱が、当時の奉行・頭人らによる、非道な裁可の横行と、為政者と民の距離の遠さを時頼に訴え、これをうけて時頼が廉直の検使を選出、三百人に及ぶ罪人を検挙する。

③同巻「時頼入道諸国修行　附難波尼公本領安堵」

時頼は死んだと見せかけ二階堂入道のみをつれて全国を微行する。

藤綱の出自の記事、堕落層への批判から北条時頼に登用され奉行として活躍する話が新たに付加されたわけである。『理尽鈔』に代表される近世期の太平記評判の語り口は、『太平記』本文とは別個の形で、青砥が廉直で人材発掘に長け、地方を微行して世情を観察する北条時頼と結び付けられ、高位ながら堕落した僧侶や収賄が常習化していた奉行・頭人への批判・取り締まりという、政道的説話として出発したわけである。特に西鶴作との関係では時頼時代のこととして、時代がスライドしていることが重要だ。

『北条九代記』（延宝三年〈一六七五〉刊）が出されるに及んで、この語り方は一種の「洗練」の度を増してくる。先に『理尽鈔』の青砥説話として挙げた記事の中の上総青砥荘、青砥藤満の妾腹の子藤綱は十一歳で出家、行印法師に儒仏を学び、時頼の催した仏事供養に、破戒の金持ち僧ばかり集めたことを批判したことが、時頼の耳に入り登用されること、および、藤綱が、当時の奉行・頭人らによる、非道な裁可の横行と、為政者と民の距離の遠さを時頼に訴え、これをうけて時頼が廉直の検使を選出、三百人に及ぶ罪人を検挙する名奉行としての記事が、滑川の銭拾いの記事とともに、時頼の時代のこととして、「異伝」ではなく「本文」として採用されてくる。西鶴に近い時期で言えば、徳川光圀が肝いりの『新編鎌倉志』（貞享二年（一六八五）刊）に、青砥の銭拾いの説話を引き、程子と比較する記事もある。

ここで注意しておくべきは、時頼の微行回国による善政・悪政の摘発、および鎌倉でその摘発に当たった藤綱のイメージは決して遠い過去の理想の世の問題とばかり描かれていわたけではない点である。巻二の五「新田開作」の記事は、荒田や不作の田畑まで容赦なく年貢を取り立てる守護・地頭の悪を批判しているが、それは延宝期の当代を諷したもの、という。さらに、巻十一「回国使に私欲有事」で、北条貞時が貪欲な守護・地頭の行跡を回国使に報告させている記事も、徳川家綱時代十一回も派遣された諸国巡見使を当て込んでいるとされる（笹川祥生「『北条九代記』論――「今」を「昔」に包み込むこと」『戦国軍記の研究』和泉書院、一九九九）。

確かに、本書刊行の延宝三年はその前年の風水害により大きな飢饉があったし、寛文七年の巡見使は、その本格的な摘発で肥前島原藩主高力隆長が改易されている。また、延宝八年に将軍職を継いだ綱吉政権当初に老中堀田正俊の名で出された「民は国の本」令には、重税を課す代官を戒める文言が盛り込まれ、聞きつけた百姓の訴えが相次ぎ、取り締まりもしている。以上の事実を前提とすれば、藤綱は、現実の検察官と重ね合わせて受け取られ、伝えられた生々しい存在でもあったことが見て取れるのである。

さて、本話は、藤綱が鎌倉滑川を渡る際、誤って銭を水中に落とし、それは十銭足らずの金額であったが、彼は里人に三貫文を与えて探索させる。ここまでは、『太平記』の所伝と金額をのぞいて変わりない。なかなか発見できないでいるところを、人足の一人が自分の金で補てんしたのを偽って探しえたと言い、褒美を得て宴会に及んだおり、自慢げにこの「機転」を披露するが、仲間の千馬孫九郎はこれに反発、どこからともなくその経緯を知った青砥は、この「機転」を自慢する男に再び探索を命じ、冬の最中九十七日もかかってようやく水が涸れたところ発見するに至り、対する孫九郎は、青砥に召し出されて名誉を得る、という落ちとなる。

この時点では既に有名になっているはずの青砥説話ではあるが、松明を付けたとは言っても、実際のところその程度のことで十文の銭が本当に見つかったものなのであろうかという、合理的な見方からの疑問が、この話の出発点となっていたことは疑い得ない。そこで、人足の一人の機転という「異伝」が生まれ、それを宴会で自慢することで転落してゆく話の展開がなされることになる。

しかし、ことはそれだけにとどまらないのであって、どこからかこの「機転」の自慢話を聞きつけた青砥は、おそらく冬になって水が涸れれば十文は自ずと干上がってくるであろうこと、逆に言えばそれまでは男は探索しつづけなければならず、それは男への罰であると同時に世間への見せしめの効果を発揮するものであったことも御見通しであったことが推察できよう。

律儀にも男の虚偽によって得た褒賞の恩恵にあずかることを、「青砥が心ざしにかなはず」と断固拒否した孫九郎は、その姓の「千馬《ちば》」が青砥の出自「上総」と通い合い、さらには自身が筋目ある武家ながら訳あって逼塞し、この発言が青砥の耳に入って立身する経緯まで、同じく隠棲しながら堕落僧の批判を語ってそれが時頼の耳に入り登用された青砥像とオーバーラップするよう語り納められているのであって、一方で合理的な精神によって説話の設定を相対化しつつ、一面説話の文脈を受け継いで西鶴が巧みに語り直した話であったことが見えてくる。

さらに、青砥は、なぜ、どのようにしてこの人足の自慢話を耳にすることができたのかを考えると、この武家と町人、支配し管理する側とされる側の意識の乖離は明確に浮かんでくる。おそらく、人足の自慢話を伝えたのはそこに同席していた人足仲間の一人であり、だからこそ人足の自慢話だけでなく、孫九郎の「義理」ある発言も同様に青砥の耳に入ることになったのであろう。

ここで想起されるのは、江戸の町支配における内偵兼密告者「火付盗賊改《ひつけとうぞくあらため》」の存在である。そもそも綱吉時代が細かい法令の通達・運用によって特色づけられることは、戸田茂睡『御当代記』などに枚挙に暇なくその事例が挙げられている。上は重税や末期養子に対する厳しい監査よる大名・旗本の断絶、下は金銀箔の看板・天下一の書付・茶屋女の禁止、そして悪名高い生類憐みの令など、一種の恐怖政治ぶりが看取できる。この法令の運用に活躍したのが特殊警察たる「火付盗賊改」の「鬼勘解由《おにかげゆ》」こと中山直守《なかやまなおもり》であり、彼は内偵者をよく使ったことが伝えられる。天和二年（一六八二）暮から三年に付火が多発すると、直守は過剰な「不審者」の摘発で、誤認逮捕も多く、過酷な拷問で自白を強要した。また、「目あかし」という密偵兼密告者を登用し、浅草の御用倉に入った盗賊に心当たりはないか尋ね、一両年の間に金持ちになったものを通告させた。早速この容疑者を召喚・尋問した直守は、「訴人有、つつまずまつすぐに可申候、あらそひ候はば問諍（拷問）にかくべし」と脅迫する。盗みに身に覚えは全くないと答えるこの男に、ではなぜ急に金持ちになったのか直守が尋ねると、それは博打で稼いだことを自白する。すると直守は、「ばくち打の等類一々申候へ、かくし候はば問諍」と迫ったので白状したという、笑えない落ちの話が『御当代記』一に伝わる。

　このように、綱吉時代は密偵が跳梁した社会であり、本章はそのような支配の在り方をシニカルに笑ったものとも受け取れるのである。そうした当時の密告社会ぶりを前提に置くとき、本作冒頭の「口の虎身を喰み、舌の剣命を断つ」という教訓および、狂言をした人足の顛末について「これおのれが口ゆゑ、非道を顕はしける」と語る落ちには、単純な教訓にくくれる以上のものを連想させた可能性がある。また、そのように読んでいく時、末尾の一節は大変皮肉な響きを持ってくることになる。五代将軍徳川綱吉は息女鶴姫を溺愛のあまり、貞享五年（一六八八）二月一日に「鶴字《かしじ》法度《はっと》」を出し、庶民が鶴字《かくじ》・鶴紋《かくもん》を使用することを禁じた。『武家義理物語』の刊行は同年二月のことで、まだ西鶴は序文で「鶴永《かくえい》」と名乗っているが、源氏の後裔を名乗る徳川家と「鶴」の連想から、読者は綱吉の治世を思い浮かべたことであろう。「青砥藤綱《あおとふじつな》」と「千馬《ちば》之介《のすけ》」の設定からは、下総中山を領地とした中山直守自身を諷した可能性も否定できないのである（井上泰至「近世刊行軍書と『武家義理物語』」『近世文学史研究』1）。

（井上）

## 一の二　黒子《ほくろ》はむかしの面影《おもかげ》

明智《あけち》[1]日向守《ひうがのかみ》の以前は、十兵衛《じふべゑ》といひて、丹州亀山《たんしうかめやま》[2]の城主につかへて、やうやう広間[3]の番組《ばんぐみ》[4]に入り、外様《とざま》[5]のつとめをせしが、朝暮《てうぼ》心ざし常《つね》の人には格別替《かは》りて、奉公にわたくしなき事、自然と天理《てんり》に叶《かな》ひ、ほどなく弓大将《ゆみだいしやう》[6]に仰《おほ》せ付けられ、同心《どうしん》[7]二十五人預《あづか》り、武家の面目《めんぼく》、この時具足金《ぐそくかね》[8]十両ありしに、はや一国《こく》の大名にも成ぬべき願ひ、生れつきての大気《たいき》、その身の徳なり。十兵衛今に妻のなき事を見及《みおよ》び、息《そく》女《ぢよ》持ちたる人、乞聟《こひむこ》の望み、かれこれ内《ない》[9]証《しやう》を言ひ入れけるに、

1　明智光秀。はじめ越前の朝倉義景に、のちに織田信長に仕える。天正三年（一五七五）、日向守に叙任。
2　現在の京都府亀岡市。光秀は天正八年に亀山城主となったが、それ以前に亀山城主に仕えたという史実はない。
3　表座敷。
4　殿中に宿直し、交代で勤番する番衆の組。
5　城中で、主君の側以外の諸務に勤めること。近習の対。
6　諸大名配下の弓組足軽を統率する弓頭のこと。
7　侍大将などの下に服属した兵卒。ここは具体的に弓足軽を指す。
8　武士が急務の際の用意のために、具足櫃の中に貯えておく軍用金。
9　内意。以下、あれこれ縁談がもちこまれたが、妻の件については、とつづく。

妻は近江《おふみ》の国[10]沢山《さはやま》、何某《なにがし》に美なる娘の[11]兄弟ありて、[12]いづれか花紅葉、[13]色くらべの、すぐれて姉の見よげなれば、十一の年よりいひかはして、[14]身代《しんだい》極まりて、これを迎へる約束。

それよりは七年《とせ》あまりも過ぎぬれば、「[15]世の哀れ、人の情《なさけ》も知るべき程なり。近々《ちかぢか》に呼び迎へん」と、妻女《さいぢょ》の親のもとへ状《じやう》通《つう》いたせしに、世には移り替はれる歎《なげ》きあり。兄弟の娘、一度に[16]疱瘡《はうさう》の山をあげしに、美なる姿の姉娘、顔いやしげに、さりとは昔と替はりぬ。妹《いもと》娘は、以前に少しも替はらず、面影美しく育ちぬ。十兵衛に約束せし姉が形の格別になれば、「これを人中に送りて、醜き形を恥ぢさせ、我が娘と沙汰《さた》せらるるもよしなし」と、夫婦内談して、「いまだ妹《いもと》は何方《いづかた》へも契約なければ、[17]何となくこれをつかはし申すべし」と、[18]この事を語れば、更に身の事を歎《なげ》かず。「自《みづか》らこの姿にて、十兵衛殿にまみゆる事は思ひも寄らず。ましてこの形を堪忍《かんにん》すべき者あればとて、外《ほか》に男を持つべき心底《しんてい》にあらず。妹は我等が昔に風俗も替はら

10 滋賀県彦根市沢山町。
11 姉妹のこと。
12 甲乙つけがたい美しさをいう。「両の御手に花・紅葉の御寵愛」（二の三）。
13 美の優劣。
14 財産のこと。ここは、将来的に武士としての身分が安定してから、という意。
15 参考までに、十六歳になった折の例ではあるが、『太平記』十五「賀茂神主改補の事」には、森基久の娘について、その美貌とともに「月の前に琵琶を弾じては傾く影を招き、花の下に歌を詠じてはうつろふ色を悲しめり」と記される。
16 天然痘。もがさ。高熱、発疹をともない死ぬことも多かった。無事でもしばしば、顔面などに瘡のあとがあばたとして残った。
17 何事もなく。
18 両親は姉に。

ず、よろづに賢く、心ざしもしほらしく、生れつきぬれば、何《いづ》国《く》に行きても二親《ふたおや》の御名はくださじ。是を十兵衛殿へ送らせ給へ。我等は兼て出家の願ひ。諸仏をかけて偽《いつは》りなし」と、手馴《てな》れし唐《から》[19]の鏡をうちくだきて、浮世を捨てる誓文《せいもん》を立てしを聞きて、父も母も感涙《かんるい》袖に余りて、しばらく思案《しあん》せしが、「かく言ひ出《い》だして帰らぬ事ぞ」と、妹[20]に何《なに》の子細もなく、亀山におくる縁付《えんづき》の事を申し渡せば、「何とも合点《がつてん》まいらず。姉君より先《さき》立《だ》ちて、道の違《ちが》へる所なり。姉の御身かたづきて後《のち》は、ともかくも」と申し上げける。「もつとも至極。それは世間の順義《じゆんぎ》[21]ながら、姉はつねづね出家の心ざし深く、思ひこめしゆへ、兎角《とかく》は望みにまかせ、近々に南都《なんと》の法華寺《ほつけじ》[22]につかはしける。その方《かた》は亀山に送る也。女に生まれても、その身の仕合[23]あり。明智《あけち》十兵衛といへる人は、まづ武芸すぐれて、殊更《ことさら》理に暗からねば、諸事に埒明《らちあけ》[24]にして、一生つれ添《そ》ふ夫妻の楽しみ深し。しかも次第に出世[25]の侍なれば、我々老後のたよりともなりぬべき人ぞ」

19 中国伝来の鏡。砕くことで俗世を捨てて出家する決意を表す。嫁入り時には持参するはずであったろう。
20 妹には込み入った事情などを、なんら説明せずに。
21 ここでは、長幼の順序の義理。
22 奈良市法華寺町にある日本総国分尼寺。
23 幸不幸。
24 物わかりがよく、物事をてきぱきと運ぶこと。
25 世に出て栄進すること。

と、様々言ひ聞かせけるに、女心に嬉しく、親達の仰《おほ》せにまかせ、吉祥日《きつしやうにち》を選び、相応《さうおう》よりは美々敷《びびしく》仕立て、亀山におくられける。

十兵衛も縁のはじめを祝ひ、松竹《まつたけ》[26]の台の物を調《ととの》へ、数々[27]の盃事《さかづきごと》までも、振分髪《ふりわけがみ》[28]に見し姉娘《あねむすめ》と思ひしが、その後《のち》寝間《ねま》の灯《とも》火《しび》近く、互ひに面《おもて》を見合はせし時、十兵衛昔の脇顔《わきがほ》[29]に気を付けて、「その時はこの女に咎むる程にはあらぬ黒子《ほくろ》ひとつありしが、おとなしくなりて、それも恥ぢて取り失《う》せけるか」と、言はずして耳のほとりを見しに、娘もはや心を付けて、「これに黒子のましますは、私《わたくし》の姉君なり。うるはしき御姿、疱瘡にて替はらせ給ひ、さりとは女の身にしては、御いとほしき事なり。『さし置きて自《みづか》らの縁組は逆なる』と断り申せど、二親《ふたおや》の命《めい》をそむくなれば、これに送られけるも、心懸《こころがか》りのやむ事なし。今思ひ合はせば、こなたさまの御約束は、姉君に疑ひなし。いかにしても道の立たざる事なれば、何事《なにごと》もゆるし給はれ。私

26　島台。洲浜台の上に、松竹梅や鶴亀や尉姥といった飾りを施したもの。婚礼や供応などの飾り台。挿絵参照。
27　三三九度の盃。
28　髪を左右に分けて垂らし、末を肩まで切りそろえる幼少時の髪形。
29　横顔。

は今日より出家」と、[30]守刀《まもりがたな》にて黒髪切るを留《とど》めて、「その方《ほう》[31]形をかへても、世間済むまじ。人しれず内証《ないしやう》にて、それがし分別《ふんべつ》あり。[32]五日に帰るまで待ち給へ。武士の息女《そくぢよ》の心底《しんてい》」と、深く感じて、それより二たび顔をも見ずに隔《へだたり》て、里帰りの時、[33]段々状通《じやうつう》に記し、右もらひしは姉なれば、難病は世にあるならひ、たとへ昔の形はなくとも、是非におくらせ給へ。一命《いちめい》にかけても夫妻願ひの所存。ことにこのたび妹《いもと》の心入れ、女ながら[34]道理につまりける」と、心中《しんぢゆう》の程言ひやりしに、親里にもこの事満足して、十兵衛願ひにまかせ、また姉娘をつかはしけるに、うちとけて、不憫《ふびん》をかけ、「[35]この仲長くもがな」と祈りける。

女はひとしほ男の情を忘れもやらず、万《よろづ》心に従ひぬ。この妻、美女ならば、心のひかる所もあるに、[36]義理ばかりの女房なれば、ただ武《ぶ》を励む一つに身を固めぬ。この女、形に引き替へてこころたけく、[37]割《わり》なき仲にも外《ほか》を語らず、明け暮れ軍《いくさ》の沙汰《さた》して、広庭《ひろには》に真砂《まさご》を集め、[38]城取《しろど》りせしが、自然と理《り》にかなひて、

30　懐剣、肌刀。護身用の短刀。二の三挿絵参照。
31　出家しても。
32　江戸時代の里帰りの習俗の一つで、婚礼の後五日目に、新婦が親里へ帰ること。
33　一つ一つの次第を手紙に記し。
34　筋道が通っていると理解した。
35　夫婦の仲が末永くあってほしい。
36　義理を貫いたゆえ迎えた女房、の意。
37　他人ではなく夫婦としての親しい関係。
38　城の設計。築城法。武略の根本の一つ。

十兵衛が心の外なる事もありて、そもそもこの女、武道の油断をさせずして、世にその名をあげしと也。



## 読みの手引き

◇光秀と美人姉妹

現代では、本能寺の変における裏切りをはじめ、一般にあまり好ましいイメージで捉えられることの少ない明智光秀。江戸時代でもたとえば、仕官前の光秀に「悪相」のあることを毛利元就が見抜く、といった挿話がある（『石山軍鑑（記）』など）。一方、実際の光秀には、諸芸に秀でた武将という側面もあった。

その光秀がまだ十兵衛という名であった頃の話。「亀山の城主」に仕え、出世していく様が描かれるが、弓大将になった段階で具足金を十両備えており、その「大気」が強調されている。独身の十兵衛には複数の縁談が持ちかけられたが、既に近江国の美人姉妹のうち、十一歳の姉との間に婚約がなされていた。ところが、実際の婚姻を迎える七年の間に、この姉に不幸が降りかかる。疱瘡の跡が顔に残り、かつての美貌が「醜き形」となってしまったのである。一方、同じく疱瘡を無事終えた妹の方はもとの美しいまま。両親は世間体や娘のことを慮り、十兵衛にはそうと知らせず、妹の方をかねての婚約者として送りだそうとする。

◇姉娘の覚悟

姉娘にとってはなんとも残酷な展開となるのだが、姉自身はそれを恨むことなく、またたとえ今の姿を受け入れる者があっても、一度は十兵衛と約したことを重んじ、他に男を持つことはないと、出家の覚悟を述べる。妹を嫁入りさせることに理をもって賛同し、状況を客観視する姿勢にはある種の諦念が漂うが、一方で、一人の女性としてのつらさを押し殺した上での義を重んじた決断であることも読み取るべきだろう。西鶴は、こうした一連のことが決して合理的に進むばかりでないことを、父母の「感涙」にむせる姿や、「しばらく思案」するという逡巡ともとれる態度を経て、「かく言ひ出だして帰らぬ事」と、自分たちに言い聞かせるように思い切る様子をもって描き出している。ここに描かれているのは、不幸が襲った以上、あくまでも考えられる最上の次善策として、やむを得ずことを進める〈家〉の姿である。

◇視線のドラマ

問題は、妹がこれを受け入れるかである。ただし、両親や姉とは異なり、姉に代わっての嫁入りであることは「何の子細もなく」と、妹には全く伏せられている。ここにも本話の巧みな設定が窺え、この時点で妹は「姉君より先立ちて、道の違へる所」と、もっぱら長幼の序に反するという点を問題にしている。疱瘡のあと何事もなかったのが妹の方であったという点が、話の構成の中で活きてくるのである。両親は姉の出家の意思や、相手の十兵衛の人となりを説明し、妹にとってはもちろん、親への孝にもなると、さまざまに説得する。その結果、「女心に嬉しく」、妹娘は十兵衛のもとへと送られたのであった。

ここからが本話の一番の読みどころである。婚姻の夜、七年もの歳月を経て久方ぶりに女の顔を見た十兵衛は、かつて耳のそばにあったほくろがないことに目が行く。このこと自体にも、十兵衛の観察眼の一端があらわれているが、さらに鋭いのが妹娘である。短い文章によるごくわずかな時間ながら、この場面が無言で進むことに注意したい。娘は十兵衛の視線の意味、つまり彼が見ようとしているもの、さらに本来その先にあるべき姉の像を、目や表情のみから一瞬にして全てを看破したわけであり、ここにはなみならぬ洞察力が窺える。大げさには書き立てられないが、妹の衝撃はすさまじいものであっただろう。

真実を悟った妹は、義にただならず反した以上、「道」が立たないと出家を選ぼうとする。この妹も姉に負けず、義を重んじ実際に行動に移せる強さを持ち合わせている。しかし、十兵衛は冷静にことにあたり、「武士の息女の心底」と評し、この一件をなかったこととして、きめ細かな配慮を見せる。そして、当初の予定を強く貫徹し、姉娘をもらったのである。

### ◇義理のゆくえ

ここまでは、姉妹、そして十兵衛の義理の通し方とそれぞれの聡明さが描かれているが、ありていにいえば「義理ばかりの女房」であることも、はっきりと記されている。しかし、これがかえって十兵衛に幸いし、武に没頭できたのみならず、この姉娘は「こころたけく」、通常の夫婦とは異なり、もっぱら「軍の沙汰」ばかり、中には十兵衛が思いも寄らぬようなこともあり、この方面から夫を支えたのであった。

本話に類似する話として、婚約者である娘が、実際の婚姻を迎えるまでに盲目となってしまい、親が嫁に出そうとしないのに対し、あくまで約を違えず結婚し、優れた二人の子をもうけたという劉廷式《りゅうていしょく》という男の話が、『見ぬ世の友』「盲目になりたる娘をむかゆる事」にある（田中邦夫「『武家義理物語』に描かれた「義理」」一九七九年）。核となる部分は本話と共通するものの、西鶴は、武士や武士の娘たちがそれぞれに決断していくさまに焦点を絞ることで、より人々の心の微妙な動きを活写することに迫っている。

本話における美醜をめぐる人々の態度などに、現代からすればやや不快な思いを抱く読者もいるかもしれない。しかしながら、当時の感覚を理解した上で読めば、末尾の展開は、この時代なりの救いとなっているのではないか。たとえば、江戸時代初期、会津の保科正之の家訓には「婦人女子の言、一切聞くべからず」とあったぐらい、女性の地位が低かったことを思えば、本話の姉娘像がいかに希有なことであったかが理解できよう。

（木越）

## 一の三　衆道《しゅだう》の友呼ぶ千鳥香炉《ちどりかうろ》

京都[1]将軍東山殿御時《ひがしやまどのおんとき》、世のもてあそび事初めて取り立てさせられ、万人花車《ばんにんきやしや》風流になりて、ゆたかに暮らしぬ。中にも[2]名《めい》香《かう》の煙を好かせ給ひ、諸国より集まりて、[3]六十種の名のみおもしろかりき。

折節霜夜《しもよ》の更《ふ》け行くまで、[4]この木の御沙汰《さた》ありしに、明け方の嵐につれて、聞きも慣れざる薫りに、いづれも心を澄まし給ひ、御屋形《おやかた》のうちを尋ねさせられしに、御門《ごもん》を離れて外《ほか》なれば、丹波守利清《たんばのかみとしきよ》に仰《おほ》せ付けられ、「この

1　室町幕府第八代将軍足利義政。一四四九-七三在位。文明五年（一四七三）十二月、将軍職を義尚に譲り風流の生活に逃避し、京都東山に山荘に移り、東山殿と称された。

2　菊岡沾涼『香道蘭之園』（元文二・一七三七年）に義政が十炷香を創始したとの記事あり。

3　六十種の香木に関する評判を立てる。

4　香木の評判を行う。

5 義政の周辺に仕える近習。
6 現在の現上京区室町寺ノ内上ル。
7 陰暦十一月二十六日。月の出は午前二時頃で、新月に近い。
8 多数で群れをなして飛ぶ。海岸・河原などにすむ。多くは渡り鳥で、古来、詩歌に詠まれた。

千鳥

9 各自が出会った境遇。身の上。

ゆかり、いかなる方《かた》ぞ。尋ね参れ」の由、[5]手回りの侍二人召し連れて、その匂ひにひかれて行くに、[6]柳《やなぎ》原《はら》はるかに過ぎて、賀茂《かも》の川原になれば、次第に薫りも深く、浅瀬を渡り越えしに、[7]十一月末《すゑ》の六日の夜《よ》、いつよりは闇《くら》く、物の色合ひも見えず。星影の細水《さざれみづ》に映り、これを頼りに向かうの岸に上がれば、汀《みぎは》の岩の上に蓑笠《みのかさ》着たる人の、香炉を袖口《そでぐち》に持ち添へ、気を静かにして座したる風情の心憎し。「いかなる事有りて、かく独りはおはしけるぞ」と問ひけるに、「ただ何となく[8]千鳥《ちどり》の音《こゑ》をのみ聞く」と答へぬ。さりとは変はりたる[9]境《きやう》界《がい》、これ格別の楽しみ、只人《ただびと》とは思はれず。「いかなる御方」

と尋ねしに、「僧にあらず、俗にあらず、三界無庵同然《さんがいむあんどうぜん》[10]にて、六十三になりける我《われ》、いまだ足も立ちける」と言ひ捨てて、岡《おか》野辺《のべ》の並松分けて立ち帰る。「さても気散《きさん》[11]じなる返答にや」と、なほ慕《した》ひ、「某《それがし》が頼るは、その木のゆかしく参るなり。何といへる名香ぞ」と聞きしに、「むつかしや、老人は知らず。すが[12]りたれども聞き分け給へ」と、香渡して行《ゆ》き方《がた》知らずなりにき。

利清立ち帰りてあらましを申し上げしに、その身の取り置きうらやましく思し召されて、その人を色々尋ねられしに、更に知れざる事を本意《ほい》なく思し召され、かの香炉を「千鳥」[13]と銘《めい》を打たせられ、名物となりぬ。

その頃、関東侍の一子とて、美形都の花に勝《まさ》り、桜井《さくらゐ》五郎吉《ごらうきち》といへる人今年十六にて、姿[14]ゆゑ召し抱《かか》へられ、近ふ御前を勤めけるが、千鳥の香炉見しより、物思ふ気色人も見とがめる程に包みかねしを、ある人ひそかに問ひしに、初めの程は言はざりしが、いつとなく次第弱りの身となり、「死ねば言葉を形見」

10 「三界無安」のもじり。現世は苦しみが多く、あたかも火に包まれた家にいるように、しばしも心が安まらない意。
11 とぼけた。
12 たいている香木がほとんど無くなりかけている。
13 正親町公通『雅筵酔狂集』（享保十六・一七三一年刊）「冬の巻」に慶長年間の出来事として本話と類似した説話を掲載する。『香道蘭之園』にも紹介される。
14 外見の美しさから小姓役に採用された。

と語りし。「この香炉の主《ぬし》とは、[15]兄弟の約束深く出《い》で合ひしに、『我《われ》出世のためにならず』と、古里《ふるさと》を出でて都の方《かた》に上《のぼ》られしを、忘れもやらず。いとしさにその跡《あと》を慕ひ、この御家に住む事、『もしその人に会ふ事も有りなん』と思ふ折節、香炉は縁に見知りて、尋ぬる事のなり[16]難き病気に冒《おか》されしは、是非もなき我が身」と、[17]袖に玉散る涙川《なみだがは》、しばしも乾く事なし。この哀れを問ふ人は、同じ[18]小姓《こしやう》仲間の樋口村之介《ひぐちむらのすけ》といへる人なるが、常にも情け深く語り合ひしが、[19]自然の事もあらば、良き友一人失ひけるを歎《なげ》きぬ。かくて日数《ひかず》ふるうちに、五郎吉頼み少なくなりて、息も絶々《たえだえ》の時に至りて、又もなき無心を申し出だしぬ。「我相果《あひは》ての後《のち》、かの人に尋ね会ひ給ひて、その身某《それがし》に替はり、兄弟念比《ねんごろ》かへすがへすも頼む」と言へり。この義は少し[20]斟酌《しんしやく》なる事ながら、「何事も命懸けて」と、申し交《か》はせし義理に責められ、この事請《う》け合ひければ、嬉しげに笑《ゑ》みて、これを見納めの顔ばせ変はりて、終《つひ》に空しくなりぬ。「生死《しやうじ》は世の習ひ」と

15 衆道において兄弟の間で交わされた固い約束。

16 香炉を尋ねることと治癒し難い病気であることと両方にかかる。

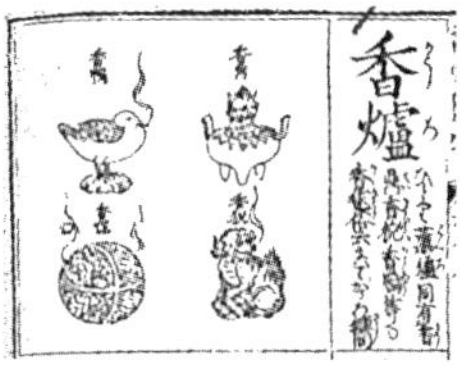


17 「幾夜われ波にしをれて貴船川袖に玉散るもの思ふらん」（『新古今集』恋 藤原良経）等。

18 貴人の家で、主人の身近な雑用を務める役。多くは少年を用い、男色の対象ともなった。

19 →二十四頁注8。ここでは、死。

20 ためらう。

て、歎《なげ》く人もあり、又身に掛からぬ人は、そこそこに悲しみて、[21]鳥部山《とりべやま》の夕煙《ゆふけむり》となし、[22]朝《あした》は白骨と消えぬ。世にこれ程はかなき事はなかりき。

　五郎吉が亡き跡《あと》の事、病家《びやうか》の[23]反古《ほうぐ》までも取り隠して、念比《ねんごろ》に仕舞《しま》ひ、それより村之介は、五郎吉が遺言に任せ、千鳥を聞きし隠者の事を尋ねしに、[24]今出川《いまでがは》の[25]藪垣《やぶがき》のほとりにわづかなる隠れ家、[26]組戸《くみど》さし籠めて、夢の心に住みなせるうちにも、東《あづま》に別れける五郎吉が事ども忘るる日もなく、今日は時雨れて、ひとしほ淋《さび》しき折節、村之介ひそかに入りて、五郎吉最期《さいご》の次第を語れば、随分[27]納めたる身を取り乱し、「こればかりは世の偽《いつは》りになれかし」と、男泣きの有様見る目も共に歎《なげ》かしく、しばしは物語りすべき事も止《や》みけるが、言はねば五郎吉が草の陰《かげ》なる恨みもうたてく、この隠者の面影をつくづくと見しに、六十に余れる人の[28]形《かたち》も卑《いや》しかるに、[29]若念《じやくねん》の契《ちぎ》りを結ぶは何とやら恥づかしき事にぞあれど、死人と言ひ交はせければ、是非なく子細

21　現在の京都市東山区今熊野。古くより、火葬場があり、墓地があった。
22　「朝に紅顔ありて夕に白骨となる」生死の測り知れないこと、世の無常なことにいう。
23　五郎吉と老人との恋文のことか。
24　現在の京都市上京区の地名。本話の設定した室町期は京都の市街地から離れていた。
25　竹藪などを垣根としたもの。
26　格子に組んだ戸。
27　落ち着いている。
28　外見、容貌。
29　兄弟分の男色関係にあること。

を語り、「五郎吉になり代はりて、今より兄弟分《きやうだいぶん》と思し召して、かはゆがらせ給へ」と言へば、この男歎きの中に驚き、「これは思ひ寄らざる契約、許し給へ」と、なかなか同心せざりき。村之介申し出《い》だしての赤面、「さては一分《いちぶん》[30]立ち難し」と身を捨つる覚悟に、「兎角《とかく》は五郎吉が申し残せしに任せ、又恋をとり結び世に長く語り慰《なぐ》さまん」と、言葉を固めて、その後《のち》は夜毎《よごと》に忍びて通ひぬ。訳[31]なき事を頼まれ、心には染まざれども、義[32]理ばかりの念友《ねんいう》、村之介が心底《しんてい》、まことなるかなとこれを感じぬ。

30　一身の面目を立てる。
31　筋道の立たない。
32　義理だけで男色関係を結んだ。

## 読みの手引き

◇「香炉」がつなぐ身代わりの衆道

本話とよく似た物語が正親町公通《おおぎまちきんみち》『雅筵酔狂集《がえんすいきょうしゅう》』（享保一六・一七三一年四月成）に収録されている。慶長年中（一五九六―一六一五年）に、賀茂川付近に「蓑笠着たる人」が、去ったあとに珍しい青磁の香炉が残されていた。所有者が千鳥を見るため川辺に出たことにちなみ、後にその香炉は「千鳥」と呼ばれ、名香六十種の内に入った、という内容である。本話が室町幕府八代将軍足利義政の治世下である十五世紀後半に設定されたのに対し、『雅筵酔狂集』の方が西鶴の生きた時代に近く、賀茂川近辺で珍奇な香炉を持つ不思議な人物の伝説は、あるいは、右のように江戸時代初期の人々の耳目に入っていたのかもしれない。ただし、『雅筵酔狂集』が『武家義理物語』より五十年弱後に成立した文献である点を考慮すれば、前者が後者のストーリーを摂取した可能性も否定できない。また、頭注13に掲げた香道書に紹介される「千鳥香炉」は本話のごとき由来があるのではなく、「千鳥」に事寄せた西鶴の故事附《こじつ》けである。

事実がどうであれ、あるいは江戸時代の人々にどのような伝説が広く知られていたにせよ、「衆道の友呼ぶ千鳥香炉」は、「万人花車風流にな」った幕閣周辺の武家や貴顕が「名香の煙を好」いたとする本話の方が、『雅筵酔狂集』よりも東山文化の担い手たちが「聞きも慣れざる薫り」に惹き付けられたとする無理のない運びであるといえるだろう。

もっとも、本話の見所は緻密に計算された時代設定だけではあるまい。小姓として室町幕府に採用された理由が、「姿ゆゑ」すなわち、外見の美しさのため、とまで評された桜井五郎吉が病死し、小姓仲間の樋口村之介がその身代わりで、六十を越えた外見の卑しい千鳥の香炉の持ち主と「義理ばかりの念友」の契りを結ぶ急激な展開こそが、本話の最大の見所であろう。

そして、最大の謎は次の一点に絞られるだろう。村之介は何故、身代わりを果たさなければならなかったのか。

本文を読むと、西鶴はこの理由を「義理」の一言に集約させる。まず、五郎吉に身代わりを依頼された村之介は、「「何事も命懸けて」と、申し交はせし義理に責められ、この事請け合」っている。そして、身代わりとなることに合意した村之介は、「訳なき事を頼まれ、心には染まざれども」、隠者と「義理ばかりの念友」

となるに至る。「義理」が、『武家義理物語』のキー・ワードであることは、今さら指摘するまでもあるまい。かといって、村之介が五郎吉の身代わりを果たしえたのは、「義理」ゆえであると、この間の事情を説明するだけでは十分ではあるまい。そこで、本話における「義理」の中身をさぐってみよう。

　最初におさえておかなければならないのは、衆道は過去の兄弟関係は破棄されず、第三者が兄弟のいずれかを慕ったとしても、決して希望に添えないという原則である。本話中で、村之介と五郎吉は「常にも情け深く語り合」う間柄である（五郎吉が内心を打ち明ける唯一の相手が村之介だったのもそのため）が、故郷関東で結ばれた五郎吉と隠者の二人の間には決して割り込めない。本作品の最終話「形《すがた》の花とは前髪の時」（巻六の四）で、松尾小膳が大坂で二人の武士に言い寄られながらも、故郷石州浜田に残してきた杉山市左衛門との念友関係を頑なに破棄しない態度を示すのは、本話とも通底する衆道の思考である。

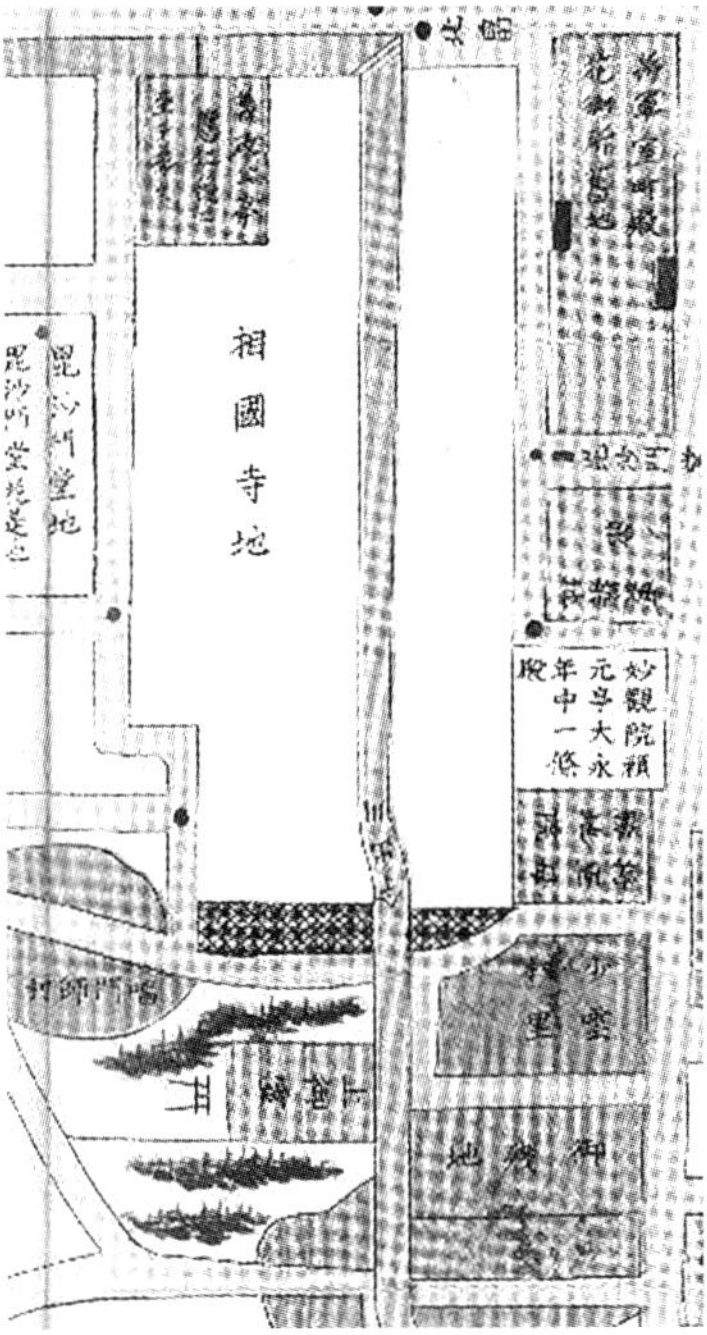

今出川

　五郎吉は、出世の障りとなってはいけないと上京した隠者のあとを追って、室町御所に致仕した。そして、「千鳥の香炉」の発見が、再会の絶好の機会となったにもかかわらず、「物思ふ気色」だった五郎吉は、回復できない病気にかかる（恋患いであれば、即座に快復するところだが…）。自分が命を落としてもなお、隠者との念友関係を維持しなければならない。この思いが、村之介に身代わりを依頼した大きな要因であろう。さらに、五郎吉が「形も卑しかる」隠者と「若念の契りを結ぶは何とやら恥づかし」く思いながらも、身代わりを果たそうとするのも、当初の衆道関係を維持しようとする原則が作用している。

足利義政・丹波利清・桜井五郎吉・樋口村之介等を導いたのは、隠者が袖口に持ち添えていた「千鳥の香炉」であろう。千鳥は、群れをなして飛ぶ鳥であり、西鶴が本話の章題につけた通り「友呼ぶ」鳥である。したがって、隠者の「ただ何となく千鳥の音《こゑ》をのみ聞く」という科白は、単なる呟きではなく、将軍をはじめとする東山文化の風流人のみならず、隠者と別れた念友をも呼び込む、一種の予言としての響きでもある。

仏に何事かを祈念したり、あるいは死者を弔ったりする場面で香を供える風習は今日でも馴染みがあろう。仏前で祈願を同じくし、同じ香を聞く行為は、祈願者同士を強く結びつける。このような連繫を示す「香火因縁（香火之旧）」なる仏教語がある。この連繫も村之介をして身代わりを果たさしめた原理として働いているのではあるまいか。

その点を追及する前に、二例の和漢古典籍より、この用語の意味するところを確認してみよう。

中国の歴史書『北斉書』巻三十二「陸法和伝」で、梁の元帝が法和に王位の座を狙っていると疑いをかける。それに対し、法和は「是仏を求むる人」（原、漢文）であるから、「豈、王位を規《はか》らむや」と謀略を否定し、「但し、空王仏所に於て香火因縁有」ることをその理由に挙げている。さらに、五山の禅僧義堂周信の日記の抄録である『空華《くうげ》日用《にちよう》工夫《くふう》略集《りやくしゅう》』永和二年（一三七六）三月十七日条は、以下のような記事である。周信は乗馬が苦手であったが、上杉憲栄の出家を見届けるため、雨を押し馬に乗ってやって来た。その理由を「余、作州の先公（上杉憲栄のこと）と香火之旧有り」と説明している。すなわち、「香火因縁（香火之旧）」とは、野心や障壁を乗り越えてでも守り切らなければならない人間関係なのである。

西鶴が右に挙げたような故事に精通していたと言いたいわけではない。ただ、「香火因縁」に導かれるような、離れ難い「義理」の原理こそが、村之介を身代わりになさしめた由縁だとは言えそうである。「千鳥の香炉」こそが、「衆道の友」を「呼び」、離れ難い念友関係を形成した。まことに本話の内容にふさわしい章題を西鶴は与えたのであった。

（浜田）

## 一の四　神の咎《とが》めの榎木屋敷《えのきやしき》

江州浅井殿《がうしうあさゐどの》[1]の時、屋形町《やかたまち》[2]の末《すゑ》に、古代より枝葉《えだは》の栄えたる榎《えの》木《き》あり。昔は神社《かみやしろ》立たせけると言ひ伝へて、石の玉垣《たまがき》の形残れり。所繁昌《はんじやう》なれば、人家《じんか》立ち続きて、これも榎木屋敷とて、蔵《くら》[3]の奉行役諸尾勘大夫《もろをかんだいふ》といへる人、申し請けて、新作《にひづく》りいたせしに、神の咎《とが》めにや、世間は静かなる夜更けて、生臭き風吹き通ひ、人の身に当たると否や、むつける[4]ほどに草臥《くたびれ》つきて、ここに住居の堪忍《かんにん》しかね、子細を御断り申し上げ、この屋敷を差し上げける。その後《のち》[5]これを望みて住みしに、間もなく病死、又は悪風《あくふう》[6]に退屈[7]して、幾人《いくたり》か替はりて、今は空き屋敷となりて、門《もん》は唐蔦《からつた》閉ぢて、見ねどもこの内すさまじ。

ある時、若手の武士ども寄り合ひ、語りけるついでに、「榎木屋敷に住む人なき」と話しけるに、この座に、長浜金蔵《ながはまきんざう》といへる人の申されしは、「いかに神社跡《あと》なればとて、人に祟《たた》り給《たま》

1　近江国（滋賀県）北半部の戦国大名。京極氏の被官から急成長し、亮政・久政・長政の三代で栄える。元亀元年（一五七〇）信長に背くが、姉川の戦いに敗れ、天正元年（一五七三）滅亡した。五の二は姉川合戦における話。
2　武家の屋敷町。
3　年貢米などを収める蔵の管理をする役人。
4　衰弱する。
5　この屋敷を望んで住んだが。後文から、こうした人が複数いたことが分かる。
6　先の「生臭き風」。
7　困りはてて。先に「むくつけるほどに草臥つきて」とあった。

ふ子細なし。それは住める人の[8]愚かなるゆゑなり」と、世の人浅ましく申しぬ。その座に、以前この屋敷に住みたる人の親類、[9]内縁の方もありて、金蔵言葉を耳に掛け、「いづれ、貴殿はあれに住みながらへ給はん」と、少し[10]気を持たせければ、申し出《い》だして[11]是非に及ばず、老中《らうぢゆう》へ内意を申せば、望むを幸ひに、早速賜りける。金蔵この屋形《やかた》に移りて、「[12]第一この榎木曲物《くせもの》なり」と、枝葉をもがせけるに、神の咎《とが》めもなかりき。「これを思ふに、惣《そう》じてかやうの事は、主《あるじ》の気の強きに従ひ、必ず止《や》む事」と、物に慣れたる人の語りぬ。

ある雨夜《あまよ》に、金蔵家来集まりて、世に恐ろしき物語にて明かしぬ。この内の一人、[13]雪隠《せついん》に行くを見かけて、才覚なる小坊主《こぼうず》、古き[14]靫《うつぼ》を提げ出で、壁の崩れより差し入れ、そのものの腰を撫《な》でけるに、これに驚き、逃げ帰るををかしく、その後《のち》度々おどしければ、誰《たれ》が言ふともなく、「[15]毛の生えたる手してつかむ」と言ひふらして、暮れては[16]自由に行く人絶えて、これも又気味

8　愚鈍である。
9　私的な縁故関係。
10　けしかける。
11　致し方なく。
12　神威を恐れず物を毀損する場面は、『西鶴諸国ばなし』一の四「傘の御託宣」に「かの傘をにぎり「おもへば身体倒しめ」と、引きやぶりて捨てつる」とある。
13　便所。
14　矢を入れて腰につけたり、背に負ったりする道具。多く外側は毛皮や漆塗りにするが、ここでは前者。

靫

15　『大鏡』「太政大臣忠平」に「毛はむくむくとおひたる手の、爪ながく、刀の刃のやうなるに」と、類似の場面がある。
16　勝手。便所。

の悪き事ぞかし。

　これを知らざる人、外《ほか》より来たりて、かの雪隠へ行きしに、くだんの鞍片隅《かたすみ》より躍《をど》り出で、生きたる物の働き。各々不思議を立て、試しみるに、人さへ行けば鞍の狂ひ出づる[17]を、段々申し上ぐれば、金蔵何とも思はず、「さてはこれにて、誰か初めの程腰を撫でける。人の怖《お》[18]ぢぬる心魂《こころだま》[19]、これに入りてかくは動きける。おのれは矢柄《やがら》[20]を入るる役なるに、無用の働き、その科《とが》、今思ひ知れ」と、焼き捨てけるに、煙の中にて最期《さいご》わきまへ、狂ひぬ。「物のあやかし、かやうの事ぞ」と、皆人に安堵《あんど》させて、この屋敷にて八十余歳まで、堅固《けんご》[21]に勤めける。

　金蔵、人中《ひとなか》の一言《いちごん》、その義理違《たが》へず、ここに済ましけるは、天晴《あっぱれ》武士の一心とぞ、世の人誉《ほ》めにき。

17　飛んだり跳ねたり激しく踊る。
18　こわがる。
19　魂。
20　矢の竹の部分。
21　達者に。

## 読みの手引き

◇憶病さと豪胆さと

西鶴の武家物には、気の強さ及びその反対である臆病さを扱う話が複数収められている。副題に「強き人には古狸も」とある本話も、長浜金蔵という侍の肝の太さが一貫して描かれている。ただ、もっぱらこの点を描くことに終始するならば、西鶴は既に『武道伝来記』巻三の二「按摩とらする化物屋敷」において、化物屋敷を自ら願い出て拝領し、化物の正体である古狸に「肩を打たせ」るほどの男・梶田奥右衛門を登場させており、二番煎じの感は否めないだろう。しかし、『武道伝来記』では右の化物屋敷の話の後、主題が敵討に移行するのに対し、この「神の咎めの榎木屋敷」はあくまで屋敷の怪を焦点化することにより、異なる興趣を添えることを目指しているように思われる。本話には「古狸」自体登場しないにもかかわらず副題に掲げられているのも、あえて梶田奥右衛門の面影をかすめつつ、そこから離れようとする作者の配慮なのかもしれない（「按摩とらする…」を参照するなら、「強き人には古狸も」の後は「逃げ行く」などが省略されていよう）。

◇言葉の重み

さて、話そのものはまず「榎木屋敷」の由来が語られる。すなわち、かつては神社があった跡に古くから残る榎木のそばに建てられた屋敷だったが、住む人きまって悪風にやられ、いまは空き屋敷となってしまった。その後、若い武士たちの話にこの榎木屋敷のことがもちあがった際、そこにいた長浜金蔵が、たたりなどあるはずがない、それは住む人が愚鈍だからだ、とやや尊大な発言をしてしまう。同席していた侍のうちには、榎木屋敷のかつての住人の「親類、内縁」の者もいて、この言葉を聞き過ごすことができず、榎木屋敷に住むことを金蔵にけしかけた。言った手前金蔵は実際に住み始めるのだが、一話全体の基本線は、この金蔵が発した一言をめぐって展開する。最終的には、自らの言を金蔵が身をもって示すことで、「義理」を通したと評されるのだが、「言葉のまことを巡る話、約束を守る話が」「特に巻一に多い」（小学館新全集頭注）と指摘されるとおり、言葉が物事を押し進めていく点に、「按摩とらする…」とは異なる話の作り方が認められる。

◇ユーモラスな怪異

さて、「按摩とらする…」の梶田奥右衛門の場合は怪を前に全く動じず、正体である狸に肩を叩かせ、狸が降参して逃げ出すという展開に面白味があったわけであるが、本話も怪異がやや滑稽味をともなって描かれている。しかも、怪の描写やその正体をめぐっては本話独自の怪異観に貫かれている。ある晩、榎木屋敷で金蔵の家来たちが怪談話をしていた折、小坊主が暗闇の中、便所に行く人の腰を古い靫《うつぼ》でもって壁からなでる。このいたずらの大成功に味を占めた小坊主は何度もこの手で人々を驚かし、日が暮れてから便所に行く者がいなくなった。これだけであれば、怪の正体は小坊主で、どこかかわいげのある挿話に終わるのだが、本話の怪異のユニークさはこの後にある。

やがて、この靫はまるで生き物のように便所の片隅に踊り出るようになる。いたずら小坊主の手を離れ、いわば靫が独り立ちした体であるが、この靫が「狂ひ出づる」というのも、怪異でありながらおどろおどろしくな

付喪神《つくもがみ》（『付喪神絵』より）

く、どこか滑稽である。また、これを聞いた金蔵の分析も面白い。金蔵によれば、撫でられた人の恐怖心が靫に入って動いたというのである。器物に魂が入る付喪神《つくもがみ》というのがあるが、あれは百年経過したことによるとされる。ここで言われるような、人の精神、とりわけ恐怖心がいつの間にかモノに入り込むという感覚は十七世紀の日本に共有されていたのか、それとも西鶴独自のものなのであろうか。ともあれ、「矢柄を入る役」であるはずの靫が踊るとは「無用の働き」と、金蔵はその「科」としてこれを焼き捨て、煙の中で靫は「最期わきまへ、狂ひぬ」。理屈としては人の「気」に起因した怪なのであるが、作中ではこの靫が踊り、狂い、最後には火あぶりの刑に処せられたかのような断末魔の苦しみが描かれることにより、存在感のある怪となっている。また、「狂ひ出」でた靫が、最後に「狂ひぬ」と描写される点にもユーモアが感じられるが、この躍動感あふれる靫に対し、終始冷静な金蔵を配することにより、両者を魅力的に描き出すことに成功している。

短いながら、義理以外の部分にも多くの読みどころが認められる一篇であると言える。

（木越）

# 一の五　死なば同じ浪枕《なみまくら》とや

人間定命《ぢやうみやう》[1]の外《ほか》、義理の死をする事、これ弓馬《きゆうば》の家の習ひ。人皆魂《たましひ》に変はる事なく、只その時に至りて[2]覚悟極むるに見苦しからず。

その頃《ころ》、摂州伊丹《せつしういたみ》[3]の城主、荒木村重《あらきむらしげ》[4]に仕へて、神崎式部《かんざきしきぶ》といへる人、横目役《よこめやく》[5]を勤めて、年久しくこの御家《いへ》を治められしは、筋目《すぢめ》正しきゆゑなり。

ある時、主君の御次男村丸《むらまる》[6]、東国夷《とうごくえぞ》[7]が千島《ちしま》の風景御一覧の思し召し立ち、式部も御供役《おともやく》仰せ付けられしに、一子の勝太郎《かつたらう》も御供の願ひ叶ひて、

1　仏教の考え方で、人の寿命に限りがあること。2　武士が命の取引を行うような場面に至って。3　兵庫県伊丹市。

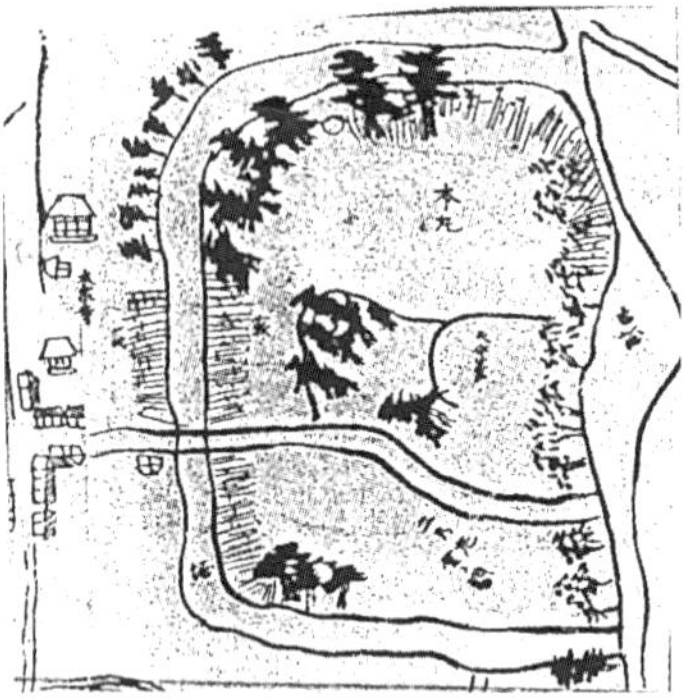

伊丹城

4　一五三五–八六。天正二年（一五七四）伊丹城の伊丹親興を攻めて攻略し、伊丹城を有岡城と改め、摂津の有力大名となり、従五位下摂津守に叙任された。

父子《ふし》共にその用意して、東路《あづまぢ》に下《くだ》りぬ。

頃は卯月《うづき》[8]の末、日《ひ》数《かず》重ねて、今日《けふ》の旅《たび》泊《どま》りは駿河《するが》なる島田《しまだ》[9]の宿《しゆく》にかねて定めしに、折節の雨降り続き、殊にその日は佐《さ》[10]夜《よ》の中々をだやみなく、菊川《きくかは》[11]わづかの道橋も白浪《しらなみ》越すかと見えて、しかも松吹く嵐に末々の者は袖合羽《そでがつぱ》[12]の裾《すそ》返されて、難儀の山坂《やまさか》越えて、金谷《かなや》[13]の宿《しゆく》に人数《にんじゆ》を揃へ、大井川《おほゐがは》[14]の渡りを急がせられしに、式部は跡役《あとやく》[15]あらため来《きた》つて、川の景色を見渡し、水かさ次第につのれば、「今日はここに御一宿《ごいつしゆく》あれ」と、様々留《とど》め参らしけれども、血気《けつき》盛んにましまして、是非を考へ給はず。御心のままに「越せよ」との仰せ、いづれも大浪に分け入り、

同六年、信長に反旗を翻し、妻子・家臣を残して一人城から逃れた。同七年十一月に落城。5　家中の監視を行う侍。↓三十一頁注35。6　次男は村直。長男は村次（『荒木系図』）。村丸は実在しない。7　漠然とした北海道の知識にもとづき、そこに多くの島々があるという意味で「千島」と称した。8　旧暦の四月。9　現在の静岡県の中部、大井川下流の東。東海道五十三次の一つである駿河国島田宿があった。10　現在の静岡県掛川市東端の峠。平安期より東海道の難所の一つとして知られた。「あづまぢのさやのなか山中々になにしか人を思ひそめけん」（『古今和歌集』恋　紀友則）。11　現在の掛川市の粟ヶ岳より遠州灘に注ぐ川。12　防寒・防雨用で着物仕立てに作った合羽。13　現在の静岡県島田市西部。東海道五十三次二十四番目の宿駅で、島田と接する川越え地点として繁栄した。14　静岡県最北端の間ノ岳を源流とし、

千頭に至る主流の延長距離一八五キロを数える、東海道屈指の大河。本話にもあるように、しばしば洪水が発生した。

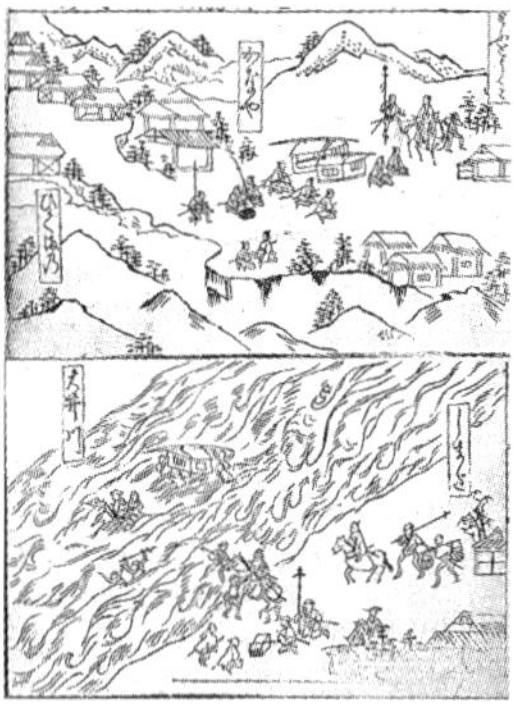

金谷・大井川

15　行列の後尾で、列を整える役目。

16　以下、原文は「勝太郎」ではなく「勝三郎」と表記。森岡丹三郎と紛れたか。

17　→五十一頁注30。

流れて死骸《しがい》の見えぬもあまたにて、渡りかからせての御難儀跡《あと》へかへらず。やうやう先《さき》の宿《しゆく》に上がらせ給ひぬ。

式部は跡より越えけるが、国元を出《い》でし時、同役の森岡丹後《もりをかたんご》、一子に丹三郎《たんざぶらう》十六歳なるが、「『初めての旅立ち、諸事頼む』との一言《いちごん》、ここの事なり」と、我が子の勝太郎を先に立て、次に丹三郎を渡らせ、人馬《にんば》共に吟味して、その身は跡より続きしに、程なく暮れに及び、川越《かはご》し瀬を踏み違へて、丹三郎馬の鞍《くら》返りて、横浪に掛けられ、はるか流れて沈み、これを歎《なげ》くにはや行き方《がた》知れずになりにき。しかも岸根今少しになりて、殊に歎《なげ》き深し。我が子の勝三郎[16]〔ママ〕は、子細なく汀《みぎは》に上がりぬ。式部途方《とはう》に暮れて、暫《しばら》く思案し済まして、一子の勝三郎を近づけ言ひけるは、「丹三郎儀は親より預かり来《き》たり、ここにて最期《さいご》を見捨て、汝《なんぢ》世に残しては、丹後手前、武士の一分《いちぶん》[17]立ち難し。時刻移さず相果《あひは》てよ」と勇めければ、流石侍の心根《こころね》、少しもたるむ所なく、引き返して立浪《たつなみ》に飛び入り、二度《ふたたび》その面影は見えずなりぬ。

式部は暫く世を観じ、「まことに人間の義理ほど悲しき物はなし。故郷《ふるさと》を出でし時、人も多きに、『[18]我を頼む』との一言、そのままには捨て難く、無事に大川を越えたる一子を、わざと最期を見し事、さりとては恨めしの世や。丹後は外《ほか》にも男子《むすこ》をあまた持ちぬれば、歎《なげ》きの中にも忘るる事もありなん。某《それがし》は一人の勝三郎に別れ、次第に寄る年の末《すゑ》に、何か願ひの楽しみなし。殊に母が歎きも常ならず。[19]時節外《ほか》なる憂き別れ、思へばひとしほ悲しく、この身もここに果てなん」と思ひしが、「[20]主《しゆう》命《めい》の道を背《そむ》くの大事」と、面《おもて》に世間を立てて、内意《ないい》は無常の只《ただ》中《なか》を観念して、若殿御機嫌良く御帰城を見届け、何となく病気して取り籠《こも》り、その後御暇《のちおいとま》を乞《こ》ひて、首尾よく伊丹を立ち退《の》き、播州《ばんしう》の[21]清水《きよみづ》に山深く分け入り、夫婦形を変へて、仏の道を願ひ、それまでは子細を人も知らざりしが、勝三郎最期の次第、丹後伝へ聞きて、その心ざしを感じ、これも俄《にはか》に御暇《ひま》乞《こ》ひ請け、妻子も同じ墨衣《すみごろも》。式部入道《にふだう》の跡を慕《した》ひて、その山に尋ね入り、[22]憂

18　特に、丹三郎を頼むと丹後に依頼された。
19　冒頭の「定命」に対応。寿命をまっとうできなかった。
20　主君村丸の御供を最後まで務めること。
21　現在の兵庫県社町平木にある天台宗寺院。西国三十三所観音霊場の第二十五番札所。
22　「高野山憂き世の夢もさめぬべしその暁を松の嵐に」(『新続古今和歌集』釈教　元可法師)。
23　死者の霊に供える水。

き世の夢を松風に覚まし、涙を子供の[23]手向水《たむけみづ》となし、不思議の縁に引かれて、菩提《ぼだい》に入りし[24]山の端《は》の月。心の曇らぬ語らひ、類《たぐひ》なき[25]後世《ごせ》の友行ひ澄まして年月を送りしに、その人も残らず。今又世にある人も残らず。

24　「入りし」は前後の「菩提」と「山の端」にかかる。「暗きより暗き道にぞ入りぬべきはるかに照らせ山の端の月」（『拾遺和歌集』哀傷　和泉式部）。
25　来世の安楽を願い、ともに修行する友。

## 読みの手引き

◇神崎式部の「痛み分け」

森岡丹三郎は水嵩の増した大井川の急流に足を取られ、馬と共に身を沈め、落命した。丹三郎を父丹後から預かった責任を感じた神崎式部に命じられた勝太郎（原文では「勝三郎」表記の方が回数は上回るが、頭注に記した通り、丹三郎と名が紛れた筆耕の不注意である可能性があり、本欄では「勝太郎」表記に統一する）は、自ら大井川の急流に身を投じ、同じく落命した。本話の眼目の一つは、式部があえて森岡丹後と同じく一子を失うことで、いわば「痛み分け」により、丹後への「義理」に応じた一連の展開であろう。

そもそも、二人は何故死ぬことになったのか。

この質問への回答を考える時、多くの読者は、水嵩の増した大井川を渡り越えるのは危険であると「様々留め参らし」た神崎式部の忠告を聞き入れず、無謀にも川渡りを実行した荒木村丸の判断を想起するだろう。もちろん、村丸の誤った判断が二人の将来ある若侍が死を迎えた直接的な原因となった点は疑いを俟たない。

したがって、後先を考えなかった若君が本話では批難の的になっている。そのようにとらえる読者も少なくはないだろう。

だが、本話を読む限りにおいて、西鶴の筆致は若君への批難に向けられてはいない。西鶴が本話で注目しているのは、夷が千島への遊覧に赴いた荒木村丸ではなく、命令に翻弄された神崎式部をはじめとする家臣の行動であり、心情である。

勝太郎を失った式部は、世をはかなみ、自害を覚悟する。けれども、式部はそれを思いとどまる。本文から、当該箇所を今一度確認してみよう。

「主命の道を背くの大事」と、面に世間を立てて、内意は無常の只中を観念して、若殿御機嫌良く御帰城を見届け、(…)

本話前半で、式部に与えられた「主命」とは、村丸が遠く夷が千島まで風景を御見物し、伊丹に帰城するまで、長い道中の最後まで御伴の役割を勤めきることにある。帰途での自害は、その命に反することとなり、許されなかった。自害は、「主命の道を背く」行為である。だからこそ、「内意」では勝太郎・丹三郎の溺死を悲しみつつ、「主命」を貫くべく、式部は「面に世間を立て」る。そして、それに続く「若殿御機嫌良く御帰城を見届け」、式部の任務は完了する。しかも、式部は単に若殿(村丸)が伊丹城に帰るのを「見届け」ただけではない。村丸は「御機嫌良く」主君村重のもとに帰って来たからこそ、式部の任務は成功したのであった。入城した村丸は、父村重と遠方の土産話に花を咲かせているに違いないし、それに式部も満足しているはずである。

くどいようであるが、村丸一校の遊覧は決して順風満帆ではなかった。大井川で一行の内、数え切れぬほどの人馬が犠牲となった。村丸はこの件をすっかり忘却してしまったのか。右の一節からそれは窺い知れないが、それは本話を読む上での本質的な問題ではないし、西鶴の筆も及んでいない。なぜなら、どんなトラブルが途中で起ころうとも、「御機嫌良く」若君に旅程を完了してもらうことこそが、式部の最大の使命であったのだから。じっさい、先の本文で式部は一度たりとも、若君の非を責めてはいない。式部は確かに「痛み分け」を命じた苦しみに「内意」でさいなまれてはいる。だが、その原因となった村丸の判断を槍玉に挙げたりはしていない。人の内面ははかりしれないから、もしかすると式部は、村丸への憎悪の念を抱いているかもしれない。想像は自由だが、西鶴は本話で村丸の非をあげつらっているわけではない。森岡丹後の身代わりで神崎勝太郎もまた溺死した。二人の若い命が失なわれたというこの事実があるのみなのである。

　村丸が務めた横目役・跡役は、藩士を束ねる要職である。武士であれば誰でも務まる職位ではない。家臣たちからも主君からも信用される人格者でなければ務まらない。森岡丹後が、一子を式部に託したのも信用あればこそであった。とりわけ、丹三郎が馬と共に大井川で溺死した後に、勝太郎に即座に「痛み分け」の命令を下したのも、横目役にふさわしい行為であった。

　家臣に対して命令を下すだけではない。式部は村丸に大井川の「景を見渡し」た上で、川越えは妥当ではないと、「様々」に進言し、留保を促している。このように、主君や若君を諫めるのも横目役の重要な任務の一つである。その結果、「血気盛ん」な村丸が、いかに「是非を考へ給は」ぬ判断をくだしたとしても、それに従うのが横目役・跡役のあるべき姿であった。換言すれば、村丸の判断の是非を問う課程は、「様々留め参ら」せた時点で終了した。よって、神崎式部は不平や不満を態度に示すことはなく、「若殿御機嫌良く御帰城を見届け」たのであった。

　如儡子《じょらいし》こと斎藤親盛《ちかもり》が著した武士教訓書『可笑記《かしょうき》』（寛永一九年・一六四二秋刊）には、「横目衆」の任にあづかった者は、奉行役人の依怙贔屓や胴欲、不道があってはならず、「大正直にして、万《よろづ》吟味強く、無欲の人」

がふさわしいとし、「横目は大事の者、謹むべし謹むべし」と付言する（以上、巻第四）。本話中の式部の振舞はまさに「大事の」役所《やくどころ》にふさわしいといえよう。

式部は、勝太郎を「痛み分け」で溺死させた事実を森岡丹後には打ち明けなかったらしい。恐らく、丹三郎と勝太郎が帰らぬ人となった結果のみを伝えたのであろう。丹後は、式部夫婦が出家し、播州清水寺に隠居した後で、「伝え聞」いたのであった。「痛み分け」の事実を隠したのは、丹後に恩着せがましくなるのを憚ったからであろう。したがって、丹後が「その心ざしを感じ」たのは、式部・勝太郎親子が潔く「痛み分け」の死を受け入れた点のみではなく、式部配慮の行き届いた態度に対しても向けられたのではなかろうか。丹後には丹三郎以外にも男子がいたが、式部には唯一の男子であった。それにもかかわらず、「まことに人間の義理ほど悲しき物はなし」との思いを去来させながら、勝太郎が大井川の藻屑と消えるのをただ見送った式部の態度にも、丹後の心は動かされたであろう。

森岡丹後夫婦も、式部夫婦の跡を追って出家し、同じ清水寺に隠居した。両夫婦は、共に失った息子の菩提を弔い、来世での極楽往生を願う「後世の友」となり、残る生涯を過ごしたのである。この結末もまた、式部の横目役にふさわしい判断や態度によるものとすべきだろう。

ここまで述べてきた通り、西鶴が本話で描き出したのは、横目役にふさわしい高潔さを終始示した神崎式部であり、その高潔さゆえに逡巡することなく「痛み分け」の命に殉じた勝太郎であり、この過程に心を打たれて同士となった森岡丹後であった。荒木村丸の無謀かつ非情な判断を指弾すべく本話が設けられたわけでないのは、もはや明らかであろう。村丸が無反省に「御機嫌良く御帰城」した点を指弾したのでもなかったのである。

（浜田）

# 二の一　身代《しんだい》破る風の傘《からかさ》

幾春《いくはる》か身を祝ひ、[1]若松《わかまつ》の城主[2]加藤肥後守殿《かとうひごのかみどの》に勤めて、[3]本部《もと べ》兵右衛門《ひやうゑもん》とて、武の道けなげなる人なりしが、侍は住居定め難し。奉公盛りの花の時、俄《にはか》に落花《らくくわ》のごとく、会津《あひづ》を[4]惣並《そうなみ》に立ち退《の》き、浪人程悲しきはなし。妻子はかかる節の難儀、又身代をかせぐうちに、兵右衛門病死を歎き、[5]惣領《そうりやう》は思ふ子細ありて、一子兵右衛門と申せしを、三番目の弟《おとと》[6]武州《ぶしう》にて磯貝《いそがひ》何某《なにがし》の家を継いで磯貝藤兵衛《とうべゑ》といへり。この方《かた》へ養子に遣《つか》はし、その身は高野《かうや》に隠し、[7]二尊院《じそんゐん》の門前に幽《かす》かなる草の

1　「若松」は前後にかかる。前者は新年の飾り小松。後者の若松城は、福島県会津若松市追手町にある城。寛永四年（一六二七）、それまでの城主蒲生氏にかわり、加藤嘉明が城の普請を行なったが、本格的大改修が行われたのはその子明成の時であった。なお、加藤姓が城主だったのはこの二人のみで、両者とも肥後守ではない。2　「肥後守」であったのは、熊本城主であった加藤清正（一五六二―一六一一）と三男で遺領相続を受けた忠広（一六〇一―五三）。忠広は、寛永九年（一六三二）、将軍徳川家光への謀反の容疑をうけ所領は没収され、出羽庄内に配流された。これを憚って西鶴は熊本ではなく若松に改めたか。3　加藤忠広の家臣本部兵左衛門がモデル。4　該当者が全員。5　長男。6　武蔵国。現在の東京都・埼玉県および神奈川県東北部。

庵《いほ》、浮世の月を余所《よそ》に見なし、いつとなく胸も晴れて、[8]廟《びやう》前《ぜん》の杉むら、[9]心の針のとがりをやめて、今は[10]千本槙《せんぼんまき》の露を払ひ、[11]観念の朝勤《あさづと》め、夕べは岩上《がんじやう》にたたずみ、後《のち》の世を願へるの外《ほか》なし。さて名を岡本雲益《をかもとうんえき》と改めける。

雲益[12]差次《さしつぎ》の弟本部喜介《もとべきすけ》と申せしは、[13]蜂須賀《はちすか》の家にありしが、眼病気《がんびやうけ》にて暇《いとま》申し請け、[14]阿州《あしう》の片里に引き籠《こも》り、世を暇《ひま》にして暮らしぬ。一子は磯貝藤介《いそがひとうすけ》といひて、これも浪人分《らうにんぶん》なり。喜介弟は出家して、同国[15]真言寺源久寺《しんごんでらげんきうじ》にすわりぬ。又源久寺弟は、本部実右衛門《もとべじつゑもん》と申して、これも阿州に安留次左衛門《やすどめじざゑもん》といへるは、親兵右衛門と古傍輩《こはうばい》なるゆゑ、そのよしみにてこれに掛《かか》り人《びと》と

7　慈尊院。和歌山県伊都郡九度山町にある高野山真言宗寺院。
8　弘法大師の廟がある高野山奥の院のこと。
9　心中にいだく害意。
10　「千本槙　五太尊の堂をさること十町余、懸崖のかたはらに数本あり。予倩々見るに本一根より千株をむらがり出すこと、あたかも一瓶に数本の槙をさしはさめるに似たり」（『高野通念集』寛文十二年・一六七二序）
11　心静かに一切を智慧により観察すること。
12　特に次男のこと。
13　本話中の時点での徳島藩主は、蜂須賀綱矩（一六六一―一七三〇）。延宝六年（一六七八）より五代藩主に就いた。
14　阿波国。現在の徳島県。
15　現在の徳島市寺町にある真言宗大覚寺派の寺。

なりて、年月ここに暮らしぬ。

　実右衛門ある時[16]、新橋[17]《しんばし》を渡り行《ゆ》くに、折節雨風激しく前後も見えざりし時に、向かうより嶋川太兵衛《しまがはたへゑ》と申す人、これも渡りかかりぬ。両方共に、さしかさ[18]傾《かたぶ》けて行《ゆ》き違ひしに、橋の中程《なかほど》にて、実右衛門傘《からかさ》を太兵衛さしかさに振りあてしに、太兵衛、「これは慮外[19]《りよぐはい》」と突きのけしに、実右衛門、「慮外と言はれては断りも申されず。その方《はう》何者にて、推参[20]《すいさん》なる言葉」と言ふ。「推参とはいかに。見れば安留次左衛門が家来の分《ぶん》として、詫びて通るべき事本意なるに、かへって雑言[21]《ざうごん》申す段、ここは堪忍なり難し」と、抜けば抜き合はせて、しばらく斬《き》り結びし。実右衛門運命尽きて、終《つひ》に討たれけり。

　その時節、磯貝兵右衛門、同名《どうみやう》藤介、この両人太兵衛をねらひしに、又者分[22]《またものぶん》の御沙汰[23]に極まり、討つ事なり難く、是非に及ばず、所を立ち退き、武州《ぶしう》に下《くだ》り、同名藤兵衛方に居て、国元の様子聞き合はせけるに、太兵衛事少し手を負ひ、御奉公なり

16　新橋での接触事件は、後続の文献では「貞享元年末つ方」（『日本武士鑑』二、『武士鑑』）、「貞享元年四月二十四日」（『雅俗随筆』下）の出来事とする。
17　徳島県内町と新町間の新町川に架けられた新町橋のこと。蜂須賀家政入国直後に架橋されたとされる。
18　雨傘。
19　思いもよらぬ不法・不当な態度や行為。
20　無礼なふるまい。
21　悪口、悪態。
22　「又者」は、直属していない家来。蜂須賀の直臣であった嶋川太兵衛にに対し、安留次左衛門の臣下である本部実右衛門は陪臣であり、敵討は成立しないとの判断が下された。
23　政務の処理や判断。
24　姿を隠して離れて生活すること。

難く、御断り申し上げ、弟《おとと》惣八《そうはち》に家を継がせ、その身は遠所《ゑんじよ》の山里に逼塞《ひつそく》[24]して、名を本立《ほんりふ》[25]と替へて、頭《かしら》も散切《ざんぎり》[26]になり、医道《いだう》を心掛け、昔のごとく栄花の望み絶えて、世の交はりをも止《や》められける。

兵右衛門は江戸に罷《まか》りあるうちに、世間の事どもうち捨て、ただ一念に伯父《をぢ》[27]の敵《かたき》討ちたき願ひばかりに、朝暮《てうぼ》武芸励み、毎日兵法《へいほう》の師の許《もと》に相勤《あひつと》めけるが、何とぞ武運に叶ひ、嶋川太兵衛に巡り会ひたき諸願を掛け、忍び忍びに阿州《あしう》の内証《ないしよう》を聞くに、国を出《い》でざれば、何とも詮方《せんかた》尽きて、気を悩みしに、その里の人年頃別して語り、殊更《ことさら》内縁のよしみなりけるが、長病《ちやうびやう》にて所の療治《りやうぢ》尽きて、次第に退屈[28]の身となり、上方《かみがた》の名医に会ひて相談ありたき願ひ、一門同心して、養生《やうじやう》のため大坂《おほざか》に上《のぼ》れば、本立もこれを見捨て難く、気遣《づか》ひ絶えざる身なれども、常々念比《ごろ》の義理を思ひて、病人は斟酌《しんしやく》[29]すれども、「船中の気分心もとなし」と付き添ひ、大坂に着船して、南[30]の御堂《みだう》の前に借座敷《かりざしき》を

25　太兵衛の出家名は、「本立」(『日本武士鑑』、『武士鑑』)、「本龍」(『摂用奇観』)。26　月代を剃らず、頭髪をうしろへ撫でつけて結ばないで、切り下げたままにした髪形。

散切

27　本部兵右衛門にとって、実右衛門は父岡本雲益の弟であるから、正確には「叔父」。28　病気が長引いて気力がおとろえた。29　遠慮、辞退。30　現在の大阪市中央区北久太郎町にある真宗大谷派の寺、難波別院。

南の御堂

ととのへ、主《あるじ》は四季折々《をりをり》の草花商《あきな》へる店にして、これも心の慰みなれる所とて、万《よろづ》に気を付け、本立も随分ひそかに町歩《あり》きして、人知れず逗留《とうりう》いたせしに、右の子細を知る人は[31]無用の沙汰しける。

31　よけいな噂を立てた。

【本部兵右衛門家系図】

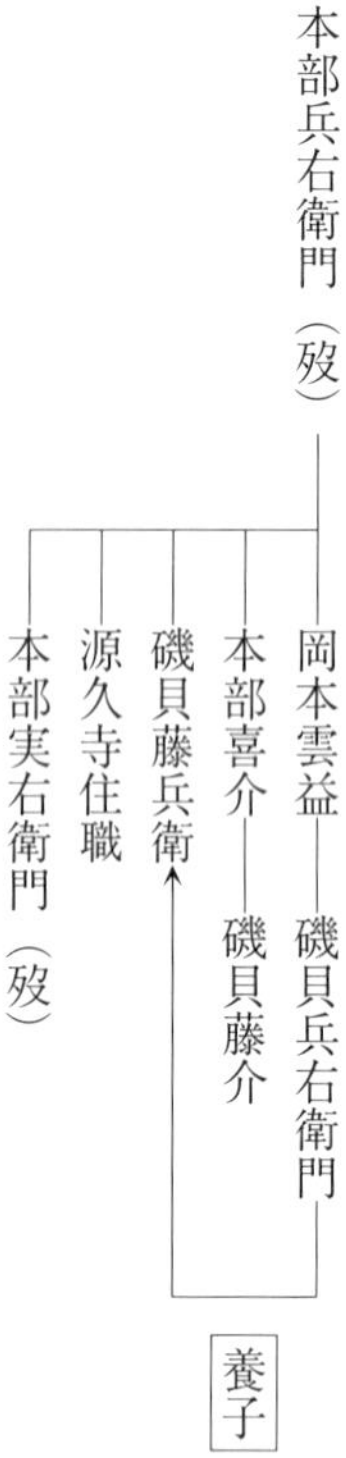

# 二の二　御堂《みだう》の太鼓《たいこ》打つたり敵《かたき》

[1]悪事四十里を走り舟。大坂の様子、阿波《あは》に聞こへて、[2]鳴門《なると》の浪風《なみかぜ》もなく、磯貝藤介《いそがひとうすけ》が方《かた》より人を仕立て、[3]東武《とうむ》にありし兵右衛門方へ文通せしに、この状、[4]貞享《でうきやう》四の年五月十四日に着きて、兵右衛門内見《ないけん》して、その夜《よ》身ごしらへせしに、舟越《ふなこし》九兵衛《くへゑ》といへる浪人聞き付けて、「かねて語りしは、かかる時の事なり」と、助太刀《すけだち》の事頼もしく申すを、色々辞退申せど、「是非同《どう》道《だう》」と言ひ掛かつて引かざれば喜び、両人上《のぼ》りしが、九兵衛「[5]存知入《ぞんぢい》りのある」とて、[6]脇指《わきざし》一つにな

1　悪い行ないや悪い評判はたちまち世間に知れ渡る「悪事千里を走る」のもじり。「四十里」は、難波から阿波までの海上の距離。
2　伝兼好「世の中をわたりくらべて今ぞ知る阿波の鳴門は波風もなし」（『兼好自撰家集』上　等）。
3　江戸の異称。
4　本話の敵討事件を伝える諸資料（『日本武士鑑』、『過眼録』、『摂陽奇観』等）は、いずれも貞享四年の出来事と伝える。本作品刊行の一年前。
5　思うところ。思案。
6　かたわらに付き添う家来に扮した。

つて、家来分《けらいぶん》にて道を急ぎ、二十四日に京都に入りて、右の段を[7]御郡代衆《ごぐんだいしゅ》へ御断り申し上げ、二十五日の朝大坂へ下《くだ》り着き、[8]なるほどひそかに尋ね見回《まは》り、六月朔日《ついたち》に藤介阿州《とうすけあしう》を発足《ほつそく》して、同二日に難波《なには》の舟着《ふなつき》に上がり、兵右衛門《ひやうゑもん》藤介に出で合ひ、「これは」と勇みをなし、両人[9]敵討《かたきうち》の御帳《おちやう》に付いて、首尾よく御屋敷罷《まか》り立ちて、はやその日より、「もしも人立《ひとだ》ちの所にあるべきか」と、[10]道頓堀《だうとんぼり》の芝居の果てを心掛け、一人は[11]嵐三右衛《あらしさんゑも》門《ん》が木戸《きど》につき、又一人は[12]大和屋甚兵衛《やまとやじんべゑ》が表に立ち、一人は[13]荒木与次兵衛《あらきよじべゑ》が[14]追出《おひだ》し太鼓《たいこ》の鳴りしまふまで、田舎らしき人に気を付け、あるひは笠のうちに心を配り、[15]出羽《では》・[16]義太夫《ぎだいふ》が浄瑠《じやうる》璃《り》の果て口、[17]又太夫《まただいふ》が舞ひを聞く人、[18]竹田《たけだ》がからくりの見物、[19]甫水《ほすい》が『太平記《たいへいき》』を読める所、その外《ほか》[20]浜芝居《はましばゐ》の小見世物《こみせもの》、[21]水茶屋《みづちやや》の客までを吟味して、それより寺社の遊山所《ゆさんどころ》を見巡り、町筋の縦横《たてよこ》、人家《じんか》の末々《すへずへ》までも見渡しけるに、[22]この津の広さ果てしなく、いつ会ふべきも定め難く、なほ又、浜辺浜辺を探し、

7　江戸時代の職名の一つ。勘定奉行の支配に属し、領民の裁判や民政全般をつかさどった。8　できる限り。9　江戸時代の武士は、主君の許可を得て免状を受け、他領に出立する場合、主君より幕府の三奉行所に敵討許可の旨を届け、町奉行所の帳簿（敵討帳及び言上帳）に記載する必要があった。10　大阪市南区から西区にかけて東西に通ずる堀川の河岸一帯。寛永三年（一六二六）に勘四郎町の芝居興行が移されて以来、歌舞伎・浄瑠璃の芝居小屋が多くなった。11　初代。一六三五―九〇。延宝二年（一六七四）か三年に上京し、以後京坂で座本を勤めて活躍した。12　一六五二―一七〇四。延宝年中（一六七三―八一）に鶴川辰之助を改め、甚兵衛を襲名して若衆方から立役となり、座本を兼ねた。13　生没年不詳。延宝～元禄にかけて京坂を代表する役者の一人で、堀江芝居を開発し、長く座本を勤めた。14　芝居興行が終わった時に打ち鳴

らす太鼓。15　伊藤出羽掾。特に寛文・延宝期（一六六一―八一）を最盛期として道頓堀を本拠に活躍した浄瑠璃太夫。16　竹本義太夫。一六五一―一七一四。義太夫節創始者。貞享元年（一六八四）道頓堀に竹本座を建て、成功を収めた。17　幸若舞の太夫。「人は盗人火は焼亡と舞まいの又太夫が言葉のすゑ」（『本朝二十不孝』巻一の四）。18　竹田近江は、寛文二年（一六六二）大坂道頓堀で竹田座をひらき、からくり人形芝居をはじめた。19　『太平記』読みの講釈師の一人。「天神の甫水が太平記の評判」（『難波の白は伊勢の白粉』）。

太平記講釈

御堂《みだう》の前を通りけるに、物には天理あり、嶋川本立《しまがはほんりふ》その日国元に下《くだ》り舟、幸ひの日和《ひより》、夕暮れの風待つ人[23]もありて、又舟より上がり、同道三人に立ち帰りぬ。この舟そのままに出《い》で行き、国里に帰り居《ゐ》ば、時節を待つとも知れ難し。兎角《とかく》は、道理に責められ立ち戻りしを、兵右衛門・藤介ほのかに見付けしが、しかとはいまだ極め難く、殊更連れたる人々の迷惑を顧《かへり》み、足場[24]見合ひけるに、借宿《かりやど》の花屋がうちに入りぬ。

いよいよ見定めて付け込み、躍り上がりて喜び、「今日こそ恨みの晴らし所なれ。少しもせく事なかれ。ここは往来の繁《しげ》し。外の人に過ちなきやうに」と申し合ひ、出づるを待つに久しければ、「旅宿《りよしゆく》に踏《ふ》ん込《ご》み討つべき」と言ふ。これも病人を憐《あは》れみ、「今しばらく待ち請け、大道《だいだう》[25]にして討つべき」と、あなたこなたに立ち隠れ、とやかく内談をするを、近所の町人《まちにん》不思議立つるもあり。さる小家《こいへ》に入りて、「我々は待つ人ある」よし言ひて、水などもらひ、今日の暑さをしのぎ、三人共に立ち替はり立ち替はり、様子[26]見せなる草花に心を寄する風情して、「敵《かたき》はやがてしほるる[27]罌粟《けし》のごとし。我等《われら》は盛りの[28]菖蒲太刀《しやうぶだち》、風に花を散らすべし」と思ふ心の色外《ほか》に見えて、後《のち》には亭主も異《い》な事と思ひ、目を付けぬれば、少しまた南の方《かた》へ[29]よげて待つに、日影も西に傾《かたぶ》き、[30]お八つの知らせ太鼓《だいこ》打ちぬれば、浮世を盗みたる男、[31]頭《かしら》は夏の夜《よ》の霜をいただき、[32]綟《もぢ》の肩衣《かたぎぬ》掛けて行《ゆ》くもあり、嫁のいやがる祖母《ばば》も一連《ひとつ》れに、七、八人づつ、[33]置綿《をきわた》・[34]手拭《てぬぐひ》・扇《あふぎ》に数珠《じゆず》を持ち添へ、後世《ごせ》の場《には》にも座を争ひ、我遅れじと急ぐ足音をかし。これらは皆行《ゆ》く先近く、仏を頼むも理《ことはり》なり。若盛《わかざか》りの男の隙《ひま》ならば、遊び所もあるに無用の御堂《みだう》参り、子細らしくは見えてから、偽《いつは》りのやうに思はれける。

　世は様々と見しうちに大勢の中に紛れて、本立も参りける。三人気を付けて、[35]御讃談半《おさんだんなか》ばにあまたの人を見分けしに、仏前の恐れもなく、柿《かき》の[36]夏頭巾《なつづきん》置きたる頭《あたま》、[37]来迎柱《らいがうばしら》の順にちろりと見えけるを、北の縁側に回りてよくよく見届けしに、嶋川太

20　江戸時代初期、大坂でもっとも早く開けた興行地である道頓堀の南の河岸を「浜側」と呼んでおり、ここに芝居小屋が立ち並んでいた。
21　座元・太夫元など芝居関係者が副業として経営し、桟敷の予約や食事の世話もした茶屋。22　大坂の広大さ。
23　「待つ」は、「風」と「人」の両方にかかる。24　敵討に適当な場所を都合する。25　大通り。26　様子を「見る」と、花屋の「店」を掛ける。27　「消す」と掛ける。28　端午の節句に子供が太刀代わりに飾った菖蒲。「勝負」にかける。
29　「よける」に同じ。この頃には濁ることがあった。30　午後二時〜四時頃。
31　霜が夏の夜に降ったかのような白髪頭。32　麻糸をよじって織り出した目の粗い布。33　綿帽子の一種。真綿を束ねて頭の中央におき、風の吹くときは飛ばないように手拭いをかぶり顎の下で結んだ。34　ここでは、置手拭のこと。たたんだ手ぬぐいを、頭または肩などに載せ

る。
35 仏徳などをほめたたえる説法。
36 夏にかぶる頭巾で、絽または紗など薄い布を用いた。
37 仏堂本尊の左右の柱を来迎柱と呼ぶ。一般の柱より太い。
38 けなげなで、立派なこと。
39 御遠慮下さい。
40 手ばやい。すばやい。
41 正義の剣。特に、敵討の剣のことを指す。

兵衛に紛れなし。各々喜び、客殿に回り、御寺預かりの人に右の内通して、騒ぎ給はぬ心得のためを申せば、[38]神妙《しんめう》なる付け届けを感じける。「さりながら、御仏前にての事は[39]御用捨《やうしや》」と頼まれければ、その段は請け合ひ、「然《しか》らば裏御門《うらごもん》はさし固められ、門《もん》一つの出入り」と申しけるに、その段はまた請け合ひて、はや裏の門は固めおかれぬ。三人は御門前の町に出《い》で、三方へ手分けをせし。先《ま》づ兵右衛門は東への道筋あれば、その角《かど》に控へたり。藤介は北の方《かた》の門を固め、九兵衛《くへゑ》は南の門に付きて、ここぞと待ち請けし有様、天を翔《か》ける鳥も逃《のが》るべきやうなし。

「さあ、今果つると心得《こころふ》べき物なり。あなかしこ」の声聞けば、惣《そう》立ちに人の山見ゆる中に、本立編笠《あみがさ》かぶり出づるを、兵右衛門駆け付け、「その方は嶋川太兵衛と見請けたり。伯父《をぢ》の敵《かたき》やらぬぞ」と言葉を掛くれば、本立も聞きもあへず、「心得たり」と、笠脱ぎかけ[40]手ばしかく刀抜き合はせて渡し合ひぬ。本立身軽く天晴《あつぱれ》働きけれども、兵右衛門[41]利《り》の剣《けん》もつて開いて斬り込み、両方共に早業《はやわざ》、手を尽くして戦ふ。時に本立編笠の緒《を》、首筋に掛かりて、少しは働きの邪魔にもなりぬ。されども宙《ちう》を飛ぶごとく、かひがひしく斬り結ぶ所へ、藤介駆け寄り斬り付け、これに大方利《り》を得て、畳《たた》みかけて斬り立てける。時に所の町人驚き、商売の店戸をさし騒ぐ。九兵衛これに下知《げち》して、「騒ぎ給ふな。敵討《かたきうち》なるぞ。只今首尾よく討ち止めたるを、各々見物し給へ」と、さても落ち着きたる男なり。その内に太兵衛を斬り伏せ、心静かにとどめを刺し、その身を見れば、深手《ふかで》[42]・浅手《あさで》二十一か所、「さりとはこれまで働き、六月三日の入相《いりあひ》[43]の鐘に、御堂の前の花は散りける」と詠《なが》めし。

兵右衛門は今年二十六歳、血気盛んの時を得たり。藤介は十八歳、前髪《まへがみ》[44]盛りの美少《びせう》、薄手《うすで》[45]の血潮を自《みづか》らぬぐひ、太刀を杖につきながら腰掛けに休らひ、三人顔を見合はせ息をつぎて、礼儀述べ、諸事の詰め開き[46]見るさへ、「武士の本意」と勇めば、その身の嬉しさ限りもなく、先《ま》づは町に入りて養生いたしぬ。

42　太兵衛の負傷の合計は、『過眼録』、『摂陽奇観』に同じ。
43　日没に寺で合図のため、つき鳴らす鐘。
44　元服前の男子が若々しい盛りであること。
45　浅い傷。
46　出所進退や立ち居振舞のこと。

藤介一か所、兵右衛門は五か所の疵《きづ》、平癒《へいゆう》[47]して当分何の子細もなく、高野《かうや》[48]の方へ立ちける。

47 病気から回復すること。
48 兵右衛門の父・岡本雲益が住む高野山へ出立した。

## 読みの手引き　巻二の一・巻二の二

◇「敵討」の要件――嶋川太兵衛は「悪役」か？――

前後二章からなる本話は、実際に大坂御堂前で起こった敵討事件より材を得ている。後の記録・随筆の類にも当該一件に関する記述を見ることも出来る。西鶴は、「貞享四の年（＝一六八七年）」、「六月三日」の出来事とするが、貞享元（一六八四）年とする文献もある（椋梨一雪《むくなしいっせつ》『古今武士鑑』元禄九（一六九六）年三月刊、浜松歌国『摂陽奇観』、笠亭仙果《りゅうていせんか》『雅俗随筆』等）。いずれにせよ、『武家義理物語』は、この一件をかなり早い段階で扱った文芸作品である点は動かない。おおむね鎌倉時代～寛永期（一六二四―四五）に時代を置くこの作品にあっては、飛び抜けて出版年に近い時期に発生した事件が本話では扱われたことになる。いわゆる「際物《きわもの》」の性格の濃厚な二話である。

阿波新橋での雨傘接触をきっかけに斬り合いとなり、本部実右衛門が嶋川太兵衛に討たれ、磯貝兵右衛門・藤介等が大坂南御堂で叔父の無念を見事に晴らす。本話のドラマチックな首尾ゆえ、先述した記録・随筆類はもとより、『敵討貞享筆記』・『敵討磯貝真伝記』等の実録、速水春暁斎『絵本顕勇録』（文化七・一八一〇年刊）といった絵本読本に至るテキストのみならず、長谷川千四『敵討御未刻太鼓《かたきうちおやつのたいこ》』（享保十二・一七二七年）、菅専助『御堂前菖蒲帷子』（安永七・一七七八年）等の浄瑠璃作品や、詳細は不明なものの元禄初年（一六八八―）頃には、荒木与次兵衛座で「御堂前の敵討」の演題で歌舞伎作品にも相次いで取り組まれた（以上、早川由美「御堂前敵討事件の劇化」（『江戸文学』29　二〇〇三年十一月）及び菊地庸介『近世実録の研究―成長と展開―』二〇〇八年、汲古書院、参照）。

敵討ものの演劇作品では、敵役に典型的な悪役像を要請されるのは当然であろう。たとえば、『敵討御未刻太鼓』の太兵衛は、「是は又、暑気の最中、手前がやうに肥満いたした者はなをさら、帷子を打抜いて袴迄汗になるを存れば、寒いかたがましでござる」と自らの風体に言及する（上巻「春日神社」）。こうした不格好な造型は、先述した「御堂前の敵討」で彼を演じた篠塚次郎左衛門が、「まづ太り、格別に手足大仏の正面柱を見るに等し。あまり太るる故、腹と腹とが原鼓を打つ。顔付き苦み有て、憎い奴にはよく映るなり」（『役者大鑑合彩』元禄五年・一六九二までに刊）と評されたあたりまで遡れそうである。

ひるがえって、本話の太兵衛はどうであろうか。右の演劇作品とは対照的に、本話では彼の外見への描写は少ない。敵討ちの場面での「本立身軽く、天晴働き」、「宙に飛ぶごとく、かひがひしく斬り結ぶ」（巻二の二）といった描写からはむしろ、太った風体は想像し難いのではあるまいか。すなわち、本話における嶋川太兵衛は、敵ではあっても悪役ではない、と言えそうである。西鶴は、やや判然としない人物造型を何故太兵衛に与えたのか。

この問いに答えるために、まずは彼が「敵」となった阿波新橋での衝突の場面を本文から今一度確認してみよう。

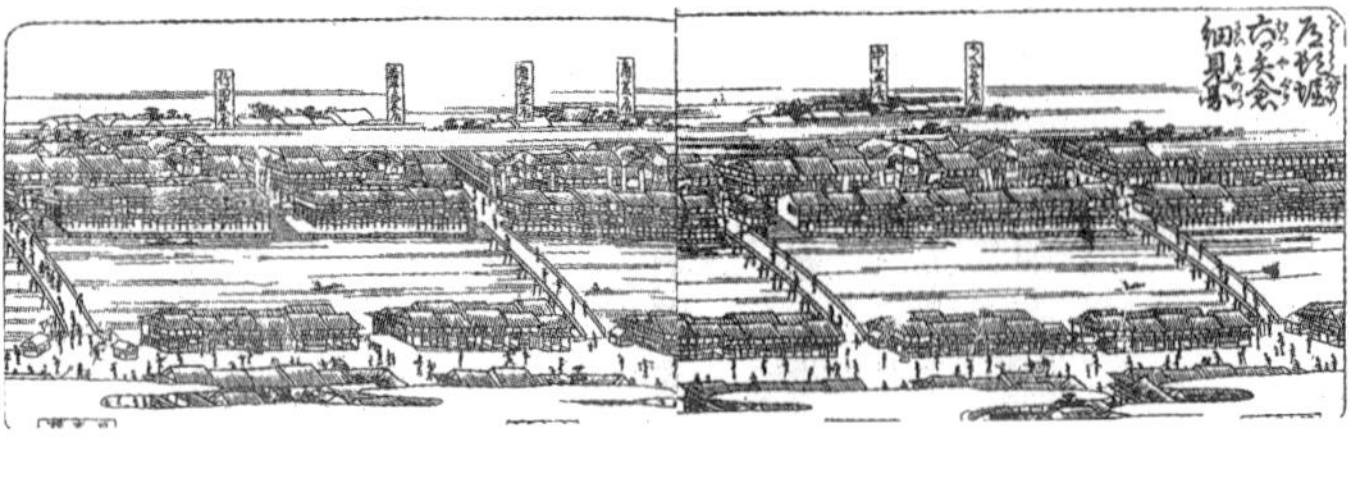

道頓堀の芝居小屋

橋の中程《なかほど》にて、実右衛門傘《からかさ》を太兵衛さしかさに振りあてしに、太兵衛、「これは慮外《りよぐはい》」と突きのけしに、実右衛門、「慮外と言はれては断りも申されず。その方《ほう》何者にて、推参《すいさん》なる言葉」と言ふ。「推参とはいかに。見れば安留次左衛門が家来の分《ぶん》として、詫びて通るべき事本意なるに、かへつて雑言《ざうごん》申す段、ここは堪忍なり難し」と、抜けば抜き合はせて、しばらく斬り結《き》びし。実右衛門運命尽きて、終《つひ》に討たれけり。

本部実右衛門の傘が、太兵衛に接触すると、「慮外」とそれを突きのけようとした。これに対し実右衛門は、「慮外」と言われるのは「推参」であると反論し、他方太兵衛は、阿波藩主蜂須賀家の直臣である自分の方が、直臣の家臣である実右衛門よりも身分が上であり、詫びるべきは、実右衛門であるとたたみかける。このように、両者とも、傘が衝突したことを互いに詰り合ってはいないようである。右引用文の直前には、折の豪雨により「前後も見え」ない気象条件であったとあり、したがって接触事故には両者に落ち度はなかったと解しうる。実右衛門は、「断りも申す」、すなわち、過失とはいえ、傘の衝突について謝罪するつもりであったが、「慮外」と咎められたため、それもできなくなってしまった。対して、太兵衛は身分差を引き合いに出し、いかに過失であろうとも謝罪すべきは実右衛門の側であると主張する。

もう一度整理すると、①実右衛門は、詫びるつもりであったが「慮外」という過言――これについては、後述する――により咎められた以上、謝罪には応じられない。②太兵衛は、実右衛門より身分が上であり、当然謝罪すべきは実右衛門の側である、この双方の言い分が真っ向からぶつかりあったのが、斬り合いに至った原因であった。

西鶴の筆致は、双方のいづれかに優劣を与えていない。それが、太兵衛を悪役の造型を与えなかった根拠になっている。譲歩できない互いの立場から斬り合いとなり、結果として本部実右衛門が討たれてしまい、その瞬間から太兵衛は「敵」になってしまったのであって、大きな非があったから「敵」になったわけではないのである。

実右衛門が、「推参なる（＝無礼な）言葉」をかけられたと責めた、太兵衛の「慮外」なる言葉の意味すると

ころが分からないと、彼の理屈は理解できない。「慮外」とは、頭注にも示したが、「思いもよらない不法・

不当な態度や行為についていう」（『日本国語大辞典』）言葉である。

近世初期に武芸書の手本として読まれた『甲陽軍鑑』にも、「無案内の者、無詮索なり。無詮索なる者は、

必ず、慮外なり。慮外なる者は、必ず、過言を申す」（本篇巻十合戦之巻二上）との武田晴信の言が残されてい

るように、武士としてあるまじき「過言」を「申す」振る舞いを指す、侮蔑的な用語であった。実右衛門は

少なくとも、故意に何らかの失礼を太兵衛にはたらいた痕跡はない。よって、実右衛門にとって、太兵衛の

「慮外」は、罵詈雑言にほかならなかったのである。この点で、太兵衛は言動面において非があるとも解しう

るが、そもそも太兵衛が実右衛門よりも立場が上であったことは先述の通りであり、非をみとめる理由はな

い。ただ、「前後も見え」ぬ気象条件ゆえ、互いの身分を確認しあう機会と余裕に恵まれなかったのが遺恨で

あった。

阿波で昵懇であった太兵衛の友人が長患いの身となり、大坂に上ることとなった。友人は、太兵衛が追わ

れる身であることを憂慮したものの、太兵衛（出家して本立と改名）は、「常々念比の義理を思ひ」、「「船中の気分

心もとなし」と付き添」った。西鶴が「義理を思」う人物と彼を評した点は看過できない。太兵衛が実右衛

門を討ち取ったのは、道理に叶った行為であった。だからこそ、西鶴は敵である太兵衛（本立）にも、「義理」

をみとめたのではなかろうか。

友人の不安は的中し、大坂に逗留している噂はたちまち、阿波の磯貝藤介の耳に入ることとなった。つい

に、借宿の花屋を特定された太兵衛であったが、逃げも隠れもせず、磯貝兵右衛門・同藤介・舟越九兵衛との三対一の不利な戦いを受けた。まさに、「天晴」な「働き」である。

兵右衛門たちもまた、敵討に御堂の参詣者が巻き込まれないよう、管理者と段取りを相談する配慮を見せている。敵討の段となり、周囲が騒ぎになると、舟越九兵衛は落ち着くよう、助太刀らしく呼びかけている。敵味方双方に最後まで道理をみとめていることは、太兵衛（本立）に対する「「御堂の前の花は散りける」と詠めし」に、兵右衛門等に対する「「武士の本意」と勇めば」という称賛の文句からも明らかであろう。

南御堂前の敵討を扱った後の演劇作品は、おしなべて磯貝兵右衛門が悪人である嶋川太兵衛を成敗するという展開に収斂していったようであるが、一方で、本話では敵討が事の是非や善悪に決着をつけるという構成・展開をとっていないことは、ここまでの論旨で述べてきたつもりである。

ここで、『武家義理物語』序文を今一度思い出してほしい。その一節には、「時の喧嘩・口論、自分の事に一命を捨つるは、まことある武の道にはあらず」とあった。本話は、「時の喧嘩・口論」が敵討に発展したケースではあるまいか。それは確かだが、嶋川太兵衛は、格下の侍である磯貝兵右衛門に謝罪を迫るのが道理であったし、実右衛門は、「慮外」という雑言に抗するべき道理があった。彼らの対峙は、「口論」というよりは、「まことある武の道」をめぐる衝突であった。したがって、本話の内容は、本作の序文の意向に何ら矛盾するものではなかったというべきであろう。

さらに、本話から敵討を実行するに至るまでに必要な手続きも理解できる。まず、京に上った兵右衛門は、京都所司代へその旨断りを入れ、太兵衛の大坂滞在を確認した時点で、ようやく「敵討の御帳」に記帳を済ませている。彼らにとって、大坂は故郷阿波藩の領外である。領外での敵討は、現地で許可を得なければならない手筈なのである。

大坂逗留を確認したとて、敵の居場所まで特定するのは至難の業である。繁華な地に太兵衛が出現するに違いないと見当をつけた兵右衛門たちが立ち寄った、芝居小屋・見世物小屋等を一気呵成に列挙する一節（76頁7行目〜13行目）は、西鶴の筆がまことにさえわたっている。「この津の広さ果てしなく」という表現が、これらの列挙にとどめをさす効果をあげている。一人の敵を討ち果たすまでの労苦を巻二の二は、リズミカルな文章で描写する。このような西鶴の筆さばきにも注目して、本話を味読してもらいたい。

（浜田）

# 二の三　松風ばかりや残るらん脇差《わきざし》

人の心ざしほど格別違《ちが》ひある物はなし。信長公の御時、[1]墨俣《すのまた》の[2]川屋敷とて、[3]夏をむねと造らせられ、風の松涼しく、御通ひ舟、御寝間《ねま》のほとりまで差し入り、御物好きの面白く、[4]絹《きぬ》もぢの障子の中に、[5]京女臈《じやうらふ》の美しきを、あまた召し寄せられ、折節の御遊興所にあそばしける。中にも月の夜《よ》・雪の夜《よ》とて、二人の女臈、美形によつてひとしほ御不憫《ふびん》のかかり、両の御手に[6]花・紅葉《もみぢ》の御寵愛《ごちようあい》、春秋《しゆんじう》もこれゆゑ御楽しみ深かりき。これを思ふに、両人姿を争ひ、御奉公し[7]がち

1　岐阜県大垣市墨俣町。織田信長が永禄九年（一五六六）に秀吉に命じて築かせた砦。短期間での築城ゆえ、一夜城とも言われた。当時は木曽川がここで長良川に合流していた。
2　川に面した屋敷。
3　「家の作りやうは、夏をむねとすべし」（『徒然草』・五五段）。
4　絹糸で目を粗く織った布。
5　身分の高い京育ちの女性。
6　「いづれか花紅葉、色くらべの」（一の二）。
7　しただけ勝ち。競い合って勝とうとする心。

の心もあるべき事なるに、世間とは格別の事にして、中々御[8]機嫌のよろしきを恥ぢ合ひ給ひ、殿たび重なりて御入りましませば、俄《にはか》に作病《さくびやう》して、雪の夜は[9]風邪騒《さう》々《ざう》しく申し上ぐれば、これをいたはり給ひ、月の夜に入らせ給ひ、明け暮れ御前《ごぜん》[10]よろしければ、身に障《さは》[11]りあるなどを申して取り籠《こも》り、わざと御機嫌をそむき、両人ともに同じやうに、年を重ねて御奉公をつかふまつる。女のかかる事はためしもなき心《しん》底《てい》、前代未聞の名女《めいぢよ》なり。流石《さすが》[12]俗姓《ぞくしやう》いやしからず。雪の夜は西国《さいこく》の国主の娘、月の夜はさる[13]貴人《きにん》の息女なるが、二人ともに子細あつて、町人の子分[14]になりて、御奉公には出でられしとな

8 寵愛の深いこと。
9 風邪を大げさに。「雪の夜」の縁語的な表現。
10 御機嫌が、の意。ここも寵愛のことをいう。
11 月の障り。「月の夜」の縁語的な表現。
12 出自。氏素性や家柄。
13 家柄や身分の高い人。
14 義子。

り。これを見るに、[15]筋目《すぢめ》ほど恥づかしきはなし。いやしき者の娘は、無用の[16]悋気《りんき》に我が気を悩まし、人の身を痛め、[17]又の世の苦しみも構はず、悪心胸に絶えず。これらはなさけをかけても、うるさき所あり。

又松風《まつかぜ》とて、[18]尾州鳴海《びしうなるみ》あたりの浜里《はまざと》に、[19]猟人《れうと》の娘なるが、浦育ちには[20]名誉うるはしく、古代[21]須磨《すま》の海人《あま》の松風の女には劣るまじき風儀なれば、いやしくも御前《ごぜん》勤めを望み、これも川屋敷にありしが、近くは召されながら、つひに[22]御枕をなほさぬ事を恨み、「兎角雪の夜・月の夜が、悪《あ》しくも申しての事ならん」[23]と、女心に思ひ込み、この二人をねらひ、時節待つうちに、年珍しき曙《あけぼの》、[24]御謡初《うたひぞ》め、二日の夜、又川屋形に[25]御成《おなり》とて、[26]島台《しまだい》飾りて、御酒宴重なり、女中も常よりは[27]酒《ささ》過ごして、前後知らざりき。松風「今宵《こよひ》」と思ひ定め、萩《はぎ》の戸《と》の陰にて[28]身を固め、[29]打掛《うちか》け姿は人並みに、[30]国尽くしの間《ま》に[31]居《ゐ》流れて、夜の更けゆく[32]首尾うかがひけるに、この女の立ち振舞《ふるま》ひ、灯火《ともしび》の影に見させ

15 人の家柄や家筋は、なにかにつけ言動などににじみ出てしまう。
16 ねたみや嫉妬。
17 来世で地獄に落ちること。
18 名古屋市緑区鳴海。東海道の宿駅の一つ。19 漁師。20 不思議に。「浦育ち」には不釣り合いな美しさであったということ。21 謡曲「松風」に描かれる松風・村雨は、須磨に流された在原行平が愛した海女の姉妹。22 殿と御枕を交わしたことがない。23 ここは新年をいう。24 謡曲の謡い始めをする新年の儀式。正月二日が慣例。25 信長公がお出でになる。26 蓬莱の島台。一の二挿絵など参照。27 酒をいう女房詞。28 身がまえて。29 小袖の上に羽織る長小袖。婦人の礼服。30 襖に諸国の名所絵を描いた部屋。31 列座して。居並んで。
32 機会。

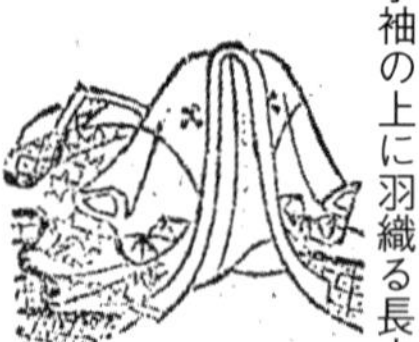
打掛

られ、[33]局頭《つぼねがしら》の梅垣《うめがき》をひそかに召され、「あの菊流しの衣装の女、懐中に子細あり。捕らへて詮議仕《せんぎつかまつ》れ」との上意を請けて、松風と言へる女をば[34]たばたと取り巻き、懐《ふところ》を探しけるに、案のごとく[35]肌刀《はだがたな》を差してあり。「これは曲者なり。いかなる存念《ぞんねん》あつて、かく[36]御吟味の御前へ刃物は差し給ふぞ。是非言はせずしてはおかじ。[37]身の難儀《なんぎ》に遭ひ給はぬ先に」と、色々責めても、「無念」とばかり言ひて、中々申さるる気色はなし。「これには様子あるべし」と、この女の[38]局をさがして見しに、[39]乱れ箱にうち入りて書置あり。次第を詮索すれば、月の夜・雪の夜、二人の女臈に恨みを含み、命を取るべき思ひ立ち、さりとは恐ろしき女と[40]沙汰《さた》極まりて、見せしめのため、[41]御仕置になりぬ。これ我が心からの悪事にて一命を捨てける。

その後《のち》、かの女の[42]執心《しゅうしん》通ひて人を悩ませ、女中は難病請けて、これを歎《なげ》きぬ。いづれの女臈にも、額に[43]鹿の袋角《ふくろづの》のやうなる物生《お》ひ出《い》で、美形をかしげになりて、外科[44]本道《ほんだう》も伝へ聞きたるた

33　後宮を取りしきる女性。
34　あっという間に。
35　懐剣。
36　御警護の厳しい殿の側。
37　拷問。
38　私室。
39　衣服や調度品など、身の回りの物を入れる木箱。
40　評議が決まって。
41　刑罰。ここでは死罪。
42　怨恨が通じて。「執心の角もはゆべき女鹿かな　津宇」(『俳諧女歌仙』)。
43　生え始めたばかりの皮をかぶった鹿の角。ちょうどこぶのような体となる。
44　内科。

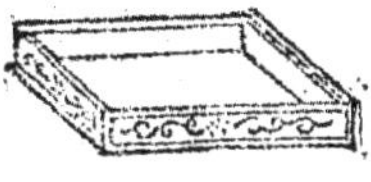

巾箱（乱れ箱）

めしもなく、この療治にあぐみぬ。表向き[45]の番組の役人は残らず取り殺されて、その後は久しく空き屋敷にあそばされ置かれしに、ある時仰《おほ》せ出《い》だされしは、「この川屋敷のうちに、一夜《いちや》を明かして見て参れ」と、世に隠れなき武辺者《ぶへんもの》[46]・大平丹蔵《おほひらたんざう》といへる男と、紛れもなき臆病者・柳田久六《やなだきうろく》、この二人を同役《どうやく》に仰せ付けられ、申し合はせて一夜を勤めしに、かの松風の女、昔の形は顔ばかりに残し、身は三丈《ぢやう》[47]余りの蛇体《じやたい》となつて、二人にとりかかれば、久六は前後忘《ばう》じて[48]死に入りけるに、丹蔵組み伏せて、正《まさ》しく捕らへたりしが、そのまま消えてなかりき。

　その跡《あと》に松風が小脇差《こわきざし》[49]ありて、これをしるべ[50]に両人立ち帰り、御前へ右の段々言上《ごんじやう》[51]申せば、御機嫌よろしく、手柄《てがら》せし丹蔵に千石の御加増、又死に入りたる久六に千五百石御加増下《くだ》し給はれば、御年寄中《としよりぢゆう》[52]、この上意《じやうい》を合点[53]仕らぬ様体《やうだい》[54]御覧あそばし、「丹蔵はこれほどの儀、仕りかねまじき者なり。又久六はかねて知れたる臆病男。主命を重んじ、一夜を勤め、死なずに帰る

45　屋敷の表方の政務や警備に当たる武士。奥向きに対していう。

46　武勇の者。

47　約九メートル。

48　前後不覚となり気絶した。

49　九寸九分までの短い脇差。前出の「肌刀」か。

50　証拠。

51　一部始終。ことの次第。

52　家老などの重臣。

53　合点がいかない。納得しかねる。

54　ありさま。様子。

事、丹蔵には増したる武辺者」と、仰せられけるとなり。
その後《のち》はこの御屋形子細なく、女中の難病も常の面《おもて》になりぬ。

**読みの手引き**

◇川屋敷を舞台に

一夜城として知られる墨俣《すのまた》城を舞台に、前半は織田信長と女性たち、後半は彼と家臣たちの挿話からなる一話。川屋敷に召し集められた京都の美女の中に、月の夜、雪の夜というとりわけ御寵愛の深い二人がいた。普通なら寵を奪い合うところ、この二人はお互いに殿の通いを譲り合うという、世にも希な配慮を見せる。語り手は「国主の娘」「貴人の息女」という出自にその因を求めているが、これと対照されるのが漁師の娘・松風という女性。自身にお手がつかないことを月の夜、雪の夜のせいと一方的に恨み、命を狙おうとするところを、信長に見破られ極刑となる。死後、彼女の執心が原因で、屋敷の美女たちは額に鹿の「袋角《ふくろづの》」のようなものが生えるという奇妙な病気にかかる一方、表向きの役人は皆取り殺されてしまう。結果、長く空き屋敷となってしまったが、ある時、信長は武辺者・大平丹蔵と臆病者・柳田久六という組み合わせで、川屋敷で一夜明かすよう命じる。そこに現れたのは顔は松風、体は九メートルという蛇体の化け物、久六はすぐに気絶、丹蔵はこれを見事に組み伏せ、そこに残された松風の脇差を手に、久六とともに信長のもとへ報告に行く。これを受け、信長は意外にも、手柄のあった丹蔵には千石、気絶した久六には千五百石の加増としたのであった。不満げな年寄連中に対し、信長の説明するところによれば、丹蔵はこれぐらいのことはできないはずはない、一方、久六は臆病者にもかかわらず主命を果たしたのだから、「丹蔵には増したる武辺者」とのことであった。

◇家臣に対する信長の評価をめぐって

本話で一番の問題となるのは、やはり末尾の信長の二人の家臣に対する評価であろう。参考までに、たとえば『太閤記』巻一には、信長のこととして「小事之感をば強てなし給はず、唯、大なる裁判（決断のこと）并及二忠義一辞《コトバ》等をば、殊に感じ給へり」とあり、その具体例として、桶狭間の戦いにおいて、義元の首を取った毛利新介よりも、義元の陣へ攻め入ることを的確に進言した簗田広正の方に多く褒美を与えたことが記されている。こうした独特の評価軸を有する信長像が本話にも引き継がれているようだが、それにしてもこの場合、久六の方を高く評価するのはあまりにも極端である。逆に考えれば、この常軌を逸した偏向にこそ意味があるのであり、信長は年寄たちの不審も織り込み済みであったのではなかろうか。むしろ、謎かけのような形でわざと違和感を生じさせ、その意図するところを公的に表明するという過程にこそ、信長の狙いがあったように思われる。常日頃臆病者で役立たずとされていたであろう久六が、気絶はすれど主命を守るという忠義の本質一点をもって承認されたのである。多くの家臣は、丹蔵のようになるのは困難でも、久六よりは上であるという自負があったろう。そうした各々の家臣が相応に有する自尊心をうまくくすぐるとともに、忠義を尽くすという評価軸を明確に示し得たわけで、そう考えると、一連の化け物退治は信長の方便として利用されたと見ることもできる。この前に、松風の殺意を信長が見破る場面があったが、洞察力の鋭さに加え、本話の末尾には、人心掌握術に長けた信長像が示されているのかもしれない。

◇着眼点の多さ

では、本話の前半はどのように考えるべきだろうか。ここではむしろ、信長の方が、月の夜、雪の夜二人

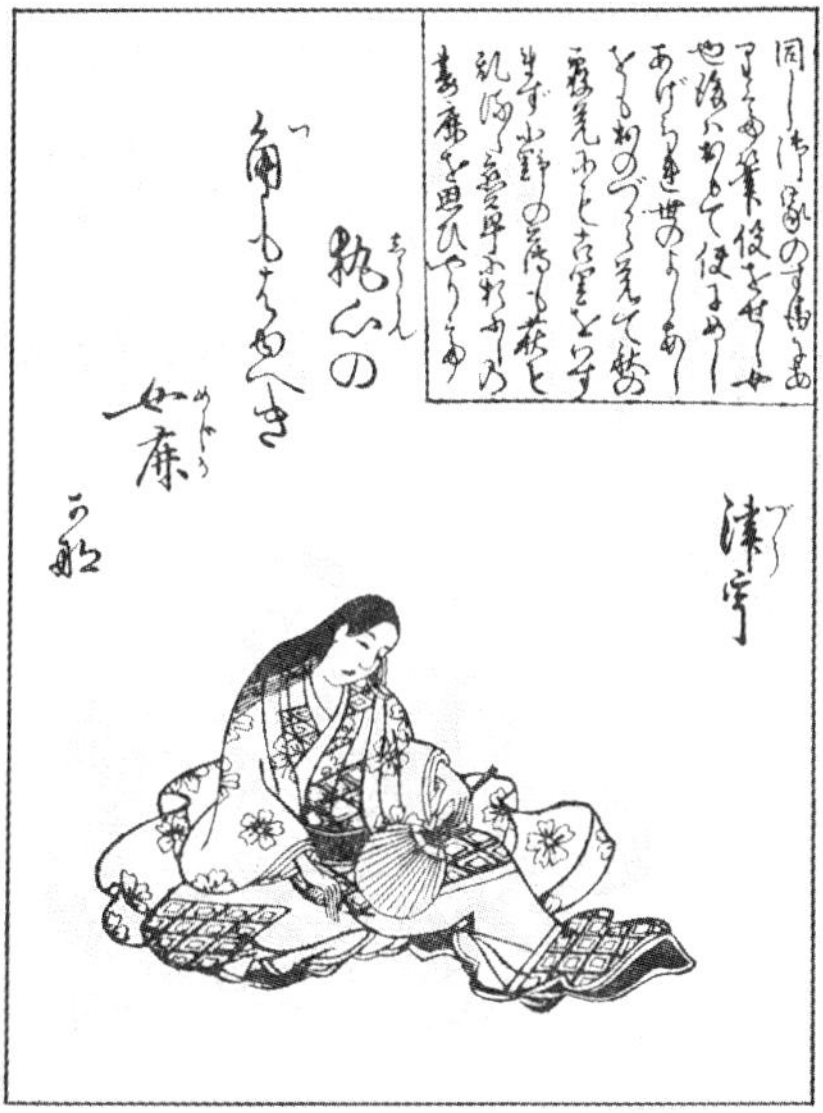


に手玉に取られているようである。一話としての構成を考えた場合、末尾で信長が示したひねりを加えた配慮のあり方は、前半の二人の女性が、互いに突出することのないようにと見せた「心ざし」に触発されたものと捉えることも可能かもしれない。

本話は、後宮の女性たちの謙退や悪心、また、刃傷沙汰をめぐる信長の眼力の鋭さ、さらには奇病や化け物退治といった怪異、そして対照的な二人の侍の想定内の結果に対する、信長の意表をついた褒賞のあり方等々、川屋敷を舞台に盛りだくさんの趣向が織り込まれている。当然のことながら、読み解く際の着眼点は他にも多々あるはずである。

最後に一例をあげると、「額に鹿の袋角のやうなる物」が生える印象的な場面があったが、注に記したように、西鶴は『俳諧《はいかい》女《おんな》歌《か》仙《せん》』（貞享元年刊）において「執心の角もはゆべき女鹿かな」（津宇）という発句をとっており、本来あるはずのない女鹿の角を「執心」の象徴として捉える視点は、本話の松風をめぐる一連の展開と通底するものがある。ただ、本話では生えるのが角そのものではなく、あえて「袋角」状のものと、ややあいまいに描写することによって読者の想像力を喚起し、奇談的な要素が増幅されることとなる。

細かな点にも仕掛けが施されており、読みどころが豊富にある一話である。

（木越）

## 二の四　我が子を打ち替へ手《で》

丹後《たんご》の切戸《きれと》[1]の文殊《もんじゅ》に、二十五日[2]の曙《あけぼの》より、国中《こくちゅう》移して参詣す。ここに大代伝三郎《おほしろでんざぶらう》一子に伝之介《でんのすけ》、十五歳[3]になりしが、小者[4]一人召し連れて詣でける。かかる折節、同じ家中に新座者《しんざもの》[5]、七《なな》尾久八郎《をきうはちらう》といへる人の子に、八十郎《はちじふらう》と申せしは、今年十三歳《さい》なりしが、これも草履取《ざうりと》り[6]一人連れて、この所初めてなれば、浦《うら》珍しく、天《あま》[7]の橋立《はしだて》の松の葉越《はご》しに、月夕[8]影うつるまで、彼方《あなた》此方《こなた》を眺め巡りて、立ち帰る折節、伝之介に袖《そで》すれて、互ひに鞘咎《さやとが》[9]めして、抜き合はせ、はなやかに

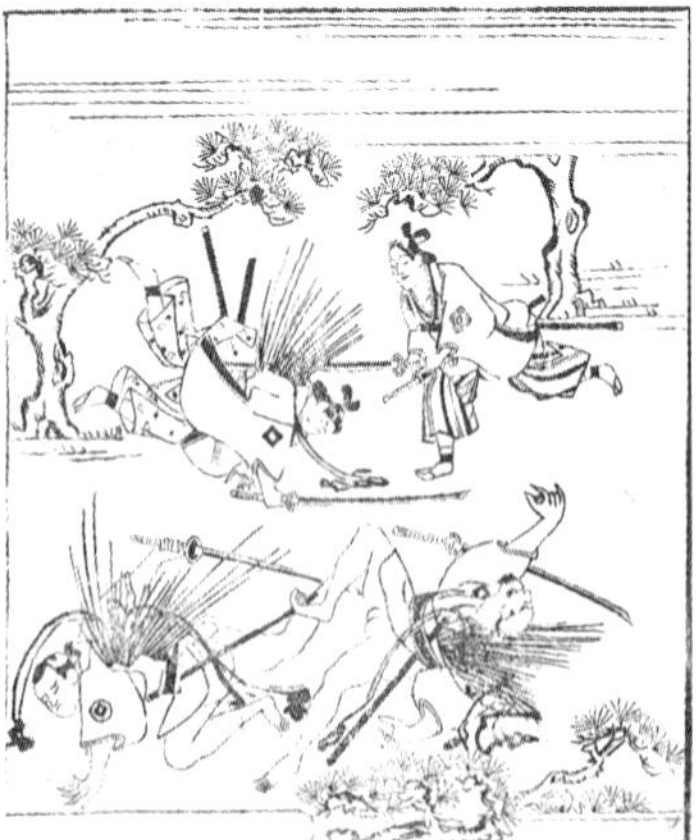

1　現京都府宮津市の智恩寺。
2　旧暦六月二十五日。天橋立は江戸時代、智恩寺の管理下にあり、この日は橋立祭として知られた。
3　武家は十五歳で元服。
4　雑役に使われる奉公人。
5　新参者。これに比べて大代は歴代の家臣か。
6　主人の草履を持って共をする奉公人。
7　歌枕。「船とめて見れどもあかず松風に浪よせかくる天の橋立」(『堀河百首』紀伊)。
8　この時期の日没は午後六時半以降。
9　刀の鞘が互いに触れたことを咎めること。刀は武器であると同時に、身分の象徴でもあった。

10　対等な立場で決闘がなされたことを示す。
11　夜が明ければ、小者の遺体から相手が八十郎であったことが判明することを暗示。
12　一部始終。元服前でもあり、父に相談するため帰宅したのであってその場を遁走したのではない。
13　死ぬこと。
14　引戸のある上等の駕籠。
15　どのようにでもお心のままに。
16　「伝之介」とあるべきところ。
17　むざむざと。
18　武芸の能力。少年にとっては大きい二歳の開きがあるにもかかわらず、年上の伝之介を討ち果たしたことを指す。
19　跡継ぎ。
20　離婚。当時は男性からのみ言い渡せた。
21　事情。
22　養子願い。家禄を与える権利を持つ主家の許可が必要であった。

斬《き》り結び、八十郎首尾《しゆび》よく伝之介を討ち止め、前後を見合はせ立ち退《の》きける。[10]両方の小物は、相討《あひう》ちして、空《むな》しくなりぬ。伝之介親《おや》これを聞き付け、そこに行きて詮索《せんさく》するに、相手の行き方《がた》知れず、小者も[11]夜中なれば見分け難く、先《ま》づ伝之介死骸《しがい》を取り隠しける。

　八十郎は屋敷に帰り、親に[12]始めを語れば、「ここまで帰る所にあらず。[13]最期の覚悟仕れ」と、書状添へて、八十郎を[14]乗物にて、伝三郎方へ遣《つか》はし、「この者それにて、[15]いかやうにも御心任せ」と申し入る。伝三郎請け取り、先《ま》づ座敷に置けば、[16]八十郎が敵《てき》と喜び、母親長刀《なぎなた》押《お》つ取り駆け寄るを、伝三郎押さへ、「あれより見事に遣はしけるを、[17]むだむだと討つべき子細なし。殊《こと》に我が子は十五歳《さい》、これは十三にて、[18]武道も格別に勝れば、申し請けてこの[19]家継《やつ》ぎにすべし。これ同心ならずば、その方[20]離別」と言はれて、男に従ふ女心、伝三郎《でんさぶらう》喜び、[21]段々[22]御願ひ申し上ぐれば、例《ためし》なき仕方、大望《たいまう》に任せ、八十郎を伝三郎に賜り、

[23]親子の結びをなせば、母にも孝を尽くし、まことの親には、二《ふた》度面《たびおもて》を見合はす事もなく、伝之介《でんのすけ》と名を改めて、日毎《ひごと》に武の道に心ざし深く、成人の後《のち》、伝三郎娘と[24]あはせ、昔の恨みなくして、母もこれに[25]不憫《ふびん》を掛けて、大代《おほしろ》の家を継ぎて名を残しぬ。



23　養子の契約。
24　結婚させ。
25　かわいがる。

## 読みの手引き

◇逆転の一手──男は強くなければ生きていけない

果し合いとなる少年は、十五歳の大代伝之助と十三歳の七尾八十郎。少年にとって二歳の開きは大きいもので、伝之助に有利と見えるが、結果は逆だった。八十郎は「はなやかに」斬り合って二歳上の相手を仕留め、その場を立ち退く。これがその場を逃走したのでないことは、「前後を見合せ立のきける」とあるのだから明確で、八十郎は、少年のことでもあり、父久八郎に報告すべく退場した。二人の少年が各々小者を連れており、共に切り合って死んだのは、果たし合いが対等な条件で行われたことを示すためにのみ書かれたわけではない。事件を聞きつけた伝三郎は、息子を斬った相手が既に現場を去ったことを確認するが、死んだ相手の小者も「夜中なれば」人相の判別ができない。裏返せば、翌朝には詮議の結果、果し合いの相手が八十郎と知れてしまうことは、容易に想像される。事件を知った久八郎にとって、我が子をどうすべきか判断するのに、時間の猶予はそうないという緊迫感が用意されていたのだ。

父久八郎の決断は実に素早いものだった。「ここまで帰る所にあらず。最期の覚悟仕れ」と我が子を突き放す。武士には危急の際の即断が要求され、喧嘩刃傷の温床である武家社会には喧嘩両成敗の法があること、さらに、武士の子は死を常に覚悟をすべきであったことなどを考え合わせても、このあまりにあっけない我が子への突き放しを、読者はどう受け止めてよいものか、戸惑うことだろう。武士の価値観がなくなった今日では当然のこと、そのような価値観が行き渡った西鶴の当時にあっても、親の子に対する情は変らぬはず。むしろ、ここにこそ、西鶴が読者にしかけた「謎」、あるいは「罠」があると見るべきではなかろうか。

久八郎は、息子に書状を付けて大代の家に送るが、その書状にも「そちらでいかようにもご処置ください」とあった。これに対してなぜか大代伝三郎は即断をせず、八十郎を座敷に置く。他方、息子を殺された母親は喜んで長刀を抱え、これを討とうとする。この母親の行動の方が読者には納得できるが、夫伝三郎はこれを留めて、「申し請けてこの家継にすべし。これ同心ならずば、その方離別」と、驚くべき決断を下すに至る。

息子八十郎をどう処置してもいいと言って来た父久八郎の潔さ、さらに二歳差をものともせず討ち果たした八十郎の武勇を考えれば、これをむざむざと討つことは、武家の名誉の意識からして周囲の批判を受ける可能性が高い。むしろ、八十郎を斬れば、二歳下に討ち果たされた我が子の士道の覚悟の無さが評判となって、大代の家名を落とすことにもなりかねない。久八郎の決断への評価といい、息子と先方の子の年齢に言及し、息子の敵を養子とする決断を語る大代の言葉といい、その懸念が念頭にあっただろうことは十分読み取れる。逆に言えば、久八郎は、少なくとも大代が、名誉の秤にかけて、この件を処理することに賭け、あえて我が子に死の覚悟を言い含め、どのようにでも処置してくださいと書いて、大代の家に送り届けたのではなかろうか。

ここで読者は、本章のタイトルが、「我子を打ち替へ手」とある真の意味を了解するだろう。「打ち替へ」

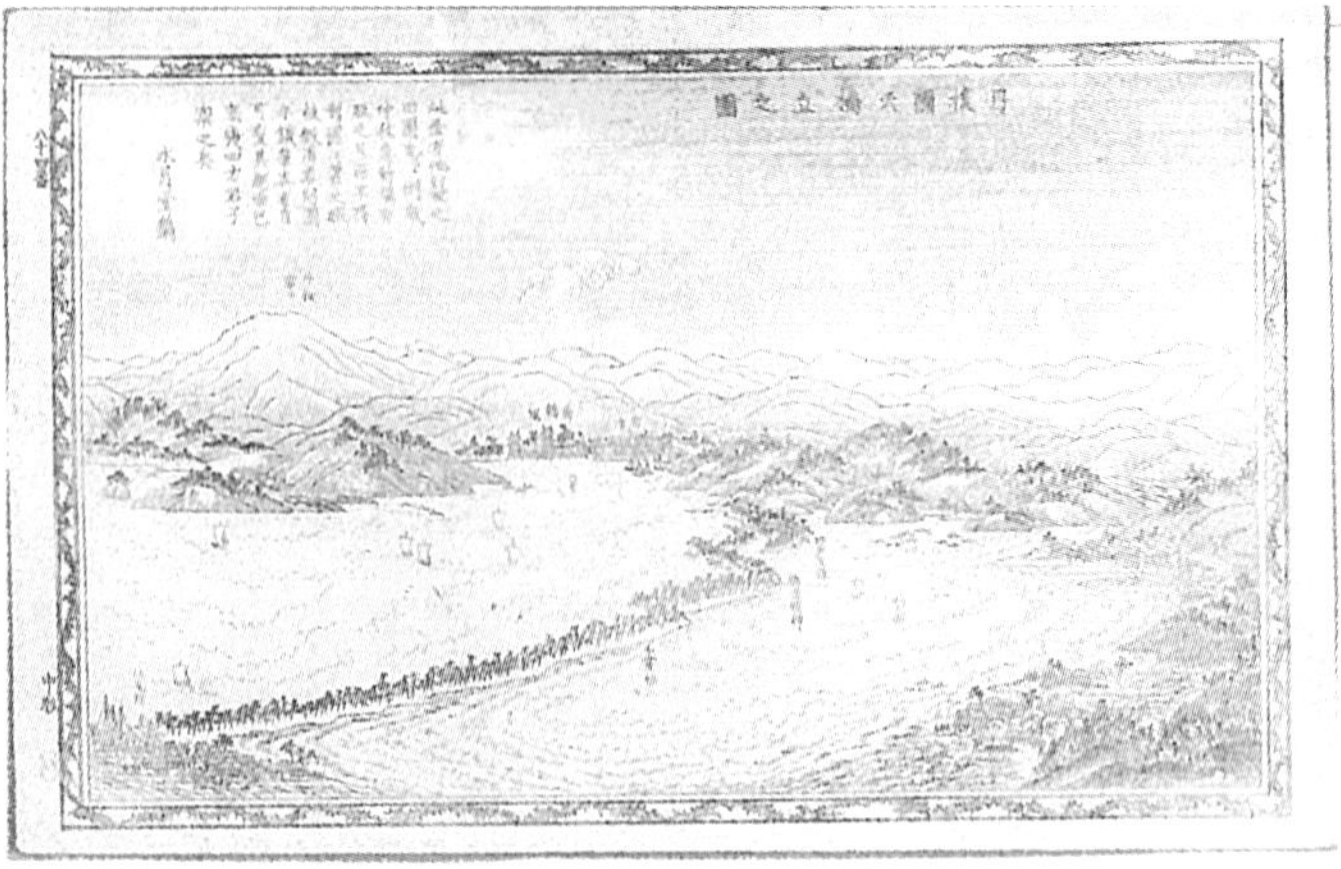

岡田春燈斎「丹後国天橋立之図」（早稲田大学図書館蔵）

あるいは「打って替へ」とは囲碁の定石で、自分の陣地が包囲されそうになった時、捨て石の一手を打って形成を逆転する、心理戦と賭けの要素を伴った「手」であった。一子八十郎をあえて先方に送り届けた久八郎の「打ち替へ」は功を奏して、殿さまたちも両家の処置を大いに評価、八十郎が大代の家に養われることを許可する。また、八十郎も名を伝之介と改め、実家には寄り付かず、武道を心がけ、成人後は伝三郎の娘と結婚して、大代の家を背負ってゆく。囲碁では、石のことを「〜子」と数えることも、この際想起してよい。大代もまた、この非情なる決断によって、家の繁栄を得ることとなったわけである。

西鶴の話の運びは、我が子をいとも簡単に見放すような決断で、読者を一旦は宙釣りにしておいて、そこに隠された久八郎の賭けと、それを受け止めた伝三郎の決断によって、その密かな成算の通りとなる落ちを用意した、巧みなものだった。また、時間・人物の設定や場面のつなぎの巧妙さ、描写の無駄のなさ等から見て、本話は小説として一級品である。

そもそも、なぜ本作は、丹後切戸の文殊の縁日に設定されたのだろう。文殊と言えば、密教・禅宗の違いはあれ、刀を持つのがそのイメージである。ただし、その刀は文殊の知恵の象徴であることに思い至るとき、疑問は氷解する。一子八十郎の命を大代家に預けた父久八郎の決断も、これを受けて八十郎を養子にもらい受けた大代伝三郎の決断も、戦のない世の武士の「義理」の典型例と言えるのではなかろうか。私的な親子の情を犠牲にしても、家中のトラブルの芽をつみ、勇武に優れた少年を残してゆく、この決断の刃こそ、序文にいう平時の武士の「義理」に適うもの、と言えよう。

また、本章の目録題には「我が子を打ち替へ手」の後、「相手をよくも切戸との文殊」とある。文殊が童形で肖像化されることから見て、天晴にも二歳上の相手を斬った八十郎の武道をイメージできると共に、敵討ちの連鎖に持ち込まない知恵の刀で打ち替えた「手」、すなわち、二人の少年の父親の知恵と決断、それこそが文殊の知恵の刀に重ね合わせる「義理」だったと読めば、舞台設定に隠された「秘密」を了解して、物語の主題を感得しつつ、一編を味読し得るのである（井上泰至「決断をめぐる物語―『武家義理物語』の再評価へ」「近世文芸」一〇四）。

（井上）

# 三の一　発明は瓢箪より出る

近代[1]は、武士の身持ち、心のおさめやう、格別に替はれり。昔は、勇を専らにして、命を軽《かろ》く、少しの鞘咎《さやとが》めなど言ひつのり、無用[2]の喧嘩《けんくわ》を取り結び、その場にて討ち果たし、あるひは相手を斬《き》り伏せ、首尾《しゆび》よく立ち退《の》くを、侍の本意《ほんい》のやうに沙汰《さた》せしが、これ一[3]つと道ならず。子細は、その主人、自然《しぜん》[4]の役《やく》に立てぬべきために、その身相応の知行《ちぎやう》を与へ置かれしに、この恩は外《ほか》になし、自分の事に身を捨つるは、天理に背く大悪人、いか程の手柄すればとて、これを高《かう》

1　このごろ。
2　この前後、序の表現と呼応する。
3　ひとつとして。
4　→二十四頁注八。

名《みやう》とは言ひ難し。

御代《みよ》静かなる、[5]江《え》戸《ど》詰めの西国大名の家中《かちゆう》に、竹嶋氏《たけしまうぢ》の某《なにがし》、滝津氏《たきつうぢ》の某、この両人一所《いつしよ》に御役、首尾よく勤めて、生国《しやうこく》に帰る。[6]道中申し合はせて、互ひに機嫌よく日を重ね、[7]参州岡崎《さんしうをかざき》の泊まりの夕暮、[8]水風呂《すいふろ》を焚《た》かせ、二人ともに入り仕舞ひ、[9]浴衣《ゆかた》を着ながら、折節の暑さ、しばし[10]端居《はしゐ》して涼み、滝津氏の人、鼻紙喰ひ裂きて、[11]灸《きう》の蓋《ふた》をこしらへ、「[12]慮外《りよぐわい》ながら、これ一つ腰へ」と頼む。竹嶋氏その蓋をしてやる時、少しの疵《きず》を見付け、[13]何心もなく、「これ逃げ疵か」といふ。いかに心やすくても、武士は言ふまじき事なり。滝津氏これを気にかけて、「この疵は、先年狩場《かりば》

5　大名やその家臣が、参勤交代で江戸の屋敷に詰めて暮らすこと。
6　帰路同道することを約して。
7　愛知県岡崎市。
8　風呂桶にためた水を、下の焚口から焚く風呂。蒸風呂に対していう。
9　「湯帷子《ゆかたびら》」の略で、湯上がり、または夏に着る麻もしくは綿のひとえ。

浴衣

10　避暑のため、風通しのいい縁先や縁台で涼むこと。
11　灸をすえた跡の瘡を保護するための紙片。
12　失礼ながら。
13　何の思慮分別もなく。

14 川岸。淀川を大坂に行き来する船の発着場。
15 伏見の京橋にあった過書船の役人の詰所。
16 過書船の一つ。
17 船首に近い空間。
18 船頭にとっては結果として想定以上の利となる。

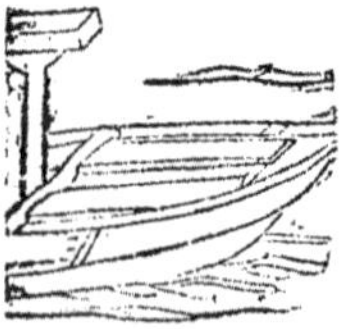
過書船

19 紙もしくは布に油を塗った物。防水加工ゆえ、旅の荷物を包むのに適した。
20 目指して。
21 旅寝。
22 淀の宇治川に架かる橋。長さ七十六間（約一三八メートル）。
23 淀城内に水を引き入れるため、二つの大水車があった。前項とともに淀川の名勝。挿絵参照。

の働きにて、かくはなりけれども、その証拠なければ是非なし。兎角《とかく》国元にくだり着き、その時分療治《れうぢ》いたさせし外科を呼びて、一通り申し、その上にて討ち果たせば済む事なり」と、心中《しんぢゆう》を極め、その色見せず。

道を急ぎ、[14]伏見《ふしみ》の浜に着きて、[15]番所《ばんどころ》に断り申し、[16]五十石舟《こくぶね》を借り切り、荷物改めさせ、「舟を出《い》だせ」と言ふ所へ、六十ばかりの侍、十二、三の美少《びせう》を連れて、「この舟に乗りたし」と言ふ。船頭、「貸し切り」と言へば、残念の顔つきして、かの子が手を引き、帰る有様、いかにしても見かねて、「とても先[17]の間《ま》は空いてあるなれば、乗せてしんじませい」と言ふ。[18]船頭酒手《さかて》と喜び、座をこしらへて乗せけるに、又三十ばかりの旅僧、[19]油単《ゆたん》包みを提げて、この舟[20]見かけて走り来るを、これも情けにて乗せければ、出家・侍二人ともに、数々のお礼を申し尽くし、広き所に自由に[21]仮枕を喜ぶ。

やうやう[22]淀《よど》の小橋《こばし》を過ぎ、[23]水車《みづぐるま》の夕浪《ゆふなみ》面白く、これを肴《さかな》にして吹筒《すひづつ》[24]取り出《い》だし、二人差し請け[25]もせはしければ、後《のち》に乗せたる両人も呼び交ぜて、酒事《さけごと》[26]おかしくなりぬ。かの少人に小謡《こうたひ》[27]、出家も座興にはやり節[28]の小歌《こうた》、ひとしほ慰みとなり、その後《のち》深く灯火《ともしび》の影にして、なほ汲み交はし、いつとなく大盞《たいさん》になし、滝津氏の人に回れば、「いかないかなこれではならぬ」と立ち退《の》かれしに、竹嶋氏袖をひかへ、「又逃げ給ふか」と言はれければ、この言葉聞き咎め、「最前岡崎にて逃げ疵と言ひ、今又堪忍ならず」と、刀引つ提げ立ちかかる。竹嶋、「心得たり」と、そばに置きし刀を取るに無かりき。滝津しばらく待ちて、「刀見えぬとは不思議なり。心静かに尋ね給へ。それまでは相《あひ》待《ま》つ」と言ふ。色々詮議《せんぎ》するに、いよいよ見えぬに極まりければ、竹嶋覚悟して、「これ武運のつき。一分《いちぶん》の立たぬ所なれば、相手取るまでもなし」と、自害をまず差し留め、後《のち》に乗りたる侍の申せしは、「この刀のあり所、それがしの推量大方《おほかた》は違ふまじ。私《わたくし》の望みに申す所聞き入れ給はらば、その刀出《い》ださせ

24　道中、水や酒などを入れる携帯用の竹筒。
25　盃の応酬。
26　酒宴。酒盛り。
27　謡曲の中から、独吟に適する謡いどころを選んだ一段。
28　民間に流行した歌謡。

申すべし」と言へば、竹嶋は元《もと》より、滝津氏も、「お指図は漏れじ」と、誓言《せいごん》にて申しける。「その刀これなる出家が盗みたる」と言へば、気色《きしよく》を変へて、「法師をあなどりて言ふや」と怒る。かの侍騒がず、「その方《はう》が酒半《なか》ばに、腰より長緒《ながを》の付きし瓢箪を取り出し、山椒《さんせう》を[29]つみける。その瓢箪ありや。ないにおいては、おのれ」と、詮議詰められ、[30]切《せつ》なく川中《なか》に飛び込み、おのれと自滅いたせり。

既にその夜《よ》も明けて、舟さし戻し、瀬々《せぜ》見渡し行くに、[31]鵜殿《うど》野《の》の枯れ芦《あし》の中に、小さき瓢箪浮きて、流れもあえず見えけるを、これぞと取り上げしに、刀の浮けに付けて、酒盛《さかも》り半ばに沈め置きしと見えたり。「人の気の付かぬ所を、さりとは名誉《めいよ》の[32]勘者《かんしや》」と、かの侍の事を感じける。かの侍、「最前刀出でたらば頼むと申す願ひは、両人の[33]仲事《なかごと》」と、首尾《しゆび》よくして別れける。

29 前歯でかじる。
30 どうしようもなく。
31 大阪府高槻市鵜殿。
32 事物の理をよく考える能力のある人。目先のきく人。
33 もめごと。

## 読みの手引き

◇「武の道」をめぐって

冒頭しばらく、武士の気質の変化が記されているが、序文にも「自然のために、知行を与へ置かれし主命を忘れ、時の喧嘩・公論、自分の事に一命を捨つるは、まことある武の道にはあらず」とあるように、ここでも、昔の「勇を専らにして、命を軽く」というあり方は本来の武士道ではないとされる。これをうけて本話は、かつての武勇一辺倒の時代に必然であった暴力による決着に対し、それをいかに回避し融和がはかられるかに焦点が絞られる。

◇誤解と失言

物語は、江戸詰の任を終え生国への帰路を同道する二人の武士、竹嶋氏と滝津氏を中心に展開する。ともに問題もなく三河国岡崎に至るが、風呂あがりに滝津氏の背中の傷を目にした竹嶋氏は、「逃げ傷か」と思わず口にする。武士としての面目を丸つぶれにする失言である。この竹嶋氏は決して悪意から言っているわけでなく、そうした配慮に欠ける、無神経な一面を持つ人物として描かれ、自覚が全くないだけにたちが悪い。滝津氏にしてみれば、背中の傷は狩場における事故によるものだが、それを証す手立てがない。そこで、国元に着いたら治療した医師を呼び、逃げ傷でないことをはっきりさせた上で、竹嶋氏を討ち果たそうと密かに決心する。本話冒頭に非難される、恥辱を与えられたことに対し、相手を殺すことで武士としての体面を保つ心性がこれである。

◇一触即発

やがて二人は伏見から淀川へと船に乗るが、ここで六十歳ぐらいの侍と十二、三歳の美少年、さらに一人の僧が同船することになる。これ以降の展開は、ある限定された空間と時間の中に特定の人物が配される、いわば密室劇の様相を帯びる。一夜の船中、酒宴となるのだが、竹嶋氏は盃を拒んだ滝津氏に対し「又逃げ給ふか」と、ここでも先の失言を反復する。もはや堪忍ならぬと刀を掲げる滝津氏に、竹嶋氏もこれに応じようとするが、なぜか彼の刀がない。滝津氏がここで斬りつけることはせず、刀が出るまで待とうとする態度は、怒りながらもあくまで武の道に背かず、冷静さを保っていることが窺える。そして出てこない以上、竹嶋氏が「一分の立たぬ所」と自害しようとする態度もまた、体面を重んじるがゆえの武士としての決断である。ところが、ここで仲裁が入る。年長の侍が言うには、意外なことに、刀のありかは見当が付いており、自分の望みを聞き入れてくれたらその刀を出させようと申し出る。その刀がどこから、どのように出現するのか、そして侍の望みとは何か、といった謎の提示により、物語の興味がますます深まっていく。

◇犯人と謎の解明

　これに二人が同意した上で、侍は僧を犯人と名指しする。僧はすぐに否定するが、侍は先に山椒を入れていた瓢箪があるかと問い詰める。山椒云々という細部に至るまで、どうやらこの暗い空間の中で唯一俯瞰的な視座を有していたのがこの侍であったことが窺える。これが決定的な証拠となり、僧は観念して川の中へ自害し果てた。しかし、竹嶋、滝津両者はもちろん、読者もこの急展開からおきざりにされてしまい、謎が何ら解決しないどころか、深まるばかりである。この刀一件が紛失ではなく盗難によるものであり、犯人が僧であるという結論は判明したが、なぜ瓢箪が証拠となるのか、そして結局、刀はどこにあるのか――。その結末は本文に記されるとおりなのだが、最後に全てが明かされ、僧の企てた策略そのものも意表を突き、さらにそれを見事に見抜いた侍の鋭さも感嘆に値する。ちなみにこの僧が企てた盗みの手段は、『棠陰比事《とういんひじ》物語』（寛永年間刊）「済美《さいび》鈎レ篋《はこをつる》」を原拠とすることが指摘されている。ただし原話では、盗人が船の停泊中、水の底に宝の箱を沈めたことがあからさまに記されており、読者は全てを最初から知りながら読むこととなる。西鶴はこれを謎として再編したばかりでなく、武士同士の一触即発という緊迫感のある場面を一時停止させるような役割を与えている点が巧みである。

◇新たな時代へ

話としてはこれだけでも十分面白いが、最後に、侍の望みとは、私心を全く去った二人の和解を導くものであることが分かる。深い思慮をもって全てのことがらを解決する鑑のような役割を果たして去る侍――最後まで侍の固有名が記されないことも相まって、秀でた人物の、影ばかりを残すような書きぶりが秀逸である。

旅程の中でたまたま同船した者たちの間に起こった事件。結果的にではあるが、盗みを働いた罪人が裁かれることによって、私闘がぎりぎりのところで回避されるという構図となっている。本話は、来たるべき時代に必要とされる、従来とは全く異なる武士のあり方を、実力に訴えるのではなく、法や交渉による解決の可能性を探ることを通して描いている。

（木越）

# 三の二　約束は雪の朝飯

「[1]石川や老いの浪立つ影は恥づかし」と詠み捨て、今の都も憂き世と見なし、[2]賀茂山《かも》に隠れし[3]丈山坊《ちやうざんばう》は、[4]俗性《ぞくしやう》[5]歴々の昔を忘れ、詩歌に気を移し、その徳顕《あらは》るる[6]道者《だうしや》なり。さるによつて、心にかなふ友もなし。

ある時、小栗何某《をぐりなにがし》といへる人、これも[7]へつらふ世を見限り、[8]かたちを変へて、京都に上《のぼ》り、[9]東武にて親しく語りしゆかしさに、[10]この草庵に訪ねて、過ぎにし事ども、今の境界《きやうがい》の[11]気散《きさん》じなる身の程、[12]心に掛かる山の端《は》もなく、

1　「石川や瀬見の小川の清ければ月も流れを尋ねてぞすむ」（『新古今集』神祇　鴨長明）「渡らじな瀬見の小川の浅くとも老いの波立つ影は恥かし」（石川丈山）。後者は、後水尾天皇に招かれ、これを固辞した際の歌と伝えられる（『男色大鑑』巻一の二）。2　丈山の隠棲した詩仙堂周辺の地名（現京都市左京区）。3　石川氏。徳川家康に仕えたが、大坂夏の陣で軍令に背いて浪人、詩仙堂に隠棲した。寛永十四年、朝鮮通信使との漢詩の応酬では、日本の杜甫・李白と称すべきと詩名を得た。寛文二年（一六七二）、九十歳で没。4　出家する前の家柄。5　武家としての勇名。6　その道の達人。7　上の機嫌ばかり取る。8　出家して。9　江戸。10　詩仙堂を指す。11　気楽な。12　「出づるとも入るとも月を思はねば心にかかる山の端もなし」

梢《こずゑ》は落葉《をちば》して、冬景色の顕はなる、月を[13]南 表《みなみおもて》の[14]竹縁《たけえん》に、つい[15]居《ゐ》眺めながら語りしが、この客何となく、ふと立ちて、「我は[16]備前《びぜん》の岡山に行く事あり」と言ふ。「今宵はここに」と留《と》めもせず、[17]勝手次第と別れさまに、「又いつ頃か京帰り」と聞けば、「命あらば、[18]霜月《しもつき》の末に」と言ふ。「然《しか》らば二十七日は我が[19]心ざしの日なれば、ここにて一飯《いつぱん》必ず」と約束して、立ち行きぬ。

両人ともに世を捨てし、心のままなるは、朝《あした》を待たぬ旅衣《たびごろも》、夜露を肩に結び、枯野・枯葉《ば》の[20]藤の森になる時、[21]海道続きの人家寝静まりて、伏見戻りの馬方《むまかた》の声絶えて、[22]竹田《たけだ》寺の[23]半夜《はんや》の鐘の鳴る時、丈山その人の跡を慕ひて、[24]滑谷越《しるたにごえ》に急がれしに、[25]神《かみ》無月《なづき》八日の夜《よ》の月かすかなる、松陰《まつかげ》より人の足音せはしきに立ち止まりて、「丈山か」と言へば、「いかにも、見送りにこれまで」と言ひけるに、「都に友もあまたなれど、心ざしはその方ならではあらじ」と、立ちながら[26]暇乞《いとまごひ》して別れぬ。

その後《のち》備前に着きし便りもなく、日数《ひかず》ふりて、十一月二十六

(『風雅和歌集』釈教　夢窓国師)。
13　南に面した部屋。
14　竹で作った縁側。
15　二人並んで座り。16　現岡山県南部。
17　気持ちのままに。
18　旧暦十一月。現在の暦では、十二月中旬から一月初旬。
19　父祖の命日。20　現京都市伏見区。
21　伏見街道。京都五条橋詰と伏見の京橋を結ぶ。22　伏見区竹田畑内町の安楽寿院。23　夜中。
24　五条橋口から、小松谷・清閑寺の南の谷を経て山科へ向かう道。祇園社頭の歓楽地を迂回。隠棲してもかつての武者の面影を残す俊足を示す。
25　旧暦十月。現在の暦では十一月十五日あたり。半月のかすかな明かりと、落葉の月の足音を示す。「客」の耳ざとい油断なさをも暗示。
26　別れを告げること。旅人との別れは、途中まで送ることが当時の詩歌の人の習い。

日の夜降りし大雪に、筧《かけひ》[27]汲むべき道もなければ、まだ人顔《ひとがほ》の見えぬ暁[28]に、丈山竹箒《たけばうき》を手づからに、心[29]はありて心なくも、「白雪に跡を付けて、踏石《ふみいし》の見ゆるまで」と思ふ折節、外面《そとも》の笹戸《ささど》を訪れし嵐の松か、など聞き耳立つるに、正《まさ》しく人声《ひとごゑ》すれば、明[30]け渡る今、小栗何某《なにがし》訪ね来《き》たるに、そのさま破れ紙子[31]一つ[32]前、門に入るより編笠脱ぎて、互ひの無事を語り合ひ、しばらくありて、「この度《たび》は寒空に、何として上《のぼ》り給ふぞ」と言へば、「そなたは忘れ給ふか。霜月《しもつき》二十七日の一飯食べに罷《まか》りし」。「それよそれよ」と、俄《にはか》に木の葉焚《た》き付け、[33]柚味噌《ゆみそ》ばかりの膳を出《い》だせば、食ひしまうて、その箸《はし》も下に置きあへず、「又春までは備前に居て、西行《さいぎやう》が詠《なが》め残せし、[34]瀬戸の曙《あけぼの》、[35]唐琴《からこと》の夕暮れ、昼寝も京よりは心よし」とて、取り急ぎて下《くだ》りぬ。「さてはこの人、いつぞや仮初《かりそめ》に申し交はせし言葉を違《たが》へず、今朝の一飯食ふばかりに、はるばるの備前より京まで上られけるよ」と、昔は武士の実《まこと》ある心底《しんてい》を感ぜられし。

27 水を引く樋（とい）。
28 夜明け前の薄明。
29 雪を愛でる心はありながらやむなく。
30 「夜が明ける」と「戸を開ける」を掛ける。
31 紙の服。粗末ながらある程度暖は取れる。
32 一枚。
33 柚の中身をくり抜き、酒を加えた味噌に胡麻・胡桃・生姜・栗などを加えて焼いたもの。
34 岡山県邑久郡邑久町虫明。「瀬戸の虫明」。「虫明の瀬戸の曙見る折ぞ都のことも忘られにけり」（『玉葉和歌集』平忠盛）。
35 岡山県倉敷市児島唐琴町の歌枕。西行は『山家集』によれば児島を経由して四国へ渡っているが、この二つの名所は詠んでいない。

読みの手引き

◇冬の月の契り、雪の朝の再会

西鶴が好む武士には、幾つかのタイプがある。武勇にすぐれ、忠義の心を持つが志を果たせず、隠棲して詩歌に興じるタイプもその一つである。その意味では、本章の丈山はまさにそれに当てはまる。代々徳川家に仕え、その武勇から決して他家に男子をやらぬよう家康から言いつけられた、典型的三河武士で、大坂夏の陣では、功名を狙うあまり、官使と偽って前田の陣に潜り込み、敵の首を奪うも、その軍令違反が問題視され、浪人して隠棲、漢詩の盛名は朝鮮通信使の折紙付きであった。

さて、舞台は、丈山の隠棲地として有名な京都東山一乗寺の詩仙堂。初冬の月を並んで眺める、やはり「へつらふ世」を避けて浪人していた雅友、小栗何某とのふとしたことからなされた約束から、物語は始まる。詩仙堂に程近い、足利義政の銀閣寺は、隠棲の地であると同時に、「月待山」

『都名所図会』「石上に詩仙堂のかなり坂を上がる」

「向月台」「洗月泉」の名も示すように、月の名所でもあった。豊臣秀吉の未亡人北政所（寧々）の隠居寺高台寺も、背後の山に登る月が、庭の池面を照らすようにしつらえてあり、池に掛かる橋の名も「観月台」と呼びならわす。さらに、本作冒頭に掲げられた和歌にかかわる御水尾院により建てられた、詩仙堂に近い、修学院離宮もまた、その行幸の御座所の名が「寿月観」とある。そこには、中世以来の作庭の典範となった夢窓国師の歌が文中引かれているように、禅の趣味が横溢している。近世前期の武家の文化において、禅・茶・作庭・詩歌は一体のものであった（井上泰至「Ⅱ　旗本歌人の隠逸と旅　京極高門」『サムライの書斎』）。

ただし、本章の月は中秋のそれではなく、いかにもひっそりと隠棲する丈山の交遊にふさわしい、初冬の「月」であった。「山の端」から「落葉」の「梢」に視点を下し、再び寂び切った「冬景色」の「月」へと戻って、二人の風流の客の影を浮かび上がらせる描写は、小説作者であるより、俳諧師を本領とした西鶴ならではのものである。俳諧では神無月は、「落葉」の月でもある。その名所藤の森で、見送りの丈山を追い付かせる趣向も心憎いが、小栗が油断なく枯葉の足音を聞き咎めるのは、やはり彼が常に緊張感を持って生きていた武士としての習性が抜けてはいなかったからであろう。

さて、約束の日は大雪であった。にもかかわらず、岡山からぴたりと間に合わせた、小栗の体力と精神力は自然と読者に伝わる。しかし、それだけではない。丈山の日常もまた、すがすがしくも、緊張感の中で自らを修養の世界に置く、かつての武士の生活の延長線上にあったことを感じさせる。新井白石は、武士の鑑であった父正済の日常をこう描いている（『折たく柴の記』）。―毎朝午前四時起床。冷水浴で心身を覚醒し清め、自ら髪を結う。着替えをして仏を礼拝、両親の命日には自ら飯を炊いて供えた。夜が明けきってから出仕。暇があれば掃除をして、古画や花を観賞し、絵をたしなむこともあった。食事も食べ過ぎることはなく、出されたものは食べ、特に初物を好んだ。身づくろいは華美に堕さないが、清潔を心がけ、新しいきれいなものを着用するよう心がけた。曰く、「昔の人は、亡くなった後が見苦しくないよう心がけたものである」と。

夜明け前からの起床と掃除、両親の命日に自身飯を炊くのは、丈山に限らない武士のたしなみであった。ただし、丈山は詩歌の人でもあるから、雪に足跡をつけて掃除するのには躊躇したが。丈山が耳ざとく、人の来訪を聞きつける構成も上手い。丈山は茶の教えのごとく、淡き交わりを地でいって、約束の日を忘れていた。これも季語である柚味噌だけの一飯でもてなすと、小栗もまた、箸を置くや否や、淡交の詩人よろしく、すぐに立って、やはりかつては武家であった西行の見残した備前の風景を楽しみにと、座を立つ。

べたべたした抱擁、くどくどした挨拶、後を引く名残り惜しさなどは微塵もない。武士は、共に死地で働く仲間との信頼が大切であり、また自らの出処進退を単純にしていつでも非常事態に対処できるように心がけておくべきであったことは、やはり先の白石の父についての回想からうかがえる（「V　武士の自伝の白眉新井白石」『サムライの書斎』）。「雪」はその二人の交情を照らしだすのに、必要なステージとして選び取られた。世捨て人になっても、なお消えない武士の生きざまの中にあって、友情をはぐくむ「詩」心を、語りの鍵にした西鶴はまた、詩心の人であり、理想の武士の「淡交」という「義理」の内実へのオマージュを一点の曇りなく持っていた人だった（井上泰至「『武家義理物語』の「語り」」「日本文学」二〇一七年一月号）。

（井上）

# 三の三　具足《ぐそく》着てこれ見たか

武士は、[1]人を侮《あなど》る詞《ことば》、仮にも言ふまじき事ぞかし。ある時、[2]嶋原《しまばら》の[3]後陣《ごぢん》を、[4]西国《さいこく》の大名に仰《おほ》せ付けさせられ、人数《にんじゆ》を揃へられしに、[5]五十五歳より老人、十五以下の少人《せうじん》は、赦免《しやめん》ありて、この[6]外物忌《ほかものいみ》・病人は格別、残らず出陣《しゆつぢん》の[7]御供《おともぶ》触れありしに、ここに[8]中小姓《ちうごしやう》四人、同じ部屋住まひして勤めし中に、一人長病にて、今日を浮世の限りと見えしが、いづれもいかめしく軍立《いくさだち》の用意とて勇むを聞きて、頼りなき枕《まくら》を上げて、「我《われ》この節《せつ》かく煩《わづら》ひけるは、武運の尽きし所なり。先祖具足《ぐそく》は譲りおかるる、槍一筋《やりひとすぢ》引つ提げて、天晴《あつぱれ》御馬の先に立ち、[9]御目通《おめどほ》りにて、[10]高名《こうみやう》・[11]感状取るべき。この度さてもさても口惜しや」と、この事言ひも止《や》まざれば、各々《おのおの》耳かしましく思ひながら、一所《いつしよ》に住めば、これを聞かぬ顔もなり難く、「今も知れぬ病人の、無用の願ひ言はれずとも、息の通ふうちに念仏申し、[12]後世《ごせ》の一大事を心掛

1　名誉に生きる武士にとって、悪口はしばしば喧嘩刃傷沙汰の原因となったので、中世以来これを固く禁じた（山本幸司『〈悪口〉という文化』）。2　島原の乱。寛永十四～五年（一六三七～八）に起こった農民一揆。キリシタンの天草四郎を首領とした。3　原本「後陣」。「陣」と「陣」は同義。本隊の後ろに控える部隊。4　九州地方。5　戦国時代、六十歳から十歳才が軍役の対象であった。6　喪中の者。7　主人の御供をせよ、との命令。8　大名の家臣は、おおむね「侍」「徒士」「足軽以下」の三層に分けられ、「侍」の最下層に位置するのが「中小姓」であった。本来は成長して子供から成人になりながら、まだ騎馬の士になれない者をいい、それが階層として定着した（磯田道史『近世大名家臣団の社会構造』）。9　主君の眼前で。10　戦

け給へ、具足は重き物なれば、これ着て[13]死出《しで》の山越え[14]御大儀《ごたいぎ》なり。軽き[15]経帷子《きやうかたびら》を着給《たま》へ」と、三人小話《ささや》きて笑へるを聞きて、いよいよ無念重《かさ》なり、今一度《ひとたび》の命を諸神に[16]立願《りふぐわん》せしに、不思議に[17]快気《くわいき》して、手も働き足も立つ程になりぬ。

時に日外《いつぞや》の遺恨《ゐこん》止《や》め難く、[18]段々筆に残し、具足《ぐそく》・兜《かぶと》を着ながら、[19]槍取り回して、「相手は三人」と[20]名乗り掛け、「鎧《よろひ》着ながら死出《しで》の首途《かどで》」と言へば、皆々[21]是非なく抜き合はせども、思ひ込みたる一念《いちねん》の槍先《やりさき》、「嶋原《しまばら》に行きての働き見せん」と、三人共に[22]突き留《と》め、その死骸《しがい》の上に腰を掛けて、潔き自害。書置《かきおき》の子細、道理至極に[23]沙汰して、この人を惜しみぬ。さる程に、「三人は[24]雑言《ざふごん》ゆゑに、あたら身を失ひ、[25]大事の前の用に立たず」と、これを笑ひける。

功。11　主君が家来の戦功を表彰・認証する文書。12　来世の往生。13　冥途にある険しい山。14　大変である。15　死者の着用する衣服。経文などが書かれてある。16　神仏に願いを祈る。「立願せしに、不思議の瑞験あらたなれば」（謡曲「田村」）。17　回復。18　事の次第。19　巧みに扱って。20　決闘の作法。卑怯な不意打ちではない。21　やむなく。22　突き殺し。23　評判をして。24　↓七十二頁注21。25　武士が死力を尽くして働かなければいけない危急の時。

死装束

読みの手引き

◇武士に油断は禁物――冗談では済まされぬ

『嶋原記《しまばらき》』によれば、原城に立てこもったキリシタンの激しい抵抗にあって、当初の包囲戦は失敗し、新たに指揮をとる「知恵伊豆」こと松平信綱の招集によって、九州一円の大名が参陣、その数十二万一千人。後詰は福岡藩で遅参したため、陣取る場所もなかった（巻四「松平伊豆守島原下向」）。西鶴がこれを意識していたとしても、当初から後詰の命令はあったとしているから、勢い家中の緊張感は薄れたと読める。まして、当時としては老齢の五十五歳から、元服したばかりの十五歳まで、総動員がかけられたのだから、戦の覚悟のない者も紛れ込んで当然か。話は同じ部屋に暮らす、士分の最下層たる中小姓四人に焦点をあて、その中の一人が瀕死の病にかかり、この危急の時に殿の馬前でお役に立てない悔しさを、「武運」が尽きたと言い募らせる。松平信綱が兵糧攻めに転じ、底をついたところを、わずか二日間の総攻撃で決着をつけた顛末を読者が知っていたとしたら、いやそうでなくとも後詰で直接戦闘には参加しないと読めるわけだから、この男の純情は、微笑ましくも滑稽に映ったことだろう。

こうした主人公への読者の距離感を受ける形で、相部屋で暮らす他の三人は、「瀕死の病人が無用な願いなど持たず、念仏して成仏を祈れ。具足など重くて死出の山越には邪魔だから、亡者の着る軽い経帷子を着ろ」とあざ笑う。この恥辱に主人公の無念の思いは重なり、命乞いの願かけが「不思議に」も効いて、手足が働くほどたちまち回復する。この展開は笑いを誘うリアリティのなさもあるが、科学の支配する今日と違い、当時の読者の心は冷め切ってしまわなかったのではないか。むしろ、神仏もこの男の悔しさには同情したか、と見る程度の敬虔さの感覚は、持ち合わせていたはずである。そうでなければ、冒頭の「武士は、かりそめにも、人を侮辱する発言をしてはならない」という教訓が意味をなさなくなってしまう。瀕死の男の「武運」は尽きてはいなかった。

主人公は三人に笑われた遺恨を消し難く、決意を胸に事情を書き残し、鎧・甲冑を身につけ、槍を抱え、「鎧着ながら死出の首途」と名乗って決闘を申し込み、「経帷子でも着ておけ」という「雑言」への異議申し立てをした。こうして一念のこもる主人公の槍先に三人はあえなく討ち取られる。この行為は、集団の力を集めて戦う「公」の倫理に反するように見える。本来、主人公の武勇は、島原でこそ発揮されるべきものだった。もちろん、そのことは男も心得ていた。「嶋原に行きての働き見せん」という戦闘宣言は、それを示している。それでも男は、恥辱を晴らす方を選んだ。本来ならば島原で戦えるだけの気力・体力をあえてここで示そう、というのである。そうは言っても、島原で参戦すべき三人を討ち果たしてしまった以上、その責任は取らねばならない。そこで三人の死骸の上に腰かけての「いさぎよき」自害という決着となる。

集団の倫理よりも、一個の侍としての名誉を、やむやまれず選んだことは、「日外の遺恨止め難く、段々筆に残し」という決闘前の描写と、自害後の「書置の子細」という繰り返しから想像できようもので、かえって手紙の文章などいちいち書き記さない方が、男が本来人一倍持っていた忠義心をも振り払うほど、名誉の恢復に賭けようとする真情が響く。少なくとも、金では買えない、名誉を規範として実践することが、非常時に働くことを使命とする武士の本分であることを知る読者ならば、本文中で遺書を読んだ人間同様、この男を「惜し」むことになるはずだ。戦場の心理は、平時から見れば狂気だが、そうでもなければ非常時に役に立つものではない。

三対一という西鶴の設定は心憎い。前半三人に同調して主人公を笑った大方の読者は、一転、武士の本分とは何かを主人公から突き付けられてしまう。長い平和が続いた西鶴の時代なら、主人公の武勇は滑稽に映ることもありえる。三人は「雑言」ゆえにあたら命を失ったのではない。そういう軽口をたたく緊張感のなさ故に、「大事の前の用に立」たなかったのである。結びの「笑ひ」の何と苦いことか。主人公の行動が、序文にいう「公」の「義理」に反することにこだわるのは、表面的な読みである。平時の武士の心得を説いた大道寺友山の『武道初心集』でも、緊急時には殿の盾となる覚悟を説きつつ、聞き捨てならない「雑言」をしつこく吐き散らす者があれば、一旦宿舎に帰ってから事情を上司に書き残し、相手に決闘を申し込んで、恨みを晴らした後、その場で自害するか、検視を願い出て後、切腹するのも、その時の心次第と説いている。

本章の目録題には、「陣立（出陣）の物語潔き事」とあるのだから、出陣に際して、主人公のつけた決着は、その遺言によって「いさぎよき事」として、緊張感をもたらしたに違いないということになる。逆に「雑言」がなければ、決闘もなく三人は戦場に出られた。出ても彼らは大した役には立たなかったかも知れないが。

（井上）

# 三の四　思ひも寄らぬ首途《かどで》の嫁入り

治まる国の守《かみ》の[1]弓《ゆみ》大将《だいしやう》に、隼人《はやと》といへるあり。又[2]鉄砲大将に外記《げき》といへるあり。この両人、[3]当番同日《どうにち》にて語り合ひ、おのづから親しくなりぬ。

ある時、隼人煩《わづら》ひて、[4]代番《だいばん》頼み、引き籠《こも》りしに、外記はるばるの屋敷より、病中の見舞度々《たびたび》なり。この心ざし嬉しく思ふ折節、又雨風激しき夕暮れに玄関に来て、今日の[5]機嫌の程を尋ねられしに、この事奥へ申し通じけるに、幸ひ気分も勝《すぐ》れ、初めて枕を上げ、[6]病居《びやうきよ》も改め、友懐かしき

1　→三十七頁注6。2と共に図版参照。
2　鉄砲組の隊長。
3　主人の屋敷に交替で詰める役目。
4　当番の代理。
5　病状。
6　病室のしつらえ。

時なるに、外《ほか》より一人も問はねば、ひとしほ淋しく、「その御方《おかた》、御目に掛かりたき」断り[7]申し、内[8]証まで通し、御見舞の一礼申し述ぶれば、気色《きしよく》[9]の様子、念比《ねんごろ》に聞き合はせ、末々養生[10]の身持ちまで申されければ、隼人喜び、勝手口の杉戸開けさせ、妻女呼び出し、外記に面《おもて》をあはさせ、親類の語らひ同然になりぬ。心[11]の闇《くら》からぬ武家の付き合ひ、潔し。

南をうけて明かり窓のもとに、薬鍋《くすりなべ》掛けて、十四、五と見えし娘、その様艶《さまえん》[12]なる打掛《うちかけ》[13]小袖ゆたかに、顔形《かほかたち》[14]色づくるともなく、美女に生まれ付きたる、手づから火箸《ひばし》[15]取り回し、「煎《せん》[16]じ

7 事情を語る。
8 奥の間。
9 病状。
10 体調を整える方法。
11 爽やかで晴れ晴れとした。
12 優美な。
13 小袖の上に掛けて着る長小袖。武家の婦人の正装。
14 化粧する。
15 上手く品位を以て扱う。当時の武家の女性は、箸使いや酌に厳密なふるまいが要求されており、それが女性のたしなみの判断基準でもあった。
16 薬袋の注意書きに同文があり、これをそのまま引用した。

やう常のごとくか」と、年寄りたる女に尋ねられし、物腰[17]の優しく、あまた見え渡りて腰元使《こしもとづかひ》[18]もあるに、「これは大事」と、孝を尽くせし心ばせ[19]を見請け、「娘の子も又ありたき物ぞ。病家《びやうか》[20]の扱ひはこれぞ」と、殊勝に頼もしく思はれ、又戸をさして、外《ほか》には人なく只二人、世の事ども病気に障らぬ咄《はなし》のついでに、外記は息女《そくぢよ》の事をうらやみ、「私《わたくし》は男子《をとこ》ばかり三人まで持ちけるが、この内一人娘ならば、女房どもが言葉頼り[21]にもなりぬべき物を」と言へば、隼人聞きて、「世は必ず思ふままならず。我等は只今の姉にして、娘ばかり四人あり。女の子御望みならば、奥の御茶の通ひ[22]に、雇はせ置くべし。琴を好き、歌を詠むなどいひて、京《きやう》[23]便りに中院殿《なかのゐんどの》[24]へ遣はしける。雀小弓《すずめこゆみ》[25]、名誉[26]に一筋も外さず、女のいらざる四書《ししよ》[27]までも読みて、この程は古文《こぶん》[28]聞く[29]に気を尽くしける。少し娘自慢なれども、何がさて、此方《こなた》へならば」と言へば、外記浅からず悦喜《えつき》、「しからば私の惣領《そうりやう》亀之進《かめのしん》、十九に罷《まか》りなれば、向後《きやうこう》[30]御自分の子と思《おぼ》し召しくださ

17 言葉遣い。これまた女性のたしなみの評価基準であった。
18 使用人である「腰元」に同じ。
19 気立て。
20 病人のいる家。
21 話相手。
22 飲食の給仕。
23 京都への便りに言づけて。
24 公家の家。和歌の家として名高い。
25 遊戯用の小弓。
26 不思議にも名誉なことに。
27 儒教の経典『論語』『孟子』『大学』『中庸』。
28 漢詩文の代表作集めた『古文真宝』。
29 講義の聴講。
30 これから後は。

れ」と、外《ほか》には聞く人もなく、[31]祝言《しふげん》言ひ交はして屋敷に帰りぬ。外記内証へはいまだこれを語らず。

その明けの日の夜半《やはん》に、同役の方《かた》に宵《よひ》より話し居《ゐ》て帰るを、門《もん》の片陰に三、四人立ち忍び、両方より、真ん中に取り込め、声をも掛けず、闇討《やみうち》。外記心得て抜き合はせ、四人を相手にしばし斬り結ぶに、[32]覚悟にあらねば、[33]初《しよ》太刀《たち》にいたみ、三人までに手は負はせしが、終《つひ》に弱りて討たれぬ。供《とも》は小坊主なれば、[34]屋形に走りて、この事知らせける。亀之進、刀引つ提げ追つ掛けしに、はや行き方《がた》知れずなりにき。しかも道筋四つに分かれる辻の事なれば、様々に迷ひて、先《ま》づ脇道の根《ね》笹《ざさ》を分けて身をもみ、[35]二十町余りも尋ねしに、人影もなくて、無念の胸を静めて立ち帰り、この討手《うちて》を詮《せん》議《ぎ》するに、外記[36]軍法《ぐんばふ》の弟子に浪人ありしが、おのれが励み[37]薄く、同学の者に[38]極意[39]許されしを恨み、同じ悪人を[40]語らひ、師を討つて退《の》く。「[41]天命、何国《いづく》にか逃《のが》るべし」と、身をもだえて進めど、[42]心に任さぬ主命なれば、敵《かたき》討ち

31 婚礼の約束。
32 覚悟していた攻撃ではないので。
33 相手の最初の一太刀。
34 外記の屋敷。
35 約二一八〇メートル。一町は約一〇九メートル。
36 兵法。
37 少なく。
38 秘伝。
39 伝授を許す。
40 相談し仲間にして。
41 天命を以てどこへ行こうと逃しはしない。父の仇を不倶戴天の相手という。
42 自由に行動できない。武士の領国以外への移動には主の許可が必要であった。

たき願ひ申し上げしに、首尾よく御暇《おいとま》を下《くだ》し給はり、「本意《ほんい》遂げての節、先知《せんち》[43]相違なし」と老中[44]仰せ渡され、上意有難く、御前を罷《まか》り立ち、屋形に帰らず。母の儀は親類に頼み残し、その身は達者なる家来一人召し連れ、外《ほか》よりの助太刀を差し留《と》め、生国《しやうこく》[45]和州《わしう》を立ち出《い》づる時、隼人、病気の用捨《ようしや》[46]なく駆け付け、「言ひ渡する子細あり」とて、我が屋敷へ亀之進を申し入れ[47]、「その方《はう》は知り給ふまじ。御親父《しんぷ》[48]と契約しての乞婿《こひむこ》[49]なり。貴殿女房は、目出たう帰宅あるまで、この方に預かり置く」と、娘呼び出だして、夫婦の盃事《さかづきごと》[50]をさせて、関和泉守《せきいづみのかみ》[51]の刀一腰《ひとこし》、金《きん》子《す》百両はなむけして、心よく暇乞《いとまごひ》して別れぬ。かねての約束、人は知らざりしに、この時に至つて隼人の心底《しんてい》を感じける。

　亀之進は諸国を忍び巡りて、二年《ふたとせ》過ぎての弥生山《やよひやま》[52]、江州《がうしう》の浦里に身を隠して、ある夜これを付け出《い》だし[53]、名乗り掛けて斬り込み、つねづね覚悟[54]して浪人五、六人あり合はせ、又助太刀すれば、亀之進危ふく請け[55]太刀《だち》になりて、武運の尽きと口惜しき

43　亡くなった父の知行。仇を討つことで主人からその継承を許される。
44　家老を指すか。
45　大和国。現奈良県。
46　構わず。
47　招き入れ。
48　父上。
49　特に乞い願った婿。
50　→四十頁注27。
51　室町末期活躍した美濃国の刀鍛冶。
52　旧暦三月の山。近江の歌枕桜山を暗示。
53　突き止め。
54　相手は仇討ちを覚悟して。
55　押され気味となり。

56　後ろ髪を引かれる感じがして。
57　首尾よく成就するよう願っていたこと。
58　後ろに控えること。
59　ずたずたに。
60　結婚させた事情。
61　両家の縁組を正式に命令され。
62　世間のよき評判となり。
63　家名を上げた。

時、相手不思議や[56]後髪引かれて、残らず討ち止め、本人が首、器物《うつはもの》に入れて、本国に帰りぬ。

和州にありし隼人は、亀之進首尾事《ごと》、明け暮れ心もとなく、夫婦言ひ出だし給ふ時、娘嬉しげに笑みて、「先月二十九日の夜、敵《かたき》討たれしに疑ひなし。その子細は、自《みづか》ら[57]一心に諸神《しよしん》を祈りしに、この恵みにや、夢ながらその場に行きて、[58]後《うしろ》詰《づ》めして、残る所なく討ち止めさせ、喜び帰ると見しが、覚めての明けの日、寝巻の小袖[59]段々に切れて血に染まりし」と、語りも果てず、それを二親《ふたおや》に見せければ、心よく亀之進を待ちかねしに、程なく立ち帰り、御前よろしく、数々の御褒美《ごほうび》、先知《せんち》に二百石の御加増《ごかぞう》ありて、隼人を召され、立ち出づる時の[60]段々、至極《しごく》に思《おぼ》し召され、[61]縁組の事仰《おほ》せ付けられ、[62]世の褒め草をなびかせ、隼人が[63]家風《いへかぜ》を吹かせける。

その後夢物語りせしに、刻《こく》も時も違《たが》はず、「目に見ぬ助太刀《すけだち》思ひ当たれる事あり」と、その働きを語り慰み、両家共に繁昌《はんじやう》して、語[64]らひをなしけるとなり。

64　懇意にした。

## 読みの手引き

### ◇神も見捨てぬ助太刀の一念

やや長い本章の前半のテーマは「約束」であり、後半のテーマは「恋」とすればよかろうか。西鶴は、弓大将と鉄砲大将という、戦いの先頭に立って戦う集団の統率を任される、似た境遇の隼人と外記の友情を、細やかに描くところから始める。病を養う隼人を遥々何度も見舞う外記。特にその日は雨風激しい夕暮れ、誰一人として見舞う者もなく、病床を片付けるまでに回復した隼人は、奥で外記と対面、任務を果たせる程回復するための、養生の方法をも教える外記の厚情に感激して、妻と娘を呼び、早や親類同然のもてなしをする。

語りの焦点は、十四、五歳の、盛りにはまだ早い、隼人の娘の美しさ、箸使いに見るしつけの良さ、父のために手ずから薬を煎じる孝行ぶりに移る。二人きりとなってから、外記は隼人の娘をうらやみ、自分には男子しかいないと言うと、隼人は自分には娘しかいないので、飲食の給仕にそちらで雇っていただきましょうと申し出る。娘が琴や和歌ばかりでなく、男並みの漢詩文を読むという自慢は、この娘が男並みの心根を持っているという意味でもあり、後半の布石となる。すかさず外記は、いずれは自分の長男の嫁にとの約束をとりつける。

ところが、事態は暗転、翌日の夜半、外記は闇討ちにあい落命。長男の亀之進は、犯人を追うも見失い、父の兵法の弟子であった人物が、逆恨みをしたものと突き止め、主に願い出て敵討ちに出ることとなる。この父の仇が、兵法をたしなんでいたことも、後の展開の布石であろう。故国大和を出立する亀之進に、病も構わず駆け付けた隼人は、亡き外記と交わした婚約の事情を語り、三々九度の杯を娘とさせた上、関和泉守の名刀と百両の金を餞に渡して、亀之進を送り出す。亀之進にとっても自分は一人ではないとの思いは強く、首途にあたって頼もしかったことではあろうが、周囲の人々も、外記と二人だけしか知らない約束を裏切らずに果たした、隼人の心根を称賛した。敵討ちは、実際難しい。相手の捜索が大変なうえ、仮にこれを見つけ出しても、返り討ちに遭うリスクを抱えている。その亀之進と娘を結婚させてしまうとは、普通できることではない。

ここまでの展開に立派過ぎる人物ばかり登場する、との感じを受け取る読者も多かろう。隼人のような立派な人物がいるとは思えないのかも知れない。しかし、同時代の新井白石の伝記『折たく柴の記』を読めば、これに近い武士たちは実際いたのである。白石自身謹慎中で、それを破って外出することは重大な罪であるにもかかわらず、友人の喧嘩の加勢には出ている。この信頼感がなければ、集団を率いた戦さはできない。外記と隼人が鉄砲組・弓組の大将であったという設定も、ここで生きてくる。

後半は、二年の捜索の甲斐あって、近江に潜んでいた仇と亀之進の果し合いが焦点となる。敵は用心深く浪人をボディガードとして雇っており、亀之進の助太刀は一人のみ、結果押され気味となり、武運も尽きたかと思う時、不思議にも敵は後ろ髪を引かれる様子に変じ、亀之進は無事仇を討ってその首を持って大和への帰途につく。一方、大和に居る隼人は明け暮れ、亀之進の身の上を案じていたが、娘が夢で助太刀をして、敵を掃討させるると見て、覚醒後は寝間着の小袖がずたずたになって血に染まっていた不思議を語る。『武家義理物語』の出版よりは下るが、『やまと怪異記』（宝永六〈一七〇九〉年刊）巻六の一に、『異事記』からの引用として、類話を載せているから、あるいは西鶴の前にはこうした話材があったのかも知れない。ただし、現代人から見れば、ご都合主義にも見えるこの夢の助太刀の符合については、夢というものが、今日のように科学的な見地から見た、無意識の反映とする視点だけでは誤解を生じてしまうことに注意しておきたい。小野小町の「うたた寝に恋しき人を見てしより夢てふものを頼みそめてき」（古今和歌集・五五三）にあるように、よほど遠い存在だった恋しい人を、ふと見たうたた寝の夢で出会えたのは、相手も自分のことを思ってくれているからだということで、それからは夢というものを頼りにするようになった、という。その時、夢の通い路を保障するのは神仏の存在であった。夢は神仏の立ち合いによる「縁」であり、ロマンであり、そういう恋物語の「お約束」でもあった。それが本章の場合には、武家の娘らしく、敵討ちを助太刀するところに、一種のパロディとしての「笑い」があると見ればよいのであろう。ここで、娘が、女は普通読まない漢詩文に通じていた、という設定が効いてくる。

神仏への祈りということを考える時、いつも思い出す逸話がある。落語家の故五代目古今亭志ん朝が、何をやっても上手くいかない時、母親から信心が足りないと言われて、谷中の寺に参り、その守り本尊である虚空像菩薩のお使いで、大好物の鰻を絶って、これを四十年し通したという。このあたりが、江戸人の神様との契約の感覚に近いものかと思う時、本章もただ荒唐無稽な話として一笑に付すことはできなくなるはずである。ある種、江戸人は我々より敬虔で謙虚だっただけなのかも知れない。加えて、西鶴の筆には、必死で神仏を願う悲壮感からは、一歩引いた「余裕」が感じられ、これまた彼らしく、好もしい。

（井上）

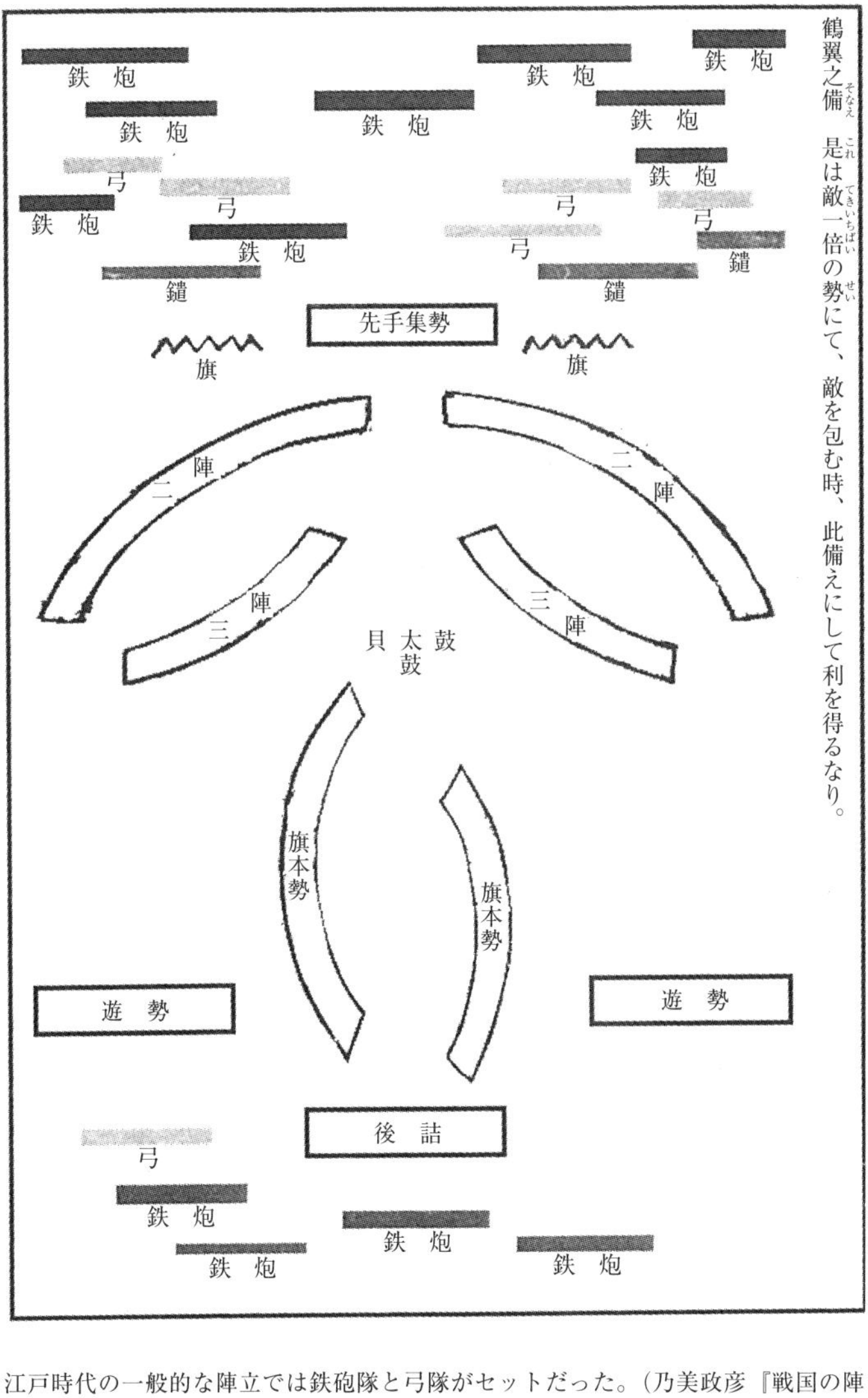


江戸時代の一般的な陣立では鉄砲隊と弓隊がセットだった。（乃美政彦『戦国の陣形』）」

1　生れ付き。性分。
2　現在の滋賀県大津市田上付近を流れる大戸川の別称。太神（田上）山の北麓を西流して大津市田上の黒津で瀬田川に合流する。
3　洪水で松や柳が根こそぎ土中から取り出されてしまった。
4　江戸時代では、大身の大名のこと。
5　堤防工事のこと。
6　琵琶湖の水底に龍宮があり、瀬田に竜女が出現したとの伝説があった。

## 三の五　家中《かちう》に隠れなき蛇嫌ひ

人によつて人食ふ狼《をほかみ》には恐れずして、何の事もなき蟇《ひきがへる》を嫌ふもあり。これその生《しやう》[1]によるるなり。

江州《がうしう》田上川《たがみがは》[2]の瀬に変はりて、古代稀《まれ》なる洪水、岸根《きしね》の松・柳も掘れて[3]、田地荒野《あれの》なれば、その頃の国の守《かみ》[4]、これを憐れみ、百姓を救はせ給ひ、堤普請《つつみぶしん》[5]も里へは掛け給はず、手前の人足《にんそく》数千人《すせんにん》出でて、鋤《すき》・鍬《くは》の音、湖水《こすい》に響き渡りて、竜女《りうによ》[6]も驚くべき多勢《たぜい》なり。この奉行役人、家中の利《り》発人《はつにん》指されて、四人立ち合ひし中に小林《こばやし》氏《うぢ》の何某《なにがし》、武家気質《ぶけかたぎ》

に生まれ付きたる人にて、心の猛《たけ》き事世に勝《すぐ》れたれども、常に蛇を恐れて、その咄《はなし》を聞くさへ身を縮めけるに、同じ奉行、小さき[7]くちなはを捕らへて、「これ、それへ投《な》ぐる」と言へば、たちまち面《おもて》の色変《へん》じて、刀の反《そ》り打つて、「[8]弓矢八幡《ゆみやはちまん》投げてみよ。一寸《いつすん》もそこを逃《のが》せじ」と怒れば、各々立ちふさがり、両方へ押し分け、当分何の子細もなく済みぬ。

その後《のち》いづれも蛇打ち掛けんとせし人の元に行きて、「今日の首尾、その方《はう》何の心もなき事ながら、先《ま》づ謝り給へ。日頃恐るる人を存じられての座興、よくよく思へばせまじき事なり。『兎角《とかく》この儀は堪忍』と[9]言葉を下げ、昔のごとく語り給へ」と内証《ないしよう》申せば、この男流石侍にて、「いかにもこの方《はう》の[10]卒爾千万《そつじせんばん》、至極の所なり。各々お[11]詞《ことば》はもれじ。いかやうにも頼み入る」と申せば、いずれも、「この一言《いちごん》を聞くから[12]神妙《しんめう》の至りなり。この上はその方《はう》の[13]手を下げさす事にあらず」と、皆々小林氏《こばやしうぢ》の仮《かり》屋《や》に尋ね入り、「今日の儀は、さぞさぞ御腹立《ふくりふ》たるべし」と、

7　蛇の異称。
8　武士が自分の心やことばに偽りがないと誓うときに口にする決まり文句。
9　へりくだって言う。
10　「卒爾」は、軽率なこと。「千万」はその甚だしいこと。
11　忠告の言葉に従おう。
12　この上なく殊勝である。↓七十九頁注38。
13　両手を下に付けることから、謝罪するの意。

言ひも果てぬに、「されば、嫌物《いやもの》を見せ掛け、さりとは困りたる所、あまり恐ろしさに、刀の反《そ》りを打つて見せしが、それは何の心もなし。我等はあれほど好かぬ物なし」と、大笑ひにてこの事済みぬ。心中《しんぢゆう》を色に出《い》ださず、常の事にしてその埒《らち》を明けられける。「これぞ発明[14]なる取りさばき」と、思案[15]ある人は感じぬ。

その後小林氏、世の無常定め難く、一年《ひととせ》余りのうちに、妻子残らず失ひ、何の願ひも絶えて、御前《ごぜん》[16]よろしく御暇《おいとま》申し請《う》け、長剣《ちやうけん》やめて、身を麻衣《あさごろも》[17]に替へて、隠れ家《が》もあるに、人倫の通ひなき海中の離れ島、笹舟[18]の頼りに身を越えて、竹生嶋《ちくぶしま》[19]の北なる竹嶋《たけしま》[20]といふ所に、草葺《くさぶ》きを結びて、ここを出でぬ事三年《みとせ》余りになれり。

過ぎにし頃、親しき人々誘ひ合はせ、一夜《いちや》泊りに定め、この島へ尋ねしに昔の形はなくて、行ひ澄まして、殊勝さ限りなかりき。取り混ぜて昔の事ども今の身の上を語り、落葉かき集め

14 →三十頁注28。
15 分別や思慮の働く人。
16 大名、旗本などを家臣が敬って呼ぶ語。
17 麻織りの粗末な僧の着物。
18 小さな船。
19 現在の滋賀県びわ町早崎の地先に浮ぶ周囲約二キロの島。琵琶湖に浮ぶ島のなかでは沖島についで大きい。
20 琵琶湖上に浮かぶ周囲約六〇〇メートルの小島。多景島、武島とも書く。

竹生嶋

21　近江八景の一つ。天台宗園城寺が夕刻に鳴らす鐘。
22　「観念」は、仏教で心静かに一切を観察すること。「南窓」は、仏道修行の草庵で明かりをとる窓のこと。「観念の南窓に諸釈を集めて、見台気を移し」（『武道伝来記』巻一の二）。
23　鉄製のかごに松材を盛って燃やす火。夜中の警護などに用いる。

篝火

24　苦行する。
25　→三十頁注26。

て茶を煎じ、あり合ひに米打ち込みてもてなされ、その日も浦《うら》浪《なみ》に影薄く、[21]三井《みゐ》の晩鐘《ばんしやう》かすかに、千鳥もいづち飛び失せ、松に嵐のみ、これより淋《さび》しさ又何国《いづく》にかあるべし。今日は我人《われひと》十二人、常は庵住《あんぢゆう》一人はよく暮らされける。

おのづから[22]観念の南窓《みなみまど》も闇《くら》くなりて、朽木《くちき》そのままの[23]篝《かがり》を焼《た》けば、この火のうつりにはひ集まる蛇、幾《いく》限りもなく、人を恐るるともなく、膝《ひざ》・懐《ふところ》に入りてうねくり、又は裾《すそ》より入りけるを、初めの程は取りのけしが、なかなか数千筋《すせんすぢ》なれば、各々気を悩みて、「これはいかなる事ぞ」と尋ねしに、「元よりこの島蛇ある所と伝へ聞きて、[24]身を懲《こ》らして仏心の大願《だいぐわん》」と語られければ、各々[25]横手《よこて》を打つて、「年頃は嫌はせ給ふに、今この中に住ませ給ふは、悟りの真実顕《あらは》れける」と、夜もすがらうるさく、明くるを待ちかね、各々城下に立ち帰りてこの事を語りぬ。

## 読みの手引き

◇小林氏の「武家気質」

冒頭、近江田上川で発生した「古代稀なる洪水」と、その後に実施された大規模な堤防工事の状況が綴られる。地元の記録によれば、「この川勢、急激にして」、「古来暴雨の際、氾濫の害多し」（『近江栗太郡志』巻三）とあり、この章段における田上川（大戸川）の洪水一件も、『武家義理物語』刊行前の延宝六（一六七八）年や天和元（一六八一）年に発生したそれに材を得たのではないかとの指摘もそなわる。

ともあれ、本話を理解するために差し当たって念頭に置くべきは、頻繁な田上川の洪水にあって、「古代稀な」大災害であったことと、その鉄砲水により本話の主人公である小林氏の何某が苦手にしている蛇（くちなは）も大量に流れ、漂着したと想像されること、の二点であろう。古来より蛇が洪水の発生源となったとの伝説も各地に伝わるほか、田上川が合流する瀬田川の唐橋を舞台に俵藤太（藤原秀郷）が退治したと伝わる百足や、彼を琵琶湖に案内したという蛇の化身（実は、本話にも登場する「竜女」がその正体）との関連も指摘される（大久保順子「「家中に隠れなき蛇嫌ひ」考─『武家義理物語』と連想的手法─」（『文学・語学』第215号、二〇一六年四月））が、主人公小林氏も周辺人物たちも、洪水には直接関与しておらず、なおかつ蛇嫌いを克服することと洪水との関連もないようである。

小林氏は、勇猛な「武家気質」─本作品は後に『武家気質』と改題の上、刊行される─で、誰もがみとめる「家中の利発人」であったが、ただひとつ蛇嫌いが過ぎたことのみが瑕疵であった。

蛇は今も昔も人の嫌われ者の代表格である。たとえば、斎藤徳元『尤之双紙《もっとものそうし》』（寛永九年・一六三二六月刊）の「こはき物の品々」には、「虎」、「狼」、「雷」、「地震」と並んで、「くちなは」、「蛇の住むといふ淵」が挙がっている。実物のみならず、棲息の気配すら怖がれるのだから、江戸時代初期の人々の蛇嫌いは筋金入りだ。小林氏は、蛇の話を聞くだけで「身を縮める」、『尤之双紙』の上を行く正真正銘の蛇嫌いである。

さて、極めつけの蛇嫌いである小林氏の何某をからかおうと、奉行役人の一人が小さな蛇をつかまえ、「蛇をお前に向かって投げるぞ」と呼びかけたところ、小林氏は怒りに顔色を変え、刀の反りを返し、「投げてみよ。その場から逃さぬぞ」とすごみ、不穏な空気が流れた。残りの二人の奉行役人がそれぞれを取り押さえ、その場は事なきを得たものの、一触即発の事態である。再会のあかつきには、斬り合いに発展してもおかしくはなくなった。

本文を読めば理解されるところではあるが、改めてこの騒動における二人の過誤を整理しておこう。まず、いたずら者の侍が、小林氏を冷やかそうとしたこと、そして小林氏が刀を抜いて敵意を見せてしまったこと、以上両名共に過誤を犯したのであった。

前者の行為について、二人の仲裁に入った奉行役人は、「日頃（蛇を）恐るる人を存じられての座興」と表現している。小林氏が極度の蛇嫌いであるのは周知の事実であり、時あたかも洪水で漂着したであろう小さな蛇をここぞとばかりに投げつけるふりをして、一時の冗談で笑ってもらおうなどと、このいたずら者の奉行役人は考えたのであろう。こうした「座興」は、近世初期の武家社会に見られた忌むべき傾向であったようである。武家教訓書『可笑記』では、「今時の人々、「あれは利発才覚分別あるよき人よ」と、ほめ給ふを見聞くに、皆、軽薄・表裡・佞心・胴欲者共なり」と、指弾する。先の侍の行為は、軽い冗談に発したのであり、「軽薄」に該当するだろう。実際、『可笑記』の作者如儡子（＝斎藤親盛）は、次のような具体例にも筆を及ぼしている。「当座気に入る事をのみ申す人の「よき侍」と、思し召し、合口を嬉しがり給ひて、めた物に贔屓をなされ、「利口才覚人よ」と、ほめあげ、御取り成しある間、諸傍輩もまた、恨やましがりて、欲にめづる。必ず必ず、かやうの人にたぶらかされぬやうに分別ありべし」（巻三）つまり、本話のいたずら者の侍の冷やかしは、機転が利いており、「よき侍」あるいは、「利口才覚人よ」と周囲の覚えめでたいと受け止められる傾向にあり、それに警鐘を鳴らす主旨である。

仲裁に入った奉行役人は、彼に悪意のないことを汲み取りつつも、「当座気に入る事をのみ申」した彼の言動を「よくよく思へばせまじき事」となじる。これに対し、彼も軽はずみな行為であったと認め、小林氏への謝罪の提案を受け入れた。「流石侍」と西鶴が評したのも、このいたずら者の侍が、素直に自分の非を認めたからにほかならないだろう。

次に、小林氏はいたずら者の代理で謝罪におとずれた二人の仲裁者に、刀を構えたのは、いたづら者への敵意を示すためではなく、蛇への恐怖のあまりの条件反射であったと釈明している。

こうして、二人の侍の間に流れた不穏な空気は取り払われた。いたずら者の侍の武士としての矜持を守るため、仲介者二人が謝罪を代行した点、小林氏が怒りを心中に収めた点も、「これぞ発明なる取りさばき」と、この一件が評せられた所以であろう。

後半、小林氏は竹島（多景島）に庵をかまえ、隠居する。三年を経て友人が訪ねると、「数千筋」の蛇と共存する小林氏の「行ひ澄ました」姿がそこにはあった。小林氏が言うように、「もとよりこの島蛇ある所」として、竹島が知られていたかどうかは不明である。現在も鬱蒼とした林に囲まれた孤島であるから、蛇もあるいは棲息していたかもしれない。

それはさておき、無数の蛇に囲まれる環境下に身を投じるべく、竹島を隠居先に定めたと自ら語る小林氏に「武家気質」をみとめなければなるまい。

そもそも、武士はいつも生命の危険と隣り合わせの身の上である。前出の『可笑記』は、武士にとって

「この世は仮の宿、一生は風前のともしび」なのであり、さらに次のようにも述べる。「いはんや、今日生まれて明日を知らず。只今無事なりとても、後剋《こうこく》の危うきを知らず。何をか楽しみ、何をか喜ばん。この世は、常の住処にあらず。あながちに、執心・望みなし。執心・望み深からずば、いかんぞ臆病を恥ぢて、剛なる心がけなからん」（巻二）。小林氏にとって、蛇に「臆病」な態度を示してしまったのは、明日をも知れぬ無常を観じなければならぬ武士として「剛なる心がけ」に欠ける出来事であった。本文に、「世の無常を定め難く」とあるのは、小林氏が武士としての理想の境地に達していなかったことを示唆する。したがって、小林氏の出家は、「臆病」をさます「武家気質」にふさわしい決断だったのである。

隠者が、人里離れた奥地を住処とし、あたりを飛び回る鳥や、走り回る動物を友とする例は珍しくない。小林氏の場合は、「人を恐るるともなく」なるほど無数の蛇と友人同然の関係となり、「臆病」を克服したわけである。彼のもとを訪れた十一人の武士をして、「悟りの真実顕れける」と心を打ち、膳所城に報告せしめたのは、小林氏の「武家気質」を出家に見たからにほかならなかったのだ。

（浜田）

# 四の一　なるほど軽い縁組《えんぐみ》

武士の身ほど定め難きはなし。

「生国《しやうこく》備中《びちゆう》[1]の松山《まつやま》を離れ、和州《わしう》郡山《こほりやま》[2]に行《ゆ》きて、昔召し使ひし小者《こもの》[3]、今は町家《まちや》に住まひして、世を心安く暮らしける」と、その噂《うはさ》伝へ聞きて、ひそかに訪ねしに縁は尽きず、巡り逢《あ》へば、この男驚き、「これはいかなる御首尾にて、かく御一人ここにはおこしあそばしけるぞ」と申す。「されば、是非もなき[4]義理にて御暇《いとま》申し請け、妻子は国方《くにかた》に預け置き、身代かせぐうちに、世無常の習ひ、二年《ふたとせ》のうちに妻子相《あひ》

1　現在の岡山県高梁市の中心部。中世に、町の北方の臥牛山の山頂に松山城が築かれ、水谷勝隆《みずのやかつたか》以来三代にわたる藩主時代（一六四二–九三）に城下町が築かれた。

2　現在の奈良県大和郡山市。貞享二年（一六八五）宇都宮藩から本多忠平が移り藩主をつとめた（～元禄八・一六九五年）。

3　→九十六頁注4。

4　やむを得ない。

果《は》て、今は長らへてもかひなし。いづれの僧にても頼み、長《ちやう》剣《けん》[5]をもやめて山居《さんきよ》の心ざしも起こりしが、浪人の時節世を捨てなば、人の沙汰すべき事も口惜しく、何とぞ先知《せんち》[6]にあり付き、その後《のち》は思案もすべし。少し存じ寄る子細[7]もあれば、一両年もこの所に借宅《しやくたく》をもして、世間を見合はせたき願ひなり。その才覚[8]頼む」と言へば、段々聞くに涙をこぼし、「以前に変はらせ給ふ御事、さりとは見るにさへ痛まし。兎角《とかく》は御心任せに」と、先《ま》づ笹の屋[9]の狭き住まひを御目に掛け、夫は煙草《たばこ》[10]切りさし、徳利《とくり》提《さ》げて酒屋に行《ゆ》けば、女は麻布《あさぬの》[11]織りすて、茶[12]の下焼《た》き付け、心いつぱいもてなしけるに、一夜《いちや》を明か

5　武士。「長剣させば武士」（序）。
6　以前支給されていた知行・領地。
7　親の敵討ちを指す。
8　工面、やりくり。
9　笹の葉で屋根をふいた粗末な庵。
10　タバコの葉を刻んだり、細く切ったりする仕事。

煙草切り

11　麻糸で織った布。
12　茶釜の底を薪などでたきつける。

して見しに、なかなか気遣《きづか》ひ絶えねば、何とぞ我が宿と定めて、少しのうちも暮らしたき願ひ申せば、幸ひ近所にこの程まで針[13]立ての住まれし空き家、南うけに菱垣《ひしがき》[14]のきれいに詫人《わびびと》[15]に似合ひたる宿なれば、これを借り継ぎて、奈良団扇《うちは》[16]の細工を勧めて、かつかつなる[17]渡世《とせい》も哀《あは》れに、足らぬ所は合力《がふりよく》[18]して、半年《はんねん》余りも過ぎ行《ゆ》けば、所の人もなじみて住み憂き事も忘るる程になりぬ。

「いつまで独りは寝覚めも淋《さび》しかるべし」と、春日《かすが》[19]の里に通ひ商人《あきびと》申し出《い》だして、「良き事あり。後家《ごけ》の娘二十二、三なるが、その形美しく、しかも利発者《りはつもの》にて、母にも孝を尽くせば、人皆夫妻の望みあれども、『浮世は飽き果てし』と、この事を取り合へず[20]。『さては一度《ひとたび》男持ちけるか』と聞くに、さもなくて、花の盛りをいたづらに振袖《ふりそで》[21]留めて、人に見られたき風情なかりき。『然《しか》れば、わけなき[22]病気もありや』と、内証《ないしよう》詮索《せんさく》するに、さもなく、あたら日数《ひかず》をふる程に、此方《こなた》の事を語り出《い》だして、『当分は浪人衆《らうにんしゆ》なるが、末々頼みある御方』と言へば、母《はは》

13 針灸医。14 割り竹を菱形に組んで結った垣。15 おちぶれた人。16 奈良で生産された楕円形のうちわ。もとは春日神社の神官が作ったもの。謡曲の人物や風景、判じ物の絵等を描く。

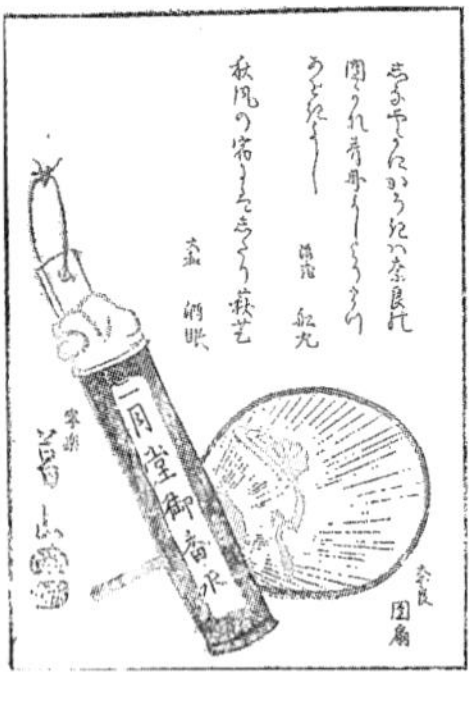
奈良団扇

17 どうにかこうにか生活が成り立っている。18 生活の援助を行った。19 現在の奈良市街の東南部。『伊勢物語』初冠《ういこうぶり》の段を踏まえた表現。20 縁談に取り合わない。21 丈が長く、脇の下を縫い合わせない袖。男女とも十五、六歳まで元服以前の者が着た。22 人目をはばかる病気。

人《びと》よりはその娘聞き届けて、『その落ち目なる侍衆《さむらひしゅ》ならば、望みなり。先様《さきさま》に[23]御合点《がってん》あらば、身を任せ、お茶の通ひ仕《つかふまつ》り申すべし』と、親しく我に語りける。[24]手前よろしき人の言へるは取り合へず、貧家《ひんか》を好み参るべしとは縁なり」と、[25]押し付けわざに取り持ち、夫婦に語らはせけるに、この女、男の気を取りて、何事も背《そむ》からざれば、今の身にして嬉しさ限りなく、小《こ》枡《ます》・[26]横槌《よこづち》[27]並べ枕の契《ちぎ》り、[28]錦のしとねに勝《まさ》り楽しみ、二人が仲に何か包む事なく、折節春雨静かに降りて、外より尋ぬる人もなく、寝酒《ねざけ》呑《の》み交はして、[29]詰まり肴《さかな》に、塩鯛の頭《かしら》を鉈《なた》振り上げて打ち割り、潔き顔つきして、「このごとくいつぞ見付け出《い》だして」と、つぶやかるるを聞きとがめ、「何事ぞ」と女に問はれて、今は隠さず、「親の敵《かたき》この所に立ち退けば、それを討つべき大願《だいぐわん》」と、詳しく語れば、「さては大事の御身」と、なほなほ念比《ねんごろ》に仕へて、心中《しんぢゆう》に[30]春日へ立願《りふぐわん》して、やすやすと討ち給ふ事を祈りぬ。

23　納得すること。
24　裕福である。
25　無理じいに縁談を進める。
26　砧・藁などを打つため、丸木に柄をつけた槌。
27　「並べ」は前後にかかる。「並べ枕」は、男女が枕を並べてねること。
28　錦の布で薄縁の周囲をふちどったもの。
29　ありあわせの材料でつくった酒の肴。
30　奈良の春日大社の祭神。春日明神。

それより二十日も過ぎて、亭主忍びて、「南都《なんと》[31]の方《かた》へ行《ゆ》く」とて、夜《よ》の明け方に宿を出《い》でしが、しばらくあつて立ち帰り、「件《くだん》の相手を今日見付け出《い》だしたり。これは天理[32]に叶ふ所」と、踊り上がり、肌に着込《きごみ》[33]、鎖《くさり》[34]の鉢巻《はちまき》、女は刀の目釘《めくぎ》[35]を改め、口に人参《にんじん》[36]をかませ、盃事《さかづきごと》してうち笑ひ、「本望遂げ給ひて追つ付け帰宅を待ち請《う》くる」と、この時に至りて、常とは格別変はりてかひがひしく、亭主これに力を得て、勇み勇みて立ち出《い》でしが、程なく立ち帰りて、「首尾残る所なく敵《かたき》はこれぞ」と、その首手桶《てをけ》に入れて、割蓋《わりぶた》[37]にて隠し、あたりの人この事を知らず。夫婦さしのぞけば、撫《な》[38]でつけ頭の大男、渋面《じふめん》[39]つくり、目を見開き、無念顔にふくませける。これ門田番蔵《かどたばんざう》とて日頃は武《ぶ》の達者なるが、利《り》の剣《けん》に止《と》めける。「先祖蔵人殿《くらふどどの》へ手向《たむけ》奉る」と、血刀《ちがたな》[40]添へて観念するを見て、この女涙に袖を浸しぬ。

亭主この有様合点《がつてん》ゆかず。「さてはこの首によしみ[41]ありと見える。ありのままに語れ」と、男は俄《にはか》に心置きて、夫婦の間

31　北の京都に対して奈良のこと。
32　万物を支配する道理。
33　上着の下に腹巻・鎧・鎖帷子などを重ね着すること。
34　額を守るため、細かい鎖を編みこんだ鉢巻。
35　刀の穴に柄の表から挿し通し、刀身の抜けるのを防ぐための竹や銅でできた釘。
36　朝鮮人参は漢方では強壮剤となる。
37　桶の蓋で、二片以上のものを並べ合わせ、一つの蓋になるようにしたもの。
38　額の上の月代を剃らずに、全体の髪を伸ばし、頂で束ねて結った髪型。
39　むつかしい顔つき。
40　敵を斬った血のついた刀。
41　因縁、いわれ。

[42]異《い》な物に変はりぬ。女は少しも動転せず、「只《ただ》何心もなし。手[43]ばしかき御働きを嬉しさの余り」と、普段の機嫌に直せど、男[44]一円《いちゑん》同心せず、「その子細を是非に申せ」と聞きかかる。女迷[45]惑して語りける。「私も親の敵を眼前に見ながら女の身の悲しさは、無念の年月を送りぬ。この度《たび》かく御主様《おぬしさま》と語らひ[46]をなしけるも、[47]御心底《ごしんてい》を見定め、『嬉しやこの事を頼み、討ちてもらはん』と思ひ入りし折節、『敵《かたき》あり』との御物語。それにさし[48]合はせては申しかねしに、『今日御首尾よく討たせ給へば、我が敵もあのごとくに討ち取りたきよ』と、心底外《しんていそと》に顕《あらは》れ、お目に余れる涙の袖、かかる目出たき折節、万事は御許し給はれ」と言ふ。

男も聞きもあへず、「今は我がためにも親なれば、そのままに置くべきや」と、この始めをつど[49]つどに語らせて聞き届け、その者は今ほど[50]西《にし》の京《きやう》といへる所に紛れ、白坂外記《しらさかげき》といへる名を替へ、天原流波《あまばらりうは》と呼びて、表向きは手習ひの指南して、今も

42 普段通りではない関係に変わった。
43 すばやい、すばしこい。
44 いっこうに、少しも。
45 とまどう、困惑する。
46 夫婦の約束をすること。
47 偽りや飾りのない本心。
48 重なり合う。
49 一つ一つ詳細に。
50 現在の奈良市西郊。平城京の右京を西京と称したことに由来する。

武芸怠《おこた》らぬ由語れば、亭主様子を飲み込み、茶漬飯《ちゃづけめし》を食ひて、つい[51]宿を出でて行きしが、その日の七つ下《さ》[52]がりにこの首も討ちて帰り、女に見すれば、「これぞこれよ、左の方《かた》の額《ひたひ》に切り疵《きず》、昔に変はらぬ顔ばせ悪《にく》や」と、死に首ながら、守刀《まもりがたな》を斬り付け、また、「この恩忘れ難し」と喜び、今は真言《まこと》涙にくれぬ。

一日に敵《かたき》二人まで討ち取る事、前代例《ためし》なき働きなり。「この親類の咎《とが》めもあるべし」と、跡《あと》の事は最前《さいぜん》の煙草《たばこ》切りに任せ、奈良にまします母をも一緒に引つ越し、その夜《よ》のうちに所を立ち退き、本国に下《くだ》りぬ。

51 ほんの、すぐに。
52 午後四時過ぎ。

## 読みの手引き

◇「後家の娘」の秘密

主人公自身の敵が門田番蔵、主人公の後妻の敵が天原流波（白坂外記）と、姓名が明らかにされる一方で、備中松山を離れ浪人の身の上となった主人公の武士と、その元小者、主人公が春日の里の行商人から持ちかけられた縁談で迎えた後妻は、ついに固有名詞が明らかにされない。

『武家義理物語』刊行時には、あるいは一日で二人の敵を討ち取った武士のことは、人々の知るところであって、そのためにかえって、実名を明かすのを憚ったのかもしれない。たとえば、寛文年間（一六六一―七三）には、人の噂や善悪にかかわる板行があった場合は、奉行にその旨うかがいを立て、指図に従うよう定めた法令が発布されている。このような条文に従って、西鶴はこの武士と、その周辺人物の実名を明かすのを憚ったのであろうか。このように本章段執筆の背景は不分明であり、二名の敵が素性まで含め明らかにされた一方で、見事敵討を果たした名誉ある武士の名が一向に明らかにされないのは、あまりにもバランスを欠く措置と評さざるをえない。

加えて、主人公の武士と門田番蔵、後妻と天原流波との間にどのようないきさつがあって、敵を討たなければならない事態に至ったのかも、本話では明らかにされていない。

以上のような理由で、本話は隔靴掻痒《かっかそうよう》の印象を拭い難く、決して読みやすいとはいえないだろう。

評価の良否はさておき、注目すべきは、主人公が恐らく数年単位で果たしえなかった敵討が、後妻を迎えた途端、頓々拍子で自身のみならず、妻の敵討まで果たした点であろう。もう少し正確を期せば、主人公が大和郡山の小者のもとで生活していた「半年余り」の間には、何らの進展も見られなかったにもかかわらず、新たに妻を迎え、春日明神に祈願を立てると、僅か「二十日も過ぎて」、敵の居所をつかみ、さらにたった一日で妻の敵まで討ち果たしてしまったのである。したがって、主人公が当初の目的を果たしたキー・パーソンは、どうやら春日の行商人から紹介された後妻であるようなのだ。

この妻は、いったい何者なのか。

後家の娘で、年の頃は二十二、三歳。美形と評判で母親に孝を尽くす利発者――これが、本文から窺知される後妻のプロフィールである。それゆえ、縁談は数多く持ちかけられたものの、ことごとく拒否する。不審に思った春日の里の行商人が事情を尋ねるに、「落ちぶれた浪人を夫に迎えたい」との、実に奇妙な望みを打ち明ける。だが、「奈良団扇の細工を勧めて、かつかつなる渡世も哀れ」な日々をおくっていた主人公の武士の境遇とは、ちょうど条件が一致した。というより、あたかもこの娘は、夫となるこの武士との出会いを待ち受けていたかのごとくでもある。

後家の娘があえて、落ちぶれた浪人を望んだのは、敵討をなそうとする武士は、なかなかそれを果たすことあたわず、生活も困窮しがちであるからだ。この傾向は、藩主の敵である吉良義央を討とうとした赤穂浪士一党が、切り詰めた生活をおくっていた例を想起すれば理解されよう。

先述の通り、夫妻が生活を共にしてからというもの、二件の敵討はあっという間に片が附いた。夫から門田番蔵が親の敵と打ち明けられた妻は、「心中に春日（明神）へ立願」すると、たった二十日ほどでその行方が判明する。この経緯から推測するに、妻は敵の名さえ判明すれば、即座に行方を突き止める自信があったのではなかろうか。

この妻は、「春日の里に通ひ商人」が、浪人に紹介した。頭注にも記した通り、この書きぶりから思い出されるのは、『伊勢物語』初冠《ういこうぶり》の段である。

昔男（業平）が、春日の里に赴いたのは、「知るよし」があったからで、本話の武士が春日の里の行商人と知己であったことと共通する。また、昔男は、「いとなまめいたる女はらから」の魅力に、「思ほえず」魅かれてしまう。本話の武士も「その形美し」い後家の娘が望んだ奇妙な条件が二人を引き合わせ、祝言をあげるに至った。先述のごとく、この娘に不可思議な神通力をみとめるとするならば、それに武士が誘引されたとも解釈しえるのではなかろうか。さらに、牽強付会《けんきょうふかい》のそしりをまぬがれないかもしれないが、和歌を詠み合って心中を打ち明ける『伊勢物語』と、互いに敵がいることを打ち明けることで理解を深める本話とも共通点をみとめられるかもしれない。

　抑え難い恋心を吐露した『伊勢物語』初段と、一日に二度の敵討を果たす本話とでは、あまりにも趣きが異なるではないか、との反論もあろう。とはいえ、「春日の里に通ひ商人」が紹介した後家の娘が「春日へ立願する」本話の構成・表現面に着目するならば、西鶴が『伊勢物語』初段への連想を読者に促したとしてもおかしくなないだろう。あますところなく春日明神への立願が叶えらえた彼女の神通力は、猿沢の池から出現し、春日大社の謂れを諸国一見の僧に説き明かした采女《うねめ》の幽霊（謡曲「采女」）のイメージに重ねられているのかもしれないが、これ以上憶測を重ねるのはやめておこう。

　門田番蔵を首尾よく討ち果たした武士は、その足で、奈良西の京で表向き手習いの指南をしていた天原流波（白坂外記）をも討ち果たす。西鶴は、「一日に敵《かたき》二人まで討ち取る事、前代例《ためし》なき働きなり」と、評を加えている。紛れもなく、本話のハイライトは、この評文に集約される。

　ところで、本話の副題は「一日に二度の駆け梶原勝りの事」とある。一の谷合戦で、重傷を負った次男梶原景高を救出すべく、父景時が、多勢の源氏軍に二度駆けつけたエピソード（『平家物語』巻第九「二度之懸《かけ》」等）に由来する。本話が、息子・娘が二度親のために敵を討ったのは、息子のために敵陣に分け入った梶原景時よりも勇猛である、というのがこの副題の意味するところである。

　重要なのは、本話の内容に古典作品の影響を呼び込む西鶴の執筆態度が、この副題からうかがうことができる点である。だとすると、本話に『伊勢物語』初冠の段の関与を指摘するのも無理ではないのではあるまいか。

　もちろん、梶原景時の二度懸けのエピソードを知らなくても、本話を十分楽しむことができる。『伊勢物語』についても同様である。物語内容を理解するのは当然として、一見無関係そうでありながら、そこに関与したと考えらえる古典作品を背景に置くことにより、さらに理解が深められる可能性がある。後家の娘の役割に考察を及ぼすならば、『伊勢物語』初段の「女はらから」の不思議な魅力から補助線を引くことによってこそ、理解できるのではなかろうか。

（浜田）

# 四の二　せめては振袖着てなりとも

伏見《ふしみ》[1]の城山《しろやま》は、桃林《たうりん》[2]に牛馬《ぎうば》の捨て置きとはなりぬ。昔この所の繁盛、諸国の大名屋敷建ち続きし時、和州《わしう》[3]の内の城主に召し使はれし、室田猪之介《むろだゐのすけ》といへるは、その頃《ころ》の美少《びせう》にして形弱々《よわよわ》として、心ざし強く、さながら女かと疑はれ、秀吉《ひでよし》公の御上臈《じやうらふ》の、花[4]か、おちよぼか、この二人の艶《えん》なる風俗にも見まがふ程なり。主人も一入《ひとしほ》不憫《びん》掛かりて、外《ほか》の前《まへ》[5]髪《がみ》よりは、御寝間《ねま》近ふ召され、出頭《しゆつとう》[6]時《とき》を得て、人もうらやむ仕合せなるに、いかなる者かこれをそねみて、恋に寄せて[7]

1　伏見城のあった伏見山。秀吉が文禄四年（一五九五）に築城、元和九年（一六二三）廃城。その跡に植えられた桃がこの地の名勝となる。いわゆる「桃山」。2　「それ馬を華山の野に放ち、牛を桃林につなぐこと、皆聖人の諺かな」（謡曲「絵馬」）、「もろこしの、華山には馬を放し、桃林に牛をつなぐ、これ花の名所なり」（謡曲「唐船」）など。もとは『書経』武成にある表現で、ここでは「捨て置き」ということで、寂れていることを強調する。3　→百二十六頁注45。

「花」

「おちょぼ」

『俳諧女歌仙』

4　秀吉に仕えた二人の美少女。西鶴は『俳諧女歌仙』の中でこの二人を扱っている。
5　前髪姿の小姓。
6　主君から特別の寵愛を受けていること。
7　からめての。
8　主君の御目に触れる所。
9　三十一頁注35。
10　誓文。
11　取り調べ。吟味。
12　入牢させずに、特定の所に預けて監禁させること。
13　以下に記されるとおり、出入りを禁じて謹慎とする処分。
14　城主が他国へ出ている折に代理を務める役人。
15　厳しく。
16　親類の人さえも制限して。
17　勤め先を転々とする年季奉公。
18　以下、たたみかけるように猪之介母子の没落ぶりを表現する。

の落書き、猪之介身の上の事、あらはに記し、御目通《おめどほ》[8]りに張り付け置きしを、横目《よこめ》[9]の役人見付け、善悪事包まず申し上ぐべき神文《しんもん》[10]なれば、この段言上《ごんじやう》申せば、御詮議《ごせんぎ》[11]も遂げられず、一筋《ひとすぢ》に御腹立《ごふくりふ》あそばし、猪之介には何の子細も仰《おほ》せ渡されず、御国元へ遣はされ、母親に御預け[12]あそばされ、「屋敷は閉門[13]申し付くべし」と、岡沢三之進《をかざわさんのしん》といへる留守居役人《るすゐやくにん》[14]に、急度《きつと》[15]仰せ付けられ、御意《ぎよい》の通りに門を閉ぢ、厳しく番を付け、親類限つて[16]、出入り堅く改めける。

　猪之介親子、何ともお科《とが》の程わきまへがたく、切腹すべきやうもなく、是非もなき仕合せにて取り籠《こも》りしが、下々《したじた》は渡り奉《ぼう》[17]公《こう》の者なれば、かかる時節を見捨て、身の大事を思ひやりて、一人も残らず立ち退《の》きぬれば、世の憂き時にひとしほ悲しく、朝夕《てうせき》の煙も絶々《たえだえ》に、母[18]は子の事痛ましく、手慣れぬ米を炊《かし》き給へば、猪之介は見るも悲しく、せめては井《ゐ》の水を釣り上げ、摺《すり》鉢《ばち》の音さへ忍びて、せつなき今日を暮らし、明日の事をも、命あるゆゑ情けなく、日を重ね夜を数へ、月も覚えず年も忘れ、軒端《のきば》の梅を暦《こよみ》に、「さては春にもなりけるか」と驚き、只現《ただうつつ》に動き、夢に物言ふ心地して過ごしぬ。

今は蓄へも尽きて、おのづから[19]限りの身とせまるを覚悟して、親子最期《さいご》の暇乞《いとまごひ》、これらは武運の尽きぞかし。「我は女の身、自害の見苦しきも、死後にても人も許すべし。汝《なんぢ》は[20]後悔ある身なれば、母より先《さき》に死顔《しにがほ》を見るべし。さあ、今ぞ思ひ残すな」と勇められしに、猪之介御意《ぎよい》に従ひ、そそけし鬢《びん》を撫《な》でつけて、随分[21]ゆたかにかしこまり、諸肌《もろはだ》脱ぎて、小脇差《こわきざし》の鞘《さや》抜き放つ所へ、人の手飼ひと見へて、まだら犬に、紫の[22]首玉《くびたま》入れて、紙袋二つ左右へ分けて結び付けられ、物言はぬばかり[23]尾を振りて、近く寄りける程に不思議に思ひ、母これを開けて見られしに、一つの袋には白米入れて、[24]「命《めい》は軽し」と書き付け、又一つには種々《しゆじゆ》の菓子を入れ、「義は重し」と書き記して、主《ぬし》は誰《たれ》とも知らず送られける。これに親子の人思案して、[25]「この心ざしに

19　餓死する身。
20　武士として死に際が見苦しくては後悔する。
21　ゆったりと居ずまいを正し。
22　首輪。
23　猪之介にとっては初対面のはずなのに、なついている様子に注意。
24　諺「義は泰山より重く、命は鴻毛より軽し」。「人固有一死　或重於太（泰）山　或軽於鴻毛　用之所趨異也」（司馬遷「報任少卿書」）。「義を重んじて命を軽くするは義士の好める所なり」（『新可笑記』一の二）。
25　このような厚意を受けたからには、自害することはいつでもできる。つまり、今は自害しない道理となった。

26 藪垣。
27 武士の家、ここでは室田家。
28 疲労により気力が衰えること。→五十六頁注7。
29 むざむざと。
30 法事。
31 法要に伴う恩赦。
32 承知、返答の意を、返答などする相手を敬っていう語。
33 いっそのこと。ついでに。
34 殿が猪之介におよこしになる。
35 不仲。

相果《あいは》つべきは、いつとてもなる事なり。これは定めて、諸親類の誰が憐《あは》れみと知られたり。この犬は見知りもなき」と、背筋を撫でさすれば、嬉しげに立ち帰る。その行方《ゆくへ》を見るに、[26]藪《やぶ》畳《だたみ》の破れよりくぐりぬ。その後《のち》は曙《あけぼの》・夕暮れに、人の気を付けぬ折節、万《よろづ》の食物を運ぶ事、はや二年《ふたとせ》にも余りぬ。

光陰《くわういん》矢のごとし。[27]弓馬《きゅうば》の家すたりて、五年《いつとせ》に今少しの程こそ足らね。長々《ながなが》の閉門、[28]退屈して、病気もさし起こり、[29]やみやみとこのままに果てなん事を歎《なげ》きしに、諸神御恵みにや、殿御[30]心ざしのある時、猪之介事思し召し出《い》だされ、御咎《おとが》め[31]御赦免《ごしゃめん》あそばされしに、「有難き次第」と[32]お請けを申し上げ、ついでながら御訴訟申し上ぐる。「[33]とても御事に、只今迄《まで》閉門仰《おほ》せ付けられし、お科《とが》の段々仰せ渡され、御許しに預《あづ》かり申したき願ひ」。大殿この義至極《しごく》に思し召され、最前の落書きひそかに[34]遣はされしに、しばらく思案を巡らし、かねて[35]不合《ふあひ》の仲間、豊浦《とよら》浪之《なみの》丞《じょう》そねみにてあるべき事を詮議仕出し、すなはち筆者は、町家《まちや》に身を隠し、兵法の指南をせし浪人、岩坂金八《いはさかきんぱち》に極《きは》まつて、両人ともに[36]切腹、打ち首に仰せ付けられ、猪之介長々の難儀不憫《ふびん》に思し召され、元服《げんぷく》仰せ付けられ、二百石の御加増あつて、[37]御判役《ばんやく》承り、出頭昔よりは今ぞかし。

世の聞こえ、面目《めんぼく》すぎて、再び国元に帰宅して、一門残らず参会の上にて、犬を通はせられし[38]心ばせの方《かた》を尋ねける。この人更《さら》に知れ難し。何とも合点《がつてん》ゆかず、様々[39]気を尽くしぬ。ある時、屋形町《やかたまち》の末々まで見巡りしに、日頃通ひし犬の居眠《ゐねぶ》りて、さる屋敷の門前に見えける。「これは」と嬉しく立ち寄り、「いかなる御方の宅《たく》ぞ」と尋ねけるに、岡崎四平《をかざきしへい》といへる[40]大番組《おほばんがしら》の人なり。「思へば、この人は我に執心掛けられし事、御前を勤めしうちにも、少しは忘れもやらず。殊更《ことさら》このたびの心遣ひ、一命に替へても、この恩は報じ難し。今でもこの人の身の上、大事の出来《でき》ば、[41]神以《しんもつ》て我引かじ」と、心底《しんてい》に偽りなし。

その夜《よ》ひそかに人遣はし、四平を手前に[42]申し請け、親子共に

36　浪之丞が切腹、金八が打ち首。後者の方が重刑。
37　主君の御判（花押）を文書に書く役。
38　厚意をかけてくれた人。
39　（探し出すのに）気苦労をする。
40　城の警備や市中の巡視に当たる大番組の長。武士として名誉な役。
41　神かけて。
42　招待して。

涙を結び、嬉しさ数々の礼儀を述べ、母は勝手に入らせ給へば、その跡《あと》はしめやかに語り、まづもつて、犬の通ひの事を尋ねけるに、「[43]殿《との》御国入りの時分は、こなたにあこがれ、夜々《よるよる》屋形の裏まで立ち忍び、叶はぬ胸を晴らして帰るに、いつとなく、その犬宿よりつきて、恋の道をわきまへける」と語れば、猪之介赤面《せきめん》して、「是非もなや、[44]姿の花の枝を折られ、今の古木《こぼく》見せけるも口惜しけれど、[45]もは帰らぬ昔なり。心は替はらぬ我なれば、言ふも恥づかしけれど、見捨てさせ給ふな」と、常の居間に入りて、着古《きぶる》したる[46]脇明《わきあ》け小袖に身を替へ、枕一つに二人の夢を結びぬ。

その年は猪之介二十二歳なるに、戯《たはぶ》れの余りに、二十一歳と年の程一つ隠されしは、武士にはなき事ながら、恋路なれば憎まれず。これぞ衆道《しゅだう》のまことなる心ざしぞかし。

43　殿が参勤を終え帰国すること。

44　花のように美しい姿。以下、「枝を折られ」「古木」もこれにちなんだ表現。

45　もはや。

46　元服前の若衆の時に着ていた振袖の小袖。

## 読みの手引き

◇美少年・猪之介の窮地

伏見に諸大名が屋敷をならべ繁栄していた頃のこと。美少年・室田猪之介は大和国のさる主にいたく寵愛されていたが、これを嫉んだ何者かの落書きをそのままに信じた主君が激怒、わけのわからないまま国の母の元へ返され閉門となる。主は「御詮議」もなく、ただただ立腹し、しかも「猪之介には何の子細も仰せ渡されず」に「閉門」に処したのであった。いわば身柄を宙づりにされた形となった猪之介は数年間、辛酸をなめながらその日暮らしを余儀なくされる。

しかしついに蓄えも尽き、これ以上は生きながらえないと覚悟し、母もろとも自害しようとしたその折、何者かの手によって、「命は軽し」「義は重し」と書き付けられた、食料を満たした袋が犬を介して運ばれてくる。これにより猪之介はなお生きようと決心するが、この犬の子細は分からぬまま、二年以上匿名の援助を受け続けた――。

◇「命」と「義」と

猪之介を救った「命は軽し」「義は重し」という言葉。ではここでの「義」「命」は、それぞれ具体的に何を指しているのだろうか。送り手としては、猪之介の命を救うことが第一義だったわけであり、たとえそれが方便であったとしても、ここで自害することは主君への「義」に背く、という以外の意味を持ちえないであろう。実際、猪之介自身の困惑と葛藤、すなわち「切腹すべきやうもなく」「命あるゆゑ情けなく」と、ここまで自害に踏み切れずにいたのも、元をただせば、主君からただ閉門とのみ命じられた以上、勝手に死を選ぶことなどできなかったからである。もし仮に、閉門の理由を知らされていれば、自らの身の潔白の表明、ならびにその汚名を雪ぐための自害も選択としてあったかもしれないが、本話はいわば、猪之介の生殺与奪の権を握るのが主君であるという展開のもとに、消極的な形での「義」を描くわけである。そしてメッセージを受けた猪之介は、「この心ざしに相果つべきは、いつとてもなる事なり」と、右のような意味での「義」を曲がりなりにも通そうとすることはもちろん、メッセージと食料の送り手に対し新たなる「義」をも感じているわけであり、この時点で二つの「義」が重なっている。

◇公的な解決の先にあるもの

その後、恩赦にともない「御咎め御赦免」となるが、これに至る五年弱もの歳月において、猪之介は完全に放置されていたのであり、この間、主が猪之介の境遇に対してはもちろん、その処分の是非について顧みた形跡は読み取れない。しかもその真犯人は、事件からかなり経過した時点でも、猪之介が「詮議仕出」せばすぐに浮上する程度のものに過ぎず、五年前に同じ対応がなされていたならば、これほどまでの事態には至らなかったはずである。とはいえ、然るべき処罰が下され、「猪之介長々の難儀不憫に思し召され」、元服、二百石の加増、そして御判役を務めることとなったわけであるから、公的な意味での埋め合わせは十分なされたと言える。

そして、岡崎四平の密かな厚意を知った猪之介は、「殊更このたびの心遣ひ、一命に替へても、この恩は報じ難し。今でもこの人の身の上、大事の出来ば、神以て我引かじ」と心に誓うのであるが、これは四平の「命は軽し」「義は重し」というメッセージに、猪之介側から最も真摯に呼応した結果の強い決意である。主への義が無くなることは家臣である以上あり得ないが、この言葉は、猪之介にとっての第一義的な存在がいまや四平であることを物語っている。

◇滑稽さゆえの哀しさ

そして猪之介は、自らを「姿の花の枝を折られ、今の古木」にたとえ、「心は替はらぬ我」であるからと、かつて「形弱々として、心ざし強く、さながら女かと疑はれ」た往時に身につけていたであろう「着古したる脇明け小袖」に着替え、かねてからの四平の思いに応える。この成人の振袖は本来、ちぐはぐな感じをぬぐえない滑稽なものである。しかし、この場面に読み取るべきは、この滑稽さを百も承知でいながら、そうせざるを得なかった猪之介の切実さであろう。ここには、奪われた五年の歳月は二度と取り戻せないという、猪之介の喪失感が刻まれている。若衆としての全盛を奪われた猪之介にとって、主君から命じられた「元服」はただならぬ痛みを伴ったことであろう。

主があからさまに批判されることはないが、真の「義」、「命」を尽くすべき対象が四平であるという点において両者は対照的に配置されている。残酷な話ではあるが、ここに救いのあるものとして読みたい。（木越）

# 四の三　恨みの数読む永楽通宝《えいらくつうほう》

寅《とら》[1]の年には、必ず洪水と語り伝へり。昔駿河《するが》の国、安部川《あべかは》[2]の渡り絶えて、十日の雨宿りして、旅人《りよじん》の難儀せし事あり。その[3]頃は諸国の大名屋形建ち続きて、商売人は掴《つか》[4]み取りありて、その時代、小判[5]乏しからず渡世《とせい》をなしける。

ここに北国《ほくこく》[6]の城主の中屋敷[7]、はるか府中《ふちゆう》を離れ、はるか西の方の野末にありしが、ここには一年替りの国衆《こくしゆ》[8]の長屋住まひ、千塚《ちづか》太郎《たろう》右衛門《ゑえもん》といへる方へ、雲馬《うんば》茂介《もすけ》といふ人、降り続く五月雨《さみだれ》の淋しさ[9]に頼りて、世の咄《はなし》も重な

1　慶長十九年（一六一四）を始め、本書刊行の二年前に当たる貞享三年（一六八八）まで、寅年はほぼ毎回洪水があった。2　現静岡市西部を流れる川。

3　駿府で慶長十二年から、元和二年（一六一六）の死去まで大御所徳川家康が政務をとった。家康の子供や政務をとる大名の屋敷が立ち並び、京・大坂に次ぐ大都市だった。4　ぼろもうけ。

5　慶長小判は駿河の金座で鋳造。

6　家康に近い大名では、孫にあたる北ノ庄（福井）藩の松平忠直が想起される。

7　大名屋敷は上屋敷・中屋敷・下屋敷に別れ、中屋敷は控え屋敷。

8　国侍。

9　単身赴任と長雨の寂しさを重ねる。

竹縁。下に雨滴が落ちるようになっている。

10　歌枕。現静岡市大字羽鳥の藁科川の中州の丘。「木枯しの森の下草風早み人の嘆きはおひそひにけり」（『後撰和歌集』恋一　読人知らず）。11　森に夕日が映り。12　諺「千丈の堤も蟻の一穴から」を踏まえる。完全犯罪も一つの隙から事態が明るみに。13　深く入って。
14　↓三十頁注22。15　全て見た通り。
16　本宅。17　中屋敷の門。
18　↓百二十三頁注7。19　家老。

る。雲間に入り日の影わづかに、[10]木枯らしの森[11]うつろひ、「今日こそ気も晴れける」と、遠山久しぶりにて眺め、「傘《からかさ》乾《ほ》せ。庭の溜り水かへ出だせ」など、小者に申し付けしに、この水竹《たけ》縁《えん》の下に細く流れ込み、[12]千丈《せんぢやう》の堤、蟻穴《ありあな》より崩るがごとく、見しうちに[13]滅入《めい》りて、柱もゆがみ壁もこぼれ、「これは不思議の事ぞ」と、この土中《どちゆう》こころもとなく、鋤《すき》・鍬《くは》早め上土《うはつち》のければ、死人形も崩れず見えける。

二人念比《ねんごろ》に見届け、「これは年ふりたる死骨《しこつ》にあらず。およそ四、五年の埋《うづ》み物なり。いかさま[14]子細あるべし」と、先づ両人心を合はせ内談して、「とかく御役人衆まで申し入るべし。折節参り合はされ、[15]見え渡りたる通り、証人」と申せば、茂介聞き届け、「いかにも一緒に[16]上屋敷《かみやしき》へ参るべし。私宅に帰れば時節移れば、いざこれより同道申すべし」と、連れ立ち、[17]御門《ごもん》に出づれば、役人錠《ぢやう》しめける。

両人[18]断りを申し、「私《わたくし》の用ならず。[19]老中まで申し上ぐる事ぞ」

と言へば、「何事にもいたせ、今晩御門は開け難し。各々は初めてこの屋敷に入り、殊にこの程御国[20]より御越しなれば、かやうに厳しく仕《つかまつ》る子細を御存知あるまじ。去々年《きよきよねん》[21]の十二月二十三日に、銭売り[22]、御門は入りしが、その後出でざれば、色々御[23]詮議あそばしけるに、そのあり所《しよ》[24]知れ難し。親類これを御歎《なげ》き申し上げ、世の取り沙汰[25]もよろしからず。不憫《ふびん》や縦縞《たつしま》の布子《ぬのこ》[26]着て、毎日その男を見しに、金商人《かねあきびと》ゆゑ殺されけるや。その以後かく改め申す」と語れば、「いかにもいかにもその儀ならば、明日の事に」と、又両人長屋に立ち帰り、かの死人を見るに、縦縞《たつしま》の着物《きるもの》、これ疑ひなし。さてその年、この長屋に住みける人を詮索《せんさく》すれば、谷淵《たにぶち》長六《ちやうろく》とて、家中広き傍輩《ほうばい》にも、別して両人語り合ひ[27]、殊更《ことさら》太郎右衛門とは縁類なれば、この事ひとしほ迷惑[28]して、一思案《ひとしあん》の顔色、茂介見届け、「この段は御自分と拙者が心にて済む事」と申せば、太郎右衛門満足して、「然《しか》らば隠密[29]に仕る」と、下々《したじた》[30]の口を閉ぢ、茂介は夜更けて、我が宿

20 本国。
21 一昨年。
22 金銀と銭を交換して手数料を取る業者。
23 →百五十二頁注11。
24 銭売りの所在。
25 評判。
26 木綿の綿入れ。
27 仲良くし。
28 →百四十五頁注45。
29 内密。
30 下々の者、奉公人。

31　午前八時頃。
32　家中の監視役。
33　指図。
34　すぐさま。
35　昨夜。
36　決してその場を去らせまいぞ。
37　この期に及んで。
38　→百五十五頁注41。
39　不可解なことはない。
40　仕方ない成り行き。
41　未練もなくさっぱり。
42　内玄関。
43　遺骸。

に帰りぬ。

その夜も明けて[31]五つ時分に、御上屋敷より[32]横目衆《よこめしゅ》参られ、「この前知れざりし銭売りの御詮索あるべき御事」と、ひそかに[33]沙汰ありしを、太郎右衛門聞き付け、[34]そのまま茂介宅に駆け入り、「[35]夜前《やぜん》申し合はせし甲斐《かひ》もなく、さりとは卑怯《ひけう》なる心底《しんてい》。かくあるべき事にはあらず。[36]まつたくそこを立たせじ」と言ふ。茂介騒がず、「[37]この段に言ひ訳にはあらず、[38]神以《しんもつ》て某《それがし》他言申せしにはあらず。されども外《ほか》より申すべき人なし。これ程[39]分別にあたはざる事なし。[40]是非もなき仕合せ。いざ時刻移さじ」と、茂介二十七歳、太郎右衛門二十三。互ひに声掛けて、相討ちにして、[41]首尾残る所なく、浮世の限りを見せける。

この事また下々《したじた》に御詮議あり、右の次第委細に知れける。この段、茂介申せしにはあらず。御上屋敷《おかみやしき》の[42]小玄関へ、男一人現れ、「私事《わたくし》、去々年絞め殺しにあへる銭屋なりしが、今宵《こよひ》[43]体を掘り出されて嬉しや。十三両の小判を御取り返して」と言ふかと聞きしが、たちまち見えずなりにき。これよりの[44]御詮議なり。
「さてはその銭売りが亡霊なるべし」と、この沙汰になりぬ。
この事国元に聞こえ、谷淵長六が下々《したじた》の仕業には極まれども、
太郎右衛門、茂介両人が心底を聞きて、その身も逃れず、今年
二十五歳の、[45]夏の夜の夢物語とはなりける。

44 捜索の命令。
45 夏の夜のはかない夢のように自害して果てた結末と、五月雨の物語の季節とを掛け、夜話とはなった。

## 読みの手引き

### ◇真夏の夜のサスペンス

俳人として出発した西鶴は、物語の季節の設定が上手い。梅雨の長雨、特に寅年には洪水が多い（直近には貞享三年七月、中国・四国から関東までを襲った暴風雨と洪水）ことから語り始め、多くの死者を想起させながら、梅雨の晴れ間、庭の溜まり水を流すと、水を吸う妙にやわらかい土があり、土を除けるとそこから不思議にも形の崩れていない遺体が現れる。物語は発端から、怪談めいている。遠く北陸から故郷を離れて赴任した太郎右衛門の家へ、親友の茂介は長雨に降り込められて通い、寂しさから話に夢中になった挙句の遺体発見であった。茂介が一旦帰宅したのでは時間がかかると、直ちに上屋敷に報告しようと相談する運びは巧みで、事態の緊張感、二人の迅速・的確な判断を示すとともに、後の物語の展開の伏線にもなっている（井口洋「恨みの数読む永楽通宝――『武家義理物語』試論――」『西鶴試論』）。

ところが、中屋敷を出ようとすると、二年前の暮、この屋敷に入ったきり行方不明となった銭売りの一件で、門限が厳しくなったと門番は言う。銭売りが縦縞の布子《ぬのこ》を着ていたと聞いた二人は、内々に発見された遺体がそれであることを確認する。重大事案をみだりに騒がず、内々に調査する二人の行動から、物語は俄然ミステリーの色を帯びてくる。と同時に、この二人が共に、御家の名誉を守るべく慎重に行動する模範的な武士であり、息のあった関係であったことも感じ取れる。

信用できる奉公人に調べさせたのであろう、一昨年暮れにこの長屋に住んでいたのは、困ったことに、二人の親しい谷淵長六であった。特に太郎右衛門とは縁続き、その顔色を見て取った茂介が発する、「この件は我ら二人の心の内に収めればよい事」と言うその一言に、太郎右衛門は救われる。合理的選択を超えて、相手が困った時こそ救うのが友情というもの。特に戦場で命のやり取りをする武士において、この「義理」は重要なものであったから、二人に降りかかった試練は、かえってその友情の証を立てる契機ともなったのである。

しかし、西鶴はそんな単純なところだけで、話を進めるような凡庸な語り手ではない。不可解にも、翌朝一番には、遠く離れた上屋敷から検断役が来て、二年前の銭売りの一件を捜査するという。思い詰めた太郎右衛門は、昨夜の約束の舌の根も乾かぬうちに、茂介が上屋敷に通報したものと思い込み、武士に対しては最低の侮辱である「卑怯なる心底」と痛罵して詰め寄り、その場を去らせぬと気色ばむ。先に上屋敷が離れていることを聞かされている読者はここで宙づりとなる。

遺体の発見から、犯人らしき人物を通報しない世にも希な友情を知らされていた読者は、短時間に銭売りの一件を程遠い上屋敷に通報できるのは茂介以外にいないという、太郎右衛門の逆上の理由に納得する。しかし、注意深く読む読者は、下々の者の通報が希ではあるがありうることも、頭に浮かぶかも知れない。茂介は逆上せず、「この期に及んで言い訳はしない、神賭けて他言はしないが、他に通報できる人も浮かばない、不可解なことだが、相手の逆上もわかる」と斬り合い相討ちとなる。純粋な友情を前提とした二人の関係であるがゆえに、この不可解な事態は死をもたらした。命のやりとりを常に決断できる武士の心が、仇となったのである。

茂介の言葉を信じる限り、この悲劇的な展開に打ちのめされる読者だが、西鶴は、下々の者による通報などという常識的な結末には持っていかない。実は、上屋敷の内玄関に、遺骸を掘り出された銭売りの幽霊が現れ、自らを名乗って、取られた十三両の小判を取り返してほしいと言ったことが、詮議の理由であった、という。この幽霊の設定は、科学的世界観を生きる我々には奇異に見えるかも知れない。しかし、常識的な落ちを避けた上、意表を衝いて、死んだ二人とは対極にある、奪われた金の「数を読む」銭売りから告げられるその言葉からは、二人の死が無駄死に感じられることも確かである。

読者は、挿絵で、肩から銭刺し（図版参照）を下げる銭売りの幽霊を見せられ、滑稽の感すら持って、先ほどまでの息の詰まる武士二人の命のやりとりの潔さとやるせなさを一旦は緩和させ、やがて増幅させるに違いない。聖なるものを、対照的な俗によって照らし出す、この方法はなかなか心憎い設定なのである。この幽霊によってもたらされた無駄死の感を受け、西鶴は、自分をかばおうとした、太郎右衛門と茂介の心に報い、二人の死を犬死にさせないよう死んだ谷淵長六の末路を最後に告げて、「義理」の物語を全うする（先掲井口氏稿）。

『武家義理物語』の読者には二つの階層があったと思われる。一つは、太郎右衛門・茂介・長六の論理に立

銭刺し

つ武家である。三人がいずれも二十代の血気盛んな若者であったと記すのは、そのあたりを意識してのことであろう。もう一つは西鶴の好色物・雑話物・町人物を読んできた町人である。この幽霊話仕立ての物語のあしらいは、武家の厳しい論理の内と外、それぞれいる読者を抱え込む工夫であったと言えばうがち過ぎだろうか（井上泰至「『武家義理物語』の「語り」」「日本文学」二〇一七年一月号）。（井上）

# 四の四　丸綿《まるわた》かづきて偽りの世渡り

房《ふさ》[1]付き枕も定めず、昨日夢、今日は又、思ひ川[2]の瀬に変はりゆく流れとて、いとしからぬ男に身を懲らし[3]、まんざら偽りの涙、待つも別れもそれからそれまで[4]。いづれの女か勤め初《そ》めて、憂き年送るさへ苦しきに、この程の遊女は、昔のごとくかぶき[5]者にはあらず。貧しき親の渡世の頼りに身を売られて、身を売る女郎《ぢよらう》とはなりぬ。すべて卑しき女にもあらず。これに定まる筋目[6]にもなく、時節に従ひかくこそなれ。

過ぎにし関《せき》[7]が原陣《はらぢん》に高名《かうみやう》その隠れなき

1　遊里でよく用いられた房のついた枕。

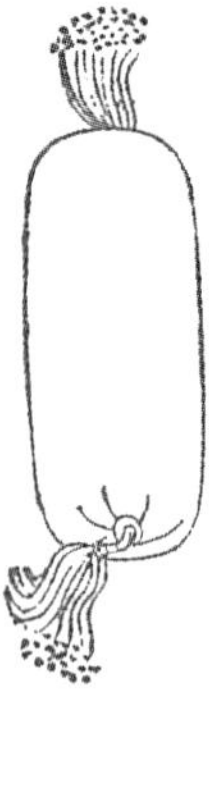

2　「流れての名をさへしのぶおもひ河あはでも消えぬ瀬々のうたかた」（『俊成卿女集』恋）等。

3　好意を持っていない男の相手をする苦行。

4　それまでのやむを得ないことだ。

5　並外れて華美な風態をしたり、異様な言動を行う者。

6　遊女になることを定められた家柄。

7　慶長五年（一六〇〇）九月美濃国関ケ原で、徳川家康率いる東軍と石田三成を中心とする西軍とが天下を争い、東軍が大勝した闘い。

何《なに》[8]の守《かみ》とかやの孫娘、父浪人の身となり、今の都北の山里、物のわびしき住まひ、煙《けむり》の種に拾ひ集めし落葉の宿、[9]名も埋木《むもれぎ》の風にいたみ、程なく病死あそばしての後《のち》、母のいたはりにて、十二の春の花にたとへて、小桜《こざくら》と名に呼ばれ、里の[10]総角《あげまき》に結びし[11]金水引《きんみづひき》も、今の風儀《ふうぎ》の髪形《かみかたち》になれば、[12]鄙《ひな》びたれども都の人も見返る程になれり。

ある時、諸国へ人[13]肝煎《きもいり》の嚊《かか》尋ね来《き》たり、この息女《そくぢよ》常ならねば、「[14]あたら美形をかくいたづらになし給ふも由《よし》なし。幸《さいは》ひ難波《なには》の大名の[15]御母義様《おぼぎさま》より、うるはしき御側使《おそばづかひ》御尋ねにて、昨日もさる方《かた》より、烏帽子《えぼし》・装束《しやうぞく》を着させ給ふ人の息女さへ、行く末思し召して遣《つか》はされける。このお子もいかなる武家の御前にかならせ給ふも知れまじ」と、[16]物馴《ものな》れが言葉にことを含ませて言ひければ、母人《ははひと》同心ましまして、「娘が後《のち》の身のためとや、それをこそ願ひなれ。万事は御主様《おぬしさま》頼む由、こっちへ任せ給へ」と、その明けの日早く乗物差し向け、「御供《おとも》申す」と物事重く

8　大坂新町の遊女唐土の祖先宍戸三河守がモデルか（『色道大鏡』）。
9　世間から捨てられ、顧みられることもなくなった境遇の者の意と、長い年月水中または土中にあって炭化した木の両義を含む。
10　髪を左右に分け、両耳の上に巻き、輪を作る古代の少年の髪型。
11　金色の元結。
12　やぼったく、田舎っぽい。
13　遊女の斡旋や世話をする年配の女性。
14　もったいないことに。
15　母君。
16　世故にたけた人。

17 小判十両を指すか。18 奉公人が、正月と盆の十六日、あるいはその前後に主人から暇をもらって実家に帰ること。19 伏見～大坂まで淀川を下る過書船のこと。20 「流れ」は前後にかかる。「流れの身」は遊女のこと。21 現在の大阪市西区にあった傾城町、新町。22 新町佐渡島町にあった遊女屋佐渡島屋勘右衛門のことか。23 分けへだてをしないこと。24 上位の遊女に仕え、見習として働く六、七歳～十三、四歳ぐらいの少女。25 当世風で、気の利いていること。26 平安末期より行なわれた遊び。三六〇個のハマグリを数人に分配し、各自がその貝殻を左貝、右貝に分け、左右を合わせる。27 松の位。遊女の最上位である大夫の位。28 大夫の次位である天神の位の別称。29 遊女が初めて客を取ること。

貝合せの貝

言ひなし、「これは当座の御心付け」と、小袖に[17]金判《きんはん》十両母に渡して、隣家《りんか》の野夫《やふ》を招き、代筆に証文《しやうもん》書かせ、別れは親子の涙なるを、「やがての正月には[18]藪入《やぶいり》とて、会はせらるるも程なし」と息女を引き取り、すぐに[19]伏見《ふしみ》の川舟に移し、岸根《きしね》続きの里珍しく、浪の[20]流れの身となる事は浮鳥《うきとり》語らず、嚊も黙りて、[21]大坂《おほざか》の色町、[22]佐渡嶋屋《さどじまや》の何某《なにがし》の宿にこれを渡して、その女房は京に帰りぬ。

小桜は何の[23]差別《しやべつ》もなく、遊女・[24]禿《かぶろ》の大勢見え渡りて、[25]しやれたる姿を嬉しく、勤め帰りの気晴らしに、[26]貝合《かひあは》せ、歌がるた取るに、花車《きやしや》の交はり万《よろづ》に賢く、しかも心ざし悪《にく》まれず。「兎角《とかく》この子は[27]松に極めてなるべき者」と末頼もしく思ひ、身の欲ながら、外《ほか》より大事に掛けしに、それまでは遊女になるとも思はざりしに、「小林《こばやし》といへる禿を、『松山様』と言はせて、[28]天職《てんしよく》に仕立て明日より[29]水揚《みづあげ》に出《い》だす」と言ふより、「我が身の事」と覚悟して、遊女になるべき事口惜しく、それより作病《さくびやう》起こし、与ゆる薬を飲まず。まして食物を断つて、親方の歎《なげ》きを顧みず、無言になつて、人見る事もうるさく眼《まなこ》をふさぎ、[30]卯月《うづき》の末より、床《とこ》に伏して、[31]五月闇《さつきやみ》の頃、まことに心も闇《くら》くなりぬ。人々これを悲しく、「その身流れにはなさじ。無事の姿を見立て、親里に送り参らせん」と言へど、今更それをも聞き入れずして、「我も武士の子なるもの」と、これも名残《なごり》の一言《いちごん》にして、[32]太夫《たいふ》になる子を惜しやさて。

30　陰暦四月。
31　梅雨の時期の夜の暗さ。
32　遊女の最高級の地位。

## 読みの手引き

◇「武士の子」としての小桜

『武家義理物語』には、明智光秀に嫁いだ沢山何某の娘（巻一の二）、姉川合戦の最中、自分の姪を捨てて夫の甥の身を守って逃げた「たくましき女」（巻五の二）等、武士ではなくその妻や娘等、女性に焦点をあてた章段を収める。そして、彼女たちもまた、夫や父に孝行しあるいは仕え、夫や父に恥じない行動や精神を示そうとする。

本話を含め、武士だけでなくその周辺の女性を描くことで、『武家義理物語』をより厚みのある、豊かな世界とすることに成功している。

本話の主人公・小桜は、関ケ原の合戦で名を馳せた「何の守」を祖父にいただき、父は京都の北の山里で貧窮にあえぐ浪人生活を送っていた。父の境遇から案ずるに、祖父は西軍の一員として合戦に敗れた武士だったのであろう。本話には、小桜の家系を紹介する右の一節に武士の生活を描くほかは、小桜が遊郭に出された描写しかない。それでも、本話は「我も武士の子なるもの」と言い残し、若い命を散らせた武士の娘としての矜持を保った生涯を描く。

小桜の「武士の子」らしさは、どこにあったのか。それを追及するのが本話を読み解くポイントになりそうである。

さて、本話に先行する遊女の説話が、藤本箕山《ふじもときざん》『色道大鏡《しきどうおおかがみ》』（延宝六年・一六七八成）第十二冊に収められており、西鶴はその影響を受けて創作した、との指摘がそなわる（岩波文庫版『武家義理物語』一九六六年）。その梗概は、以下の通り。

関ケ原合戦に参加した宍戸三河守の末裔のある武士が、浪人の身で生活に困り、十四歳の娘を傾城に売ることにした。娘には、「養子に出しそこで良縁を求めればよい」と言い含め、大坂新町の佐渡島家に身売りする。娘は容貌が優れていたため、またたく間に遊客から声がかかり、源氏名「唐土《もろこし》」として、いよいよ床入りの晩を迎えた時、初めて自分の身の上を自覚し、涙を流して客を拒絶した。その後、父を恨みに思った唐土は、涙に暮れながら月日を過ごし、ついには労咳で床に臥せてしまった。佐渡島家より彼女の病状について便りを受けた父は会いに行くが、「自分には父はいない」、「私の父は関ケ原合戦に加わった宍戸三河守の末裔でありながら、自分の娘をこのような目に合わせたのだ。その人は、自分の父ではない」と対面を拒否し、そのまま命を落としてしまった。父も娘をだましてしまったことを悔やみ、出家遁世した。

本話も、大坂新町の「佐渡島屋の何某」に身を売られる武士の娘が描かれており、『色道大鏡』の右の遊女説話に西鶴が着想を得たとの指摘は、十分に妥当といえよう。

まず、「丸綿かづきて偽りの世渡り」と、『色道大鏡』所収の説話との共通項を確認しておこう。（一）娘の父親は、共に関ケ原合戦に参加した武士の末裔であったが、現在は浪人の身の上で生活がままならない。（二）娘がおり（小桜は十二歳、唐土は十四歳）、生計を建て直す窮余の策として、遊女にさせるべく身を売られる。遊里では、美形が評判となる。（三）自分が遊女の身の上であることを遊里ではじめて自覚した娘は、一度も客を取らず、病で床に臥し（但し、小桜は仮病を使う）、そのために若い命を落とす。

西鶴は唐土の遊女説話の右のようなストーリーに骨格を得つつ、改変を加えている。次に、主な変更点を確認しよう。［一］唐土は生活に困窮した浪人である父親に身を売られる。一方、小桜の父は病死しており、母が「肝煎の嬶」から助言を受けて小桜の身を売る。唐土は養子に出すと父に聞かされ、小桜は奉公に出すと聞かされている。［二］唐土は床入りの段に至り、自分が遊女と気が付き病気になるが、小桜は水揚げの段階でそれと自覚し、仮病を使い遊女のつとめを避けようとする。［三］唐土は自分をだました父を恨み、娘を生活の糧のために売るのは、武士の風上にもおけないと責めるが、小桜は嘘をついた母への恨みは一切口にしない。

このような改変を西鶴は、何故加えたのであろうか。本書の読者には、『色道大鏡』の原文を入手し、本話と比較検討して考えてもらいたい。ここでは、［三］について考察を試みたい。というのも、自分をだまして身を売った父ないし母への恨みごとの有無こそが、西鶴がより武家の娘にふさわしいか否かの分水嶺と考えているようだからである。

唐土は先述の通り、「我が父はすでに宍戸三河守が末にて、関が原とやらんの一戦にも心ばせありと聞きし、その一子たらんほどの者をかかる有様に成し果てられし人をば親とは思はず。最期の対面叶ひがたし」と見舞いに訪れた父との対面を拒絶した。立派な武士の家系にありながら、生計の糧を得るために嘘をついてまで、娘の身を売った父を唐土は批難する。なるほど正論である。その結果、父は「露命をつながんために、一子をむさぼり、先祖の名をけがし」た自らの非を認め、出家する。したがって、見方によっては娘が父を罪人に仕立てたようにも映るのである。

当時の女訓書『女式目《おんなしきもく》』（寛永頃・一六二四–四四年刊）には、「総じて、男子よりも女子は、親の用に立つ間は少なければ、とりわけ、父母に孝行いたすべし」（上巻）とある。しかるに、宍戸三河守を祖先にいただく武家の娘である唐土が、父の過誤を責める言動をとるのは、ふさわしくないと西鶴は考え、設定変更を行ったのではないだろうか。

一方で、小桜は唐土と同じ境遇に置かれてはいるものの、当時の女性に理想的な生き方と、孝行観を一歩も踏み外さないように設定している。実際、小桜は遊女・禿たちが何者かは分からぬまま、貝合せや歌がるた等、勤めの気晴らしに「万に賢く、しかも心ざし悪《にく》まれず」、共に興じている。一方、

貝合せ

唐土には佐渡島家の遊女と親しく交わった形跡はない。その点、小桜には奉公先で「賢く」、「悪まれ」ないように勤める理想的な女性像が反映されているといえる。

母に嘘をつかれたのは、小桜も唐土と同じ立場であるが、母に恨みごとを言わず、責任を問い詰めることもしない。佐渡島屋は、仮病を使い次第次第に体を弱らせていった小桜に親里に戻すと進言したが、拒絶した。これも、母の嘘が世間に明るみになるのをおそれた小桜の配慮であり、武家の家系の名に傷がつかないようとする孝行心のあらわれであろう。彼女が、「我も武士の子たるもの」と言い残したのも、恐らく右のような矜持から出た言葉ではなかったか。

加えて、「色深き事」、「男交らいの事」は、この時代の女性にとって瑕疵となる行為であった（艸田寸木子『女重宝記』一之巻、元禄五年・一六九二五月刊）。小桜が頑なに、遊客との同衾を拒否したのは、武家の娘として正しい言動を保ち続けるためであった。そのために、仮病を使い、食事をも拒否したのは、いささか潔癖に過ぎようが、「武士の子なるもの」としてふさわしい生き方であり、死に方であったのだ。『武家義理物語』に本話が収録された理由も、そのあたりにありそうである。

西鶴は本話の冒頭で、「貧しき親の渡世の頼りに身を売られ」るのは、仕方のないこととしながらも、それに真っ向から抵抗した唐土のような遊女を描かず、「時流に従」いつつも、黙して貞節を守り続けた小桜のような遊女を造型したのは、ここまで述べてきた「武士の子」にふさわしい人物を設定しようとしたからだろう。しかしながら、末尾にあるように「太夫になる子を惜し」くも失ったのもまた、事実ではある。その代わりに、「武士の子」としての矜持は守られたと、本話の結末は解釈すべきではあるまいか。

（浜田）

# 五の一　大工が拾ふ曙のかね

石田《いしだ》[1]治部少輔《じぶのせういう》、世《よ》盛りに、花園《はなぞの》といへる艶女《えんぢよ》[2]を都より招き寄せ、寝間《ねま》[3]の友と定めて、不憫《ふびん》を掛けさせられしうちに、籠城《ろうじやう》[4]近づきぬれば、身の果つべき事を[5]いたはらせ給ひ、[6]何となく京の親元へ送り返させ給へり。その後《のち》、主君討ち死にあそばしけると、世の沙汰《さた》を聞きながら、元町人《もとまちにん》[7]の娘なれば、お跡《あと》を慕《した》ひて、命を捨てもやらず、[8]身を墨衣《すみごろも》になして、その御方《かた》弔《とむら》ふべき心ざしを極《きは》めしに、これも母の親歎《なげ》きて、無理に[9]世を立てさせける。父の仕《し》慣《な》れし商売、わづか

1　石田三成。治部少輔叙任は天正十三年（一五八五）。年少より豊臣秀吉に仕え、近江佐和山十八万石を領す。慶長五年（一六〇〇）秀頼を擁した関ヶ原合戦で家康の東軍に敗れる。
2　美女。
3　共寝をする女性。
4　史実の上では、三成自身は籠城したわけではなく、慶長五年に京都で処刑された。佐和山城は徳川方に包囲され、三成の父や兄が自害の上落城した。
5　いたわしく思う。
6　それとなく。内々に。
7　町人に殉死の風習はない。
8　出家して尼となって。
9　俗世で暮らさせる。

なる米屋を、一条堀《いちでうほり》川《かは》のほとりにて、親子もろともに[10]今日を暮らし、末々はいかなる人にても、[11]入縁《いりえ》を取るべき願ひなるに、世間の[12]さがなく、この宿《やど》を治部米屋《ぢぶこめや》と言ひけるほどに、家主《いへぬし》[13]聞きをはばかりて、この宿を替へさせける。その先も又聞き伝へて追ひ出だし、広き都に身を狭《せば》めて、はや二十五所替はりて、さりとは難儀に遭ひぬ。

詮方《せんかた》なく、伏見《ふしみ》の片陰《かたかげ》に、[14]草葺《ぶ》きを[15]才覚して、その前を又人に知らるるうたてく、[16]京海道を朝とく諸道具を運ばせけるに、[17]高家《かうけ》にありし時、下《くだ》し賜りし金銀、大分貯へしを、荷物の数々に分け入れ置きしに、[18]銀三貫目、寝道具のうちへ人知れず置き

10 「せつなき今日を暮らし」（四の二）。
11 入婿。
12 口さがなく。口うるさく。
13 世間の噂、評判。
14 屋根を茅や藁でふいた家。
15 百四十一頁注8。
16 大坂街道とも。東海道の延長に位置づけられ、京都から伏見経由で淀川左岸を通り大坂へ至る。
17 身分の高い人の家。ここでは三成のこと。
18 銀三千匁。金五十両ぐらいにあたり、相当な大金。

けるに、雇ひ人、肩を揃《そろ》へて道を急ぎしに、松原《まつばら》通り[19]因幡薬師《いなばやくし》の前にて、暫く休みしが、この銀《かね》、夜着《よぎ》の袖より抜け落ちて、[20]堀の端《はた》にあるとも知らず、皆々伏見に行きける。

その朝、[21]大宮《おほみや》の九左衛門《きうざゑもん》とて[22]家大工《やだいく》ありしが、この男、昔は[23]筑後《ちくご》にて歴々の武士なりけるが、[24]義理に詰まりて浪人して、思ひの外《ほか》なる職人と、[25]身はならはしにて、渡世は賢く、[26]今朝の初霜《しも》いとはず、[27]上京長者町《かみぎやうちやうじやまち》へ毎日通ひしに、[28]自然とこの銀を拾ひ、ひそかに宿に帰り、我が女房に始めを語り、「これ仕合せの天理なり。[29]親類限つてこの沙汰《さた》する事なかれ」と、よくよく言ひ含めて、その身は常に変はらず、[30]細工所《さいくじよ》に行きぬ。

その跡にて、女、連れ合ひを疑ひ出だし、「大分の銀《かね》、落としあるべき子細なし。いかなる難儀に遭ふべきも定め難し。我が身の外《ほか》、一門の迷惑」と、女心のはかなく、この事を家主に内証語れば、[31]その女の言ふ事なれば、驚く理《ことわり》ぞかし。[32]宿老《しゆくらう》に通じて、[33]一町の沙汰となり、「九左衛門隠し置くところ、曲《くせ》も

19　平等寺（下京区松原通烏丸東入）。
20　堂の前には小川が流れていた（挿絵参照）。
21　都の西端の南北の通りで、当時は場末。
22　家を手がける大工。宮大工、船大工などに対していう。
23　福岡県南部。豊臣政権下でこの地の領主を務めていた者は、関ヶ原の戦いの後、相次いで改易となった。
24　至極当然の理由があって。
25　人は日々の習慣や環境次第でいかようにも変わるということ。
26　ここではじめて季節が分かる。
27　京都御所の西にある東西の通り。富商が多かった。28　たまたま。
29　↓百五十二頁注16。
30　大工としての仕事場。
31　当人の女房自らが言うので。
32　町年寄のこと。町内自治を統括する、各町の筆頭町役人。
33　町じゅうの評定。

のなり。とかく我々の愚智《ぐち》には及び難し。近道に御[34]公儀へ申し上ぐる」に極《きは》め、九左衛門に[35]詮議《せんぎ》をするに、幾度《いくたび》も変はらず、拾ふたる由申せば、いよいよ[36]後日《ごにち》を恐れ、この段言上《だんごんじやう》申せば、[37]七口《ななくち》に高札《かうさつ》立てさせられ、この落とし手出《て》でぬ時は、九左衛門に詮議あり、それまでは[38]一町《てう》へ御預けなされける。

その二、三日過ぎて、治部《ぢぶ》米屋の親子、御訴訟に罷《まか》り出で、落としたる袋の中の品々を申し上げ、「この銀主《かねぬし》出でざれば、拾ひ手迷惑いたさるるの由、この難《なん》助けたき願ひに申し上ぐる。その銀《かね》は一度《ひとたび》落とし候物なれば、拾はれたる人に取らせ申したき望み」。前代《ぜんだい》なき事と、女気《ぎ》に欲の離れ、感ぜさせられ、始めを[39]探題《たんだ》へさせ給ひ、「流石《さすが》石田の家に召し使はれし程こそあれ」と、御褒美《ほうび》あそばし、その後、かの九左衛門召し寄せられ、「まづ銀主《かねぬし》出でてその方《はう》が仕合せなり。もし又知れざる時は、[40]思ひ寄らざる難に遭ふべし。もとこの危ふき事は、その方《はう》が女房、身の上ばかり思ひ、夫婦よしみかつてなし。この上にも、

34 御役所。ここは京都町奉行所。
35 ↓百五十二頁注11。
36 後日生じる難儀や責任の追及を恐れて。
37 京都周辺にあった七ヶ所の街道の出入口。
38 町内に身柄を預け、町役人のもとで監視させなさった。「申せば」の後からは、御前（奉行）が主語。以下の敬語の対象も同。
39 「探題」の動詞化。たぐってせんさくする。
40 厳しい咎。

41 不人情。不誠実。

42 婚姻時の持参金。

以前のごとく連れ添ふか」と、御尋ねありし時、九左衛門、この御意《ぎょい》有難く涙にくれて、「かかる41不《ぶ》心中《しんぢゅう》の女、何とて末々頼み難し。御前よりすぐに、暇《いとま》取らす」由申し上ぐる。「さもこそあるべけれ。夫《おっと》の身の上を歎かざる悪人に極《きは》まる者なり」。又、治部《じぶ》米屋の母親に仰せ出だされしは、「その方《はう》ども女ばかりにて、流浪《るらう》をするなれば、あの九左衛門を婿《むこ》として、これに万事を頼むべし。拾ひし三貫目は、すなはち42敷銀《しきぎん》なるべし」と御意《ぎょい》、親子共にお請《う》けを申せば、一町の衆中《しゅじゅう》これを取り持ち、大工は米屋にかはつた入《い》り婿《むこ》。互ひに昔を語れば、女は武士の家育ち、男は武士に紛れなく、さもしき心ざしなくて、この母に孝を尽くし、家栄えて住みけるとなり。

読みの手引き

◇〝治部米屋〟の苦難と金を拾った大工

石田三成の寵愛を受けた花園なる美女がいたが、敵方に追い詰められた三成によって密かに親元へ返された。町人の身分ゆえ自害もできず、出家することも親に嘆かれ、やむを得ず父の家業である米屋を営んだ。しかし、世間は目ざとく彼女の過去をかぎつけ、「治部米屋」などと呼ぶ。花園親子は住み処を転々とせざるを得ず、ついにある早朝、伏見へひっそりと越すこととした。ところがその引越しの際、因幡薬師の前で荷から銀三貫目が抜け落ちたことに気付かず、そのまま伏見へと行ってしまう。これをちょうどその朝仕事場へ向かう途中の、大宮の家大工・九左衛門が拾う。そして、拾ったことを女房に堅く口止めして、また仕事場へと向かったのであった。しかし女房は、これほどの大金が落ちているわけがないと家主に明かし、やがて町年寄の耳にも達し、町中の評定となる。疑いのかかった九左衛門があくまで拾ったと主張するので、ついには奉行所へと上げられ、落とし主

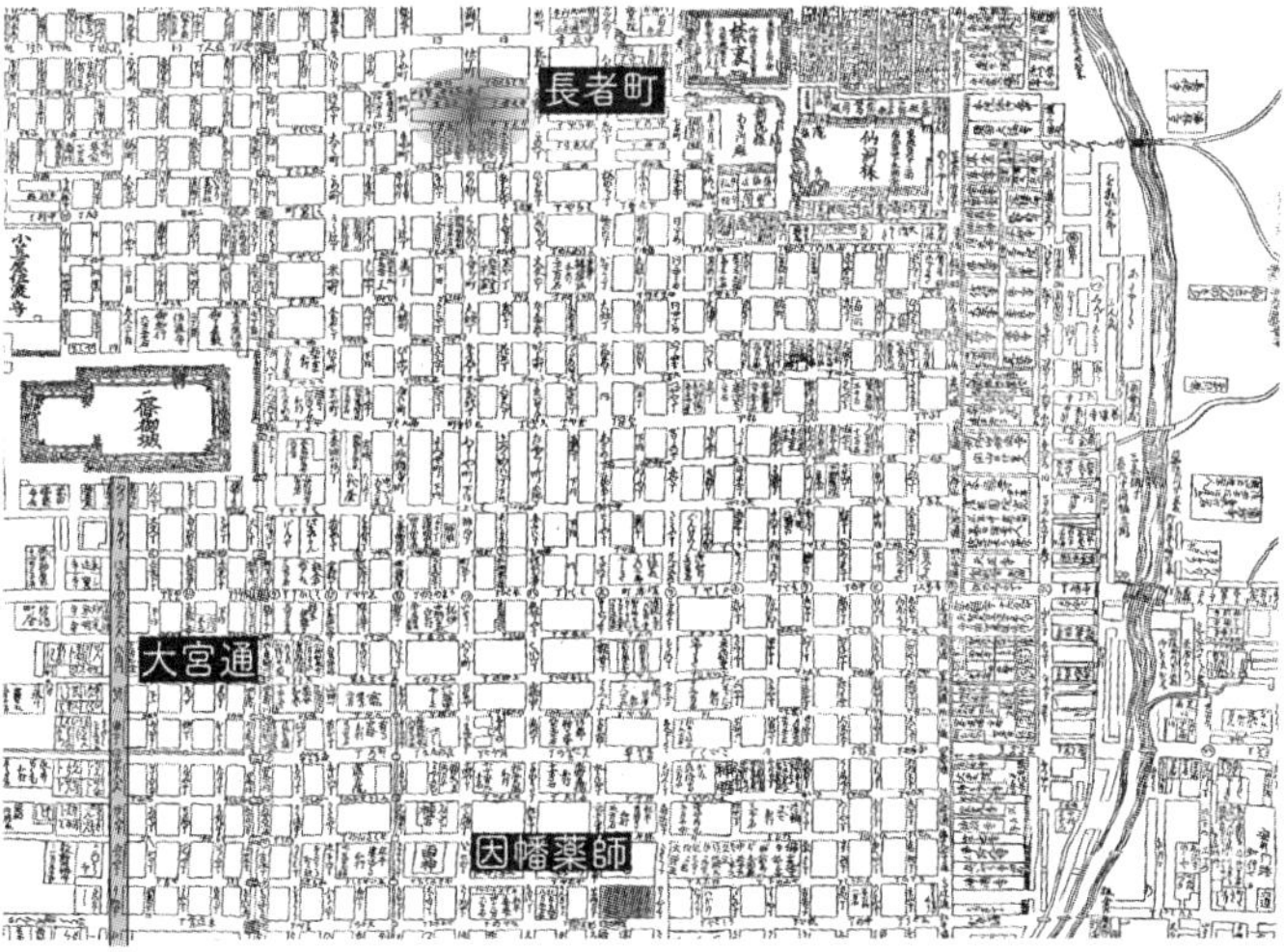


新撰増補京大絵図（元禄4刊）

の存在を確かめるべく高札が立てられた。

## ◇九兵衛の行為の是非

さて、物語の叙述に忠実に読めば、九兵衛に対し、金を盗んだのではという点に嫌疑がかかるばかりで、拾って隠したという点は争点となっていない。本話はここに矛盾を感じさせる。たとえば、椋梨一雪著『古今犬著聞集』（天和四年成立）巻一の十八「求し古長持ちに金有りし事」では、寛文八年のこととして、ある「仕廻棚屋」が古い車長持の二重底の中に「金四百両」を見つけ「取込」んだことを、周囲の者が奉行所へ訴えた結果、この男は「本人は申出さる科遁難し」として「其町追放」となったことが記されている。つまり、いずれにせよ九兵衛は、お咎めなしというわけにいかないはずなのだが、それは不問に付されて話は進むのである。

二、三日後、治部米屋の母子が落とし主として現れ、拾い主を助けることを願い、落とした金自体は受け取りを拒否する。これがまた感心を呼び、果ては、花園と九兵衛女房の行いが対比され、後者は離縁の上、夫の身を嘆かない悪人とされてしまう。そして奉行は、花園に九兵衛を婿として迎え、落とした三貫目はその敷銀にと裁き、ことを収めるのであった。

## ◇裁判物として

話型としては、この末尾の御前の裁きを、人々の窮状とそこにある情を汲み取った巧みなものとして描くのが本話の主題なのであろう。西鶴の小説史の中では、この裁判物という点において、おそらく後の元禄二年刊『本朝桜陰比事《ほんちょうおういんひじ》』につながる一話として理解すべきだが、先の問題点が裁きの前提に見え隠れしてしまい、理の上では非のないはずの九兵衛女房が一方的におとしめられている観は払拭できない。その意味で、裁判物としては不徹底であるといえよう。あくまで法の枠組みを踏まえた上で、目の前にある現実に寄りそいながら人々の心情を汲み、いかに無理なくとりなすかが、名裁判物の面白さであるはずだから。

◇敗者の物語

　では、この話は中途半端な習作で、全く読みどころはないのだろうか。たしかに、裁判物として読むと、過渡的な要素を有することは否定できないが、武士の話としての面に光を当ててみるとどうだろうか。この九兵衛、元は武士という設定なのだが、大工をしているのは、「昔は筑後にて歴々の武士なりけるが、義理に詰まりて浪人し」たという。この筑後という土地柄に注目すれば、関ヶ原合戦で東軍に寝返った小早川秀秋以外、諸大名はみな西軍に味方したゆえ、戦後ことごとく改易されており、九兵衛もこれゆえ浪人していたことは想像に難くない。つまり、三成ゆかりの花園と筑後の元侍・九兵衛は、ともに関ヶ原合戦における敗者に属す可能性が高く、ために憂き目を見ていたとも解せるわけである。作品の読解としては、「互ひに昔を語れば、女は武士の家育ち、男は武士に紛れなく」という一節に、敗者としての痛みを理解し合える同士の関係でもあったことが重ねられる。これにより、裁判物としてはほころびのある本話は、御前により、敗者二人が新たな世に居場所を得、再出発をとげるという奥行きのある筋立てとして読むことができるのではないだろうか。

（木越）

# 五の二　同じ子ながら捨てたり抱いたり

江州《がうしう》姉川《あねがは》合戦、永禄《えいろく》[1]十二年六月二十九日[2]に、敵味方暫《しばら》く矢留《やどめ》めをして、疲れを晴らす時、陣小屋《ぢんごや》[3]の片陰より、夕日《せきじつ》[4]の移りに、見る人の目を忍び、落ち行く面影、遠見《とほみ》[5]の役人、木田丹後《もくたたんご》[6]、旗下《はたした》よりこれを見付けて、笹茂れる野道《のみち》を、横手に追っ掛け、その程近くなれば、たくましき女の、一つ刀を差して、七つばかりの男子《なんし》を歩ませ、又一人はいまだ乳房をくはへし子を懐《ふところ》に抱《いだ》いて、走り行きしが、若者急に見えし時、抱《だ》いたる乳飲み子を用捨[7]もなく投げやりて、歩む子を

1　正確には元亀元年（一五七〇）、織田信長・徳川家康の連合軍と、浅井長政・朝倉義景の連合軍との決戦で、織田・徳川が勝利した。2　正確には旧暦六月二十八日。3　兵が詰める営舎。
4　夕日の力が移ろう時。薄明でものが見えにくい時間帯。
5　高所から敵を監視する役目。挿絵の追手の旗指物に見える家紋は「陰陽違釘抜」（左図）か。徳川方の菅沼氏がこの紋を使う。『信長記』巻三によれば、東三河の衆も遠路この戦に参加している。
6　配下。
7　手加減なく。

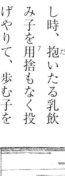

肩にひつかけ、[8]二町余りも逃げ延びし。捨てられし子の泣くを、この中にも憐れみ、取り上げて見しに、美しき娘なり。この子を抱く者あれば、先を追つ掛くるもありて、[9]険しくなる時、[10]柳の葉隠れにかの子を下ろし、刃物抜きかざし、男勝りの勢ひ、さりとては[11]健気《けなげ》なり。されども大勢[12]駆け合はせければ、逃《のが》るべきやうなし。中にも物に慣れたる人の[13]下知《げち》して、「その女の命を取る事なかれ」と声掛くる。いづれも少しの手は負ひながら、終《つひ》に生け捕り、「[14]何さま[15]子細あるべき女」と、[16]荒く当たらず。

主人の陣所《ぢんしよ》に引き出し、[17]段々始めを申し上ぐれば、丹後この女に向かひ、「いかなる者の子なるぞ。ありのままに申せ」と、ひそかに尋ね給へども、只「口惜しや」とばかり言ひて、さしうつぶきて、涙をこぼし、兎角《とかく》の事を申さねば、いよいよ不思議に存じ、「[18]もし大将の子息の事も」と、しばし[19]試してみるうちに、七つばかりの子が、母の袖にすがりて、「[20]とと様の所へ往《い》にたい」と言ふにぞ、さては[21]末々の子とは知れける。「汝何

8 二百メートル余り。
9 危うくなった時。
10 『信長記』巻三「六月二十八日のことなれば、みちのべの清水流るる柳影、すずみとるさへ堪へ難き」。
11 勇敢である。
12 駆け寄った。
13 →二十九頁注13。
14 いかにも。
15 訳がありそうな。
16 手荒に扱わない。
17 →百十七頁注18。
18 男の子は大将の子供であるので逃がそうとしたのかと。
19 聞き尋ねる。
20 父親。低い身分の子供の言葉。身分が高い場合は「父上」か。
21 身分の低い者。

者の妻《さい》なるぞ。心ざしに[22]優しき所あれば、[23]了簡《れうけん》して、一命を助くべし。殊更《ことさら》二人の子を、[24]捨てやうに聞く事あり。不憫《ふびん》はいづれか変はらざるものなるに、乳《ち》を飲めるを捨てて、歩めるをいたはりしは、やがて[25]用にも立つ身のため思ふゆゑか」と問ひ給へば、時にこの女、顔さし上げ、心にありのままを語りける。

「我が夫は、竹橋甚九郎《たけはしじんくらう》とて、昔は[26]少知《せうち》も取れる者なりしが、浪人して後、この里の[27]野夫《やぶ》なり。以前の乗り馬を牛に引き替へ、槍は鍬《くは》の柄《え》となして、[28]ものつくりせしに、この度《たび》[29]御下《した》の百姓までも[30]駆り込まれしが、[31]夜前《やぜん》夫の言ひ聞かせけるは、「この軍《いくさ》とても[32]勝手《かつて》になり難し。我は最期をここに極む。汝一緒に命を捨てて何の詮なし。急ぎ立ち退き、[33]我と思ひ替へて、二人の子を[34]随分成人いたさせ、[35]名跡《みやうせき》を継がせよ」と、再三頼まれけるに、[36]是非もなき別れて、かく虜《とりこ》とはなりける。又、妹《いもと》を捨てて、兄を助くる子細は、二人共に夫婦の中の子にはあらず。年月《としつき》重ねても、子孫のなきを物侘《ものわび》しく、[37]親類のうちより養ひ得たり。兄

22 感心なところ。
23 大目に見て。
24 捨て方。
25 すぐに役立つ子をと自身のことを思ってか。「身」は男の子と女を掛ける。
26 少ない領地。
27 百姓。
28 農業を営む。
29 支配下の。
30 召集され。
31 昨夜。
32 勝つ側。
33 二人の子を私と思って。
34 精一杯。
35 家名と遺産。
36 仕方なく泣いて別れ。「無き」と「泣き」を掛ける。
37 血のつながった身内。

は夫の甥《をひ》なり。妹《いもと》は我らが姪《めい》なれば、相果てし跡にても、身を思ふ[38]取り沙汰にあへるは、女ながら口惜しき」と。[39]義理詰まれる心底《しんてい》を深く感じ、人知れず脇道より下人に送らせ、命を助け給へり。

38　百六十二頁注25。
39　道理を立て通す。

## 読みの手引き

### ◇愛する男は武士だった―母親の究極の選択

可愛い乳飲み子を捨てて、七歳になる男の子を守ろうとした母親。この女の謎の行動が、一編の眼目であることは、そのタイトルからも確認できる。しかし、このストーリーには、ネタがあった。中国の『古列女伝』五の六を源流に、一条兼良『語園《ごえん》』（寛永四年刊）上・北村季吟『仮名列女伝』（明暦元年刊）五の六・辻原元甫《げんぽ》『見ぬ世の友』（明暦四年刊）五の二十一・『合類大因縁集《ごうるいだいいんねんしゅう》』（貞享三年刊）十二の三十一という広がりを見せていることが既に指摘されている。

篠原進（「落日の美学―『武家義理物語』の時間―」「江戸文学」五）が、これらの話と西鶴作との距離を吟味して、『仮名列女伝』では、我が娘でなく甥を助けようとしたのは「義理」であると語る点、また、『合類大因縁集』では、幼子を捨て年上の子を助ける年齢差を記している点で重要だと焦点を当てている。

しかし、それらよりも重要なのは以下の点にある。戦乱の中にあっても、公私の区別を徹底して、血のつながった幼子よりも、夫の血縁の子を大切にした大筋は、両者同じながら、西鶴にあっては、子供たちの命を救うよう命ずるのは、女の愛する元武士の夫であり、対して『語園』『仮名列女伝』『見ぬ世の友』では、身分の低い女でも私情を捨てて甥を優先する節義を守る魯を征服するのを、斉の軍勢に思いとどまらせ、『合類大因縁集』では、子供の扱いを命じたのが姑であった点にある。つまり、この女の行為は中国ダネでは、「孝」「貞」の論理から評価されているのに対し、西鶴は家名と遺産を継がせるよう言い残して、自らは敗軍を覚悟した陣に残る「名誉」を取った夫と、生木を裂かれるような思いをして別れた女の「恋」の真情から出た行為へと変更しているのである。

原拠では、見捨てる子供が自分の腹を痛めた子であるのに対し、西鶴が、見捨てる女の子を実の子でなく、わざわざ女の縁続きとしたのも、この変更に沿うものであったと推測できる。前者の行為の根底には、「孝」「貞」の観念から、我が子に変えても姑の言いつけを守ろうとした「義」があるのに対し、後者の行為の背後には、夫と別れたくない思いを持ちながら別れざるを得なかった「口惜しさ」がまずあった。それゆえ刀を持って戦おうとした振る舞いに焦点が当てられると共に、子供のどちらを選ぶかは、忘れることができなかった、いや忘れるべきではなかった、彼女自身の夫への「義理」（それは夫への愛情にもつながるものでもあった）によって瞬時に決断したものと考えざるを得ないのである。諸原拠には可愛い女の子を遠慮なく放り出すような、過剰な振る舞いは描かれない。その異常に見える行為も、女の決断を支え、結果として示すものだったと見て取るとき、ようやく納得がいく。もし愛する男と成した実の子であれば、決断は鈍らざるを得ないし、女の情愛を殺してしまうことになりはしまいか。

そもそもこの夫は、もとから浅井氏の家臣ではなかったようだ。一旦浪人して郷士となっていたのを、強引に徴用されたという女の話による限り、浅井氏への「義理」は薄い。『浅井物語』（寛文二年刊）によれば、浅井長政の祖父亮政は、典型的な下克上の国人で、巧みに主家京極家とその家老たちを追い詰め、国外に追放している。夫竹橋甚九郎もそういう経緯で、浪人したものと想像され得る。しかし、彼は浅井家が負けることを予想しながら、ここを自分の死に時と決断して、妻と養子・養女を逃がした。『信長記』（慶長末年刊）などにあるように、姉川の戦い以降、長きに渡る籠城戦の末、浅井久政・長政親子が自殺に追い込まれ、長政の妻で信長の妹であるお市の方とその三人娘は救われるが、十歳の男子万福丸は関ケ原で処刑されている史実を知る読者は、まず監視役の木田らがそう考えたように、この七歳の男子の血筋の良さを勘ぐり、転じて、女の話を聞いてからは、この夫竹橋の決断と妻子の逃避行の成功を、応援することとなろう。

女の話を聞いて、親子を助けてやった監視役の木田たちは、女の「孝」や「貞」に感激したのではない。あくまで武士の妻として、あるいは母として、家名を残すという武家最大の課題に向かいあい、別れの哀切を抱えながら、いやそれ故にこそ、縁続きのいたいけな女の子を捨ててまで、夫の血を引く男子を守るべく、刀を振るった女の「情理」に感動したのである（井上泰至「『武家義理物語』の「語り」」「日本文学」二〇一七年一月号）。（井上）

# 五の三　人の言葉の末みたがよい

物には[1]類《るい》の集まる道理あり。昔、[2]讃州《さんしう》の城主に仕へて、細田《ほそだ》梅丸《うめまる》とて、[3]南枝《なんし》若衆《わかしゆ》の美花《びくわ》、[4]物ごしは[5]初音鳥《はつねどり》も奪はれ、[6]ちうの声《こゑ》も出《い》でず、まことに[7]梅の風大袖にもれて、行き違へるさへ、人に魂《たましひ》なかりき。さるによつて、主君殊更《ことさら》の御《ご》寵愛《ちようあい》深く、春にはあへど、此梅の匂ひ聞く事もならず、見る事猶《なほ》たえたり。されども、人に盛りの限りあつて、[8]片手の指を四度《たび》折れる年の名残に、元服仰《おほ》せ付けられ、前髪の跡を見しに、美男、[9]京《きやう》細工《ざいく》の物言はざる業《なり》平《ひら》に同じ。

1　似た者どうしは自ずと集まる。
2　讃岐国（香川県）。高松藩と丸亀藩があった。
3　梅丸の美しさを梅にたとえ、「南枝に花始めて開く」（『和漢朗詠集』上　梅　菅原文時）を効かせた表現。
4　声や言葉つき。
5　鶯。ここでは、鶯も梅丸の美声にお株を奪われた、という意。
6　好色な者が行き来の者を冷やかす鼠鳴きのことか。ここでは梅丸の美しさにそうした連中も声が出ない、と解しておく。
7　梅丸の美香が周囲にただよい。
8　二十歳。
9　京人形の在原業平。

又岡尾《をかを》新六《しんろく》といへる人の娘に、小吟《こぎん》とて十四歳になれり。いかなる生まれ替りにや、かくも又美形なる女の世にある事ぞかし。いにしへの美人揃へ[10]は、見ぬ世の伝へ、よもやこれほどあるべからず。一つ一つ言ふに足らず、いづれか身のうちに、毛頭不足はなかりき。この男女《なんによ》を、牛若《うしわか》[11]丸《まる》・浄瑠璃御前《じやうるりごぜん》のごとく、世上より言ひなして、夫婦の語らひせしと取り沙汰《さた》いたしぬ。娘の年も縁付き頃なれば、あなたこなたより言ひ入れけるは、うるはしき姿なる徳ぞかし。

この息女《そくぢよ》見もせぬ梅丸《うめまる》思ひこがれ、「男を持たばこの人ぞ」と、一筋に極めて、外《ほか》[12]への縁組、なかなか親たる人の心を背《そむ》き、

10 美人を多く描いた絵本・草紙類。

11 美しい二人を、『浄瑠璃物語』『浄瑠璃十二段草子』などに描かれる、義経と矢矧の長者の美しい娘との愛になぞらえた。

12 小吟が、梅丸ではない縁談は聞き入れなかったということ。

[13]何ともこれにあぐみて、この事うち捨ておかれぬ。また梅丸も、小吟を見ぬ恋して、外よりの縁は取りあへず、年月《としつき》過ぎしを、ある人聞き付け、「これは似合ひたる事」と取り持ち、娘の親、岡尾新六に[14]内証申せば、早速同心すべき事なるに、「[15]存じ寄る子細あれば、重ねてこの方《はう》より御返事申し上ぐべし」と、合点《がつてん》せざる様子に見えければ、「私《わたくし》あいさつ仕る上は、[16]御前も首尾よく申し上げ、世間ともによろしくすべし。聟《むこ》にあそばしても、苦しかるまじき侍」と申せば、「私の聟には過ぎものなり。辞退申すは[17]余の儀にあらず。梅丸事は、大殿《おほとの》御恩深き人なれば、今にも御死去あれば、[18]御供申さるる心底、かねての覚悟と見請けたり。然《しか》れば、いつと定めず、又[19]独り身となる事を、親の不《ふ》憫《びん》にて、愚かに行く末の事を案じける」と、武士の心には少し[20]手ぬるき申し分とは思ひながら、人の親の身となりては、世のそしりを構はず、迷ふも理《ことわり》ぞかし。

「その事は無常の世なれば、無事の身にも[21]愁《うれ》ひはあるなり。

13 両親はどうしようもなくもてあまして、他からの縁談のことはそのまま放っておかれた。
14 →三十七頁注9。
15 少し思うところがあるので。
16 梅丸の主君。
17 ほかでもない。
18 殉死。
19 後家となること。
20 生ぬるい。
21 死の悲しみ。不慮の死など、寿命を全うしないことをいう。

この縁是非に」とすすめければ、その人に任せ約束して、姫を送らせけるに、互ひにこがれし仲なれば、深く契りを込めしうちに、大殿御病気にならせられ、次第に頼み少なく見へさせ給へば、今更《いまさら》驚く事もなく、[22]追腹《おひばら》の覚悟して、妻にもこの事語りて、[23]道理を詰め、今生《こんじやう》の暇乞《いとまごひ》しけるに、[24]深く歎《なげ》きぬべき事を思ひやりて、ひとしほ不憫なりしに、少しもその気色なく、「人間一生は夢のごとし。殊に武《ぶ》の家に生まれさせ給ひ、主君のために、一命惜しませ給ふ御事にあらず。女の申すは愚かなれども、御最期潔くあそばされ、名を末の世に残させ給へ」と言へば、常よりは物静かに、[25]献々《こんこん》の盃事《さかづきごと》して、梅丸に満足いたさせて後《のち》、「私事《わたくしごと》は女心の定め難し。御最期の跡《あと》にては、又縁に任せ、[26]後夫《こうふ》を求むる心ざし」と言へば、梅丸聞きて、「思ひの外なる心底、女ほどつれなきものはなし」と、少しは恨み含み、眼色《がんしよく》変はりてその座を立つ時、「[27]御気色俄《にはか》にせまり、[28]只《たゞ》今《いま》」と告げ来《きた》れば、御城内に駆け付け、物静かに拝顔して、御

22 殉死の切腹。戦乱の終息した十七世紀に入ると、病死した主君のために追い腹を切る事が流行した（山本博文『殉死の構造』）。
23 納得させ。→四十一頁注34
24 妻が深く嘆くであろう事を夫は思いやるにつけ。
25 何度も酒盃を交わすこと。
26 再縁の夫。
27 主君の御容体が悪化し。
28 最期。臨終。

言葉を交はし、[29]限りの別れを悲しみ、[30]御骸《おんから》を御墓に送りて、一時の煙となし奉り、物の見事に切腹の首尾、残る所はなかりき。

「流石日頃の身の[31]取り置き、[32]世を短う見しに、[33]とてもの事に女房持たれずはよき事なるに、残りし女の思ひ深かるべし」と、この沙汰せしに、梅丸首尾よく切腹の事聞くと否《いな》や、腹かき切り、夫の供をいたしぬ。書置《かきおき》段々見し人感涙《かんるい》して、「最前《さいぜん》名残の時、つれなき言葉に、[34]夫気をもつて、妻の事を思ひ切らするためならん」と、かれこれこの人の心中《しんぢゆう》を感じける。

29 この世の別れ。
30 主君の御亡骸。
31 処し方。
32 殉死による若死を覚悟していたが。
33 →百五十四頁注33。
34 ある気持ちを抱いて。

## 読みの手引き

◇相思相愛の美男美女

美男・細田梅丸、美女・小吟の相思相愛の婚姻をめぐる話。作中、この二人が「牛若丸・浄瑠璃御前」にたとえられているが、とりわけ梅丸の美しさを描写する冒頭の修辞は、西鶴の筆の冴えが見られる。その梅丸について、重要な要素となるのが、若衆時分、讃州の城主から特別な寵愛を受け、二十歳の折に元服を迎えたという点である。

この二人、それぞれ、「見もせぬ梅丸思ひこがれ、「男を持たばこの人ぞ」」、「梅丸も、小吟を見ぬ恋して、外よりの縁は取りあへず」と思いを寄せ合い、また周囲でも噂が先行し、もはや婚姻への機は十分に熟していた。当然、これを取り持とうとする者があらわれるが、武士である小吟の父・岡尾新六は、「存じ寄る子細」があるとして返事を保留するのであった。新六の胸中にあるもの、それは、梅丸は婿として十分過ぎるが、かつての寵愛の経緯から「大殿」死去の際は殉死することが明白である以上、みすみす寡婦となることを前提に娘を添わせるわけにはいかない、という親としての情であった。父親自身、これが「愚か」な、武士の道からすれば覚悟の足りないことであることを承知しており、「人の親の身となりては、世のそしりを構はず、迷ふも理ぞかし」と、第三者的視点からも一定の理解が示される。

◇夫婦それぞれの覚悟

仲人は新六を説得、ついに二人は結ばれるが、やがて大殿（主）が病気となり臨終が近くなる。梅丸はかねて覚悟のことゆえ、「追腹」を選ぶ。注にも記したように、主君の死に際し、家臣をはじめとする関係者たちの殉死が江戸時代初期に流行したことは、山本博文『殉死の構造』（一九九四年）に詳しい。これによれば、殉死の前提には「心情的な一体感」があり、梅丸にとってはごくごく自然なことであったといえる。ただ気がかりなことは、自分自身のことではなく、妻・小吟がきっと深く嘆くことであった。しかし、当の小吟はこれを武士の道として当然のこと、潔く最期を迎え名を後の世に残すよう励ますばかりでなく、自身は「女心の定め難し」、梅丸の死後は「縁に任せ、後夫を求むる心ざし」であることを告げる。この意外ともいえる小吟の態度に、梅丸は「女ほどつれなきものはなし」と、少し恨みながら、大殿のもとへ向かい、言葉を交わし、申し分のない追い腹を遂げたのであった。これを聞くやいなや小吟は切腹し夫の後を追った。先のつれない言葉は、夫が妻のことに思い煩うことなく、立派に切腹を遂げられるようにと慮ってのことであった。

小吟のこの態度は勇ましいものであり、親以上に武家としての覚悟が定まっていたことが窺える。しかし何より切ないのは、夫に一片の躊躇もあってはならないと、方便として恨まれ役に徹し、あえて自分に対する負の感情を植えつけたことである。夫を武士として全うさせることを第一とする意思を貫くと同時に、一人の妻としての精神を殺す、大きな犠牲を払った行為である点が、人々の胸を打ったわけである。

◇夫婦としての時間

極度に武の道に徹する小吟は読む者に驚愕を与える。しかし、そうした厳しさとともに本話に読み取るべきは、それと表裏一体としてあった夫婦の時間の濃密さではなかったか。梅丸と小吟の夫婦として過ごした時間については、本文にほとんど描かれておらず、ただ「互ひにこがれし仲なれば、深く契りを込めし」とあるばかりである。しかし、この生活は、梅丸の殉死までに許された、限りある時間の上にあるものであった。「無常の世なれば、無事の身にも愁ひはある」との仲人の言葉どおり、本来、人は誰しも限られた時間を生きている。しかし、とりわけこの二人には、それが凝縮されたものとして共有されていた。そして、その先に夫、そして自らの死を見据えていた小吟にとって、この婚姻は当初より自分の身と命を全て捧げる覚悟をともなう、強い愛に支えられていた。このことが末尾からさかのぼってはじめて理解されるのである。

小吟の最期もまた、夫の死は自分の死であるという一体感を有するがゆえの、もう一つの「追腹」であったといえよう。

（木越）

# 五の四　申し合はせし事も空《むな》しき刀

悪心は眼前にその身に報ふ事あり。昔、丹後《たんご》の国主、長岡幽《ながをかいう》[1]斎藤孝《さいふぢたか》の家中に、市崎猪六郎《いちざきゐろくらう》とて大酒を好み、作病《さくびやう》[2]を構へ、武士の道を背きて金銀を蓄へ、五十余歳まで妻子も持たず、世を我がままに暮らしぬ。下人用捨《ようしや》[3]も、常に変はりて使ひければ、この家を見限り、大方《おほかた》は駈け落ちして[4]、朝暮《てうぼ》人に事を欠かれし。

手近う使へる者に、勝之介《かつのすけ》・番之介《ばんのすけ》とて若年《じやくねん》なるが、この二人何事をも堪忍して勤めけるうちに、毎日主人恨み重なり、暇《いとま》を乞《こ》へど出《い》だしもせず、それより殊に厳しく使ひ給へば、兎角《とかく》は身の続かざる道理[5]に詰まり、両人内談極め、主人を今宵《こよひ》のうちに、討つて立ち退《の》くになり、勝之介言へるは、「二人ながら立ち退かずとも、この一人は何となく跡《あと》に残りて、退きたる者の科《とが》にすべし。某《それがし》討つたる分に極め、詮議終はつて後《のち》、その方《はう》は何となく年内はここに暮らし、正月十八日に都の清水《きよみづ》の子《こ》[6]

1　細川藤孝。元は足利将軍に仕えていたが、後に織田信長に属し、天正元年（一五七三）所領山城国長岡にちなみ改姓。同八年、丹後を攻め宮津に居城。同十年の本能寺の変に際し家督を譲り剃髪、幽斎玄旨と号す。のち秀吉に従う。武芸はもとより、歌道、能、有職故実などに精通する文化人でもある。
2　仮病をつかい。武士としてあるまじき行為の一つ。
3　ここでは処遇、ぐらいの意味。
4　逐電。出奔。
5　道理にかなっていること。理の当然のこととして。
6　清水寺近くの泰産寺。一寸八分の観音で知られた。

安堂《やすだう》にて出《い》で合ひ、同道して西国に下《くだ》り、名を替へ、奉公を勤むべし」と、[7]堅々《かたかた》申し合はせて、その夜半《やはん》に子細[8]なく主人を討ちて、勝之介は立ち退きける。その明け方に番之介騒ぎて追つ掛けしが、はや行き方知れず。いよいよ勝之介が仕業に極まる所にて、方々《かたがた》御改めあそばしけるに知れ難し。[9]常々悪人なれば、吟味の役人も[10]大方《おほかた》にして事済み、後日《ごにち》の御沙汰になりぬ。

この猪六郎《ゐろくらう》家に持ち伝へて、平家侍[11]越中次郎兵衛《えつちゆうのじらうびやうゑ》が差したる、[12]黄金《こがね》作りの名剣ありしが、番之介これを取り隠し、[13]掃き庭の木陰に埋《うづ》み置きぬ。御吟味の時、普段勝之介が預かり居たる由申し上ぐれば、「さてはこれゆゑ主人を討ちけるよ」と、ばつとこの[14]沙汰ありける。番之介が心入れには、両人浪人のうちの[15]頼りにもなりぬべき物と、[16]出来分別《できふんべつ》なりしが、この事勝之介伝へ聞きて、「さりとは無念。盗人《ぬすびと》の名を取る事、末代《まつだい》の恥辱《ちじよく》なり。[17]ここは逃れぬところ」と思ひ定め、京都より二度《ふたたび》帰りて、番之介が親の元に昼忍び入りて、名乗り掛けて斬り伏せ、その

7　確実に。確かなこととして。
8　たやすく。
9　市崎猪六郎のこと。
10　ほどほどにして。
11　平盛嗣（次）。平家の侍大将として活躍。敗戦後に落ち延び、由比ヶ浜で斬られた（『平家物語』十二・六代被斬）。
12　太刀の金具を金銅づくりにしたもの。「くはがたうったる甲の緒をしめ、金作りの太刀をはき」（『平家物語』七・実盛）。
13　掃き清めた庭。
14　裁定。先に「後日の御沙汰」とあった、その「御吟味」の折のことであるから、噂ととるべきではない。
15　たづき。生活のたし。
16　ふとした出来心。
17　このままにしては置けない。

身も即座に相果《あひは》てしが、書置残して、段々初めの所存顕《あらは》れけるとなり。

## 読みの手引き

◇大事か小事か

一般の目には大同小異とみなせることが、武士にかかると、そこにある微妙な〈小異〉が運命を分かつ大事となりうることがある。とりわけ、〈悪〉をめぐることがらとなればそれがいっそう顕著になる。こうしたテーマは巻六の一「筋目を作り髭の男」でも扱われているのだが、作者は本話では異なる人物関係と事件を配することで、別種の意外性を提示している。

◇絶対悪のもとで

本話は絶対的な非道者・市崎猪六郎を軸にしながら展開する。この男、丹後を治めていた細川幽斎の家中の者であったが、ことごとく武士の道に背き、下人の扱いにも度を超してひどいものがあった。当然、「この家を見限り」、「大方は駈け落ちし」た結果、常に人手不足であった。こんな家に仕えながら堪え忍んでいた若年の勝之介、番之介であったが、猪六郎への恨みがつのり、暇を申し出たが聞き入れられず、さらに扱いのひどさが増すにつれ「兎角は身の続かざる道理に詰まり」、二人で主人を討って立ち退くことにする。あえて勝之介がその罪をかぶり、番之介はしばらくここに留まった後、年明けに京の清水の子安堂で待ち合わせ西国へ落ちのび、名を変え新たな奉公先を探そうとの計画を立てたのだ。はたしてその通りにことは進み、万事順調に見えたのだが、予定外のことが付加されることによって計画は大きく変容していく。すなわち、番之介は浪人する自分たちの暮らしのために猪六郎の家に伝わる名剣を密かに盗み隠したのだ。これも勝之介の仕業ということになったのだが、これを伝え聞いた勝之介は引き返し、番之介を斬り伏せ、自害した、というのが結末である。

### ◇日野龍夫「西鶴の義理」をめぐって

ところで、日野龍夫「西鶴の義理」(一九七四年)は勝之介の行為について、「主殺しは自らの責任で選び取った罪」、「盗人は身に覚えのない罪」として峻別し、「たとえ盗人の汚名が晴れても、封建制下最大の罪である主殺しを犯した勝之介を世間はだからといって少しもよくはみてくれないであろう」とした上で、次のように指摘している。

あるいは猪六郎は悪い主人であったので、もし世間が勝之介の主殺しを同情的に見るとすれば、刀を盗んだことをも大目に見てくれたであろうから、無理をして汚名をそそぐ必要はなかった。いずれにせよ勝之介の行為は世間に対するアッピールという客観的な効果はほとんど持ちえていない。

そして氏は、勝之介が「自分の気がすむ」ことに重きを置いていたとするのであるが、こうした見方は、勝之介に対し自意識のようなものをやや想定し過ぎなのではなかろうか。以下、この点について、逆に勝之介を外側から律している行動規範を跡づけることによって改めて検証してみたい。

勝之介と番之介が猪六郎を殺したことは、その事実のみをとってみれば主殺しである。しかし、衝動的に殺したのでもなければ、私的な怨恨にかられたものでもなかった。主従という公的な関係において、あくまで公的な手段をもって対処しようとしているのである。たとえば最も楽な選択としては、他の多くの者と同じように「駆け落ち」すればよかったのだが、それでは自分勝手な離脱となってしまう。真っ当な手として、

「暇を乞」おうとするのだが、これも許されない。耐えに耐えたあげく、進退窮まった二人はようやく武力行使に出たわけである。もちろん、これとて最善の策ではなかったろうが、もはや他の道は残されていなかったことがここまでの状況を通して読者にも伝わるように描かれている。

◇武士としての道理

ここまでの二人を律しているものを端的に言えば、〈武士としての道理〉であろう。そしてこれは〈私〉の問題ではなく、自分（たち）のした行いが、第三者から見て、また後世から見て認められるだけの十分な理を有しているか否か、という観点によって判断される。だからこそ、「主人の侍はまず冒頭から「悪心は眼前に其身にむくふ事有」と殺されて当然の「悪人」として登場しており、その主人を殺す下人たちの行為は悪とはされていない」（森耕一「『武家義理物語』の登場人物と話の流動化」二〇〇四年）ことに呼応するかのように、猪六郎殺しに対する客観的な見方として、「常々悪人なれば、吟味の役人も大方にして事済み」などと至って淡泊に処理されたことが描かれることによって、武士社会における正当性が裏打ちされているわけである。

ただし複雑なのは、右の〈武士としての道理〉にも個人差があるという点であり、勝之介と番之介との間にある、一見微細に見える差異こそが本話のポイントとなっているのである。番之介は出来心とはいえ、いまの自分たちの切迫した状況から、ある程度の必然性を感じていたからこそ、名剣を盗むことにしたのであろう。一方、勝之介にとっては、主殺しには〈道理〉があるが、盗みは〈私〉の事情から発したものであり、本質的には全く無関係のものであった。〈渇しても盗泉の水を〉飲むか否かである。

仮に番之介が誰にも知られず名剣を持ち出すことに成功し、それが京での待ち合わせの時点で判明したとしても、勝之介はそれを許さず、その後行動をともにすることはなかったと思われる。実際はそれが勝之介の濡れ衣となったわけであるから、ことは二重に問題化されているわけである。

勝之介にとってはこのままでは「名」がすたる。死に臨んで、心底は濁っていないことを証さなければならない。これは「自分の気がすむ」か否かの問題ではなく、名誉の問題であり、「末代の恥辱」と言っているようにたとえ下級武士であろうと、家名を汚すまいとする思いも含まれていよう。だからこそ、書き置きを残し真実を明るみに出すことで、「世間に対するアッピールという客観的な効果」を企図したのである。

猪六郎が絶対的な悪であることは言うまでもないが、これに協力して対峙していたはずの勝之介、番之介両者に〈悪〉をめぐる認識の上で差が生まれてしまう皮肉。勝之介の行為はたしかに清いが、ぶれないということはかくも過酷な運命を引き寄せるのであり、いかなる状況においても、道理に基づいて一線を引き続けることはいかに常軌を逸したことであるのか。こうした行動規範とともに生きることを強いられる武士のあり方に、読者は驚きをもって受けとめることになるのである。

（木越）

# 五の五　身がな二つ二人の男に

浮[1]かれ女《め》の身は定め難く、つながぬ舟[2]にたとへて、浪[3]の枕を千人に交はし、紅舌万客[4]《こうぜつばんかく》になめさせ、一つの心をその日の男好けるに持ちなし、笑《わろ》ふ時あり、泣く時あり。様々変はつた浮世の物語聞き流せる年月を、歎《なげ》きながらの歌の節《ふし》に送りて、下[5]《しも》の関《せき》の勤めも今一年《ひととせ》に足らずなりて、生国筑前《しやうこくちくぜん》の芦屋[6]《あしや》なる親里《おやざと》に帰るを、楽しみに思ふ折節、浪人らしき男の、言葉は関東の人めきて、世を忍ぶなりふりして、いつの頃よりか、仮初《かりそめ》に会ひ慣れ、いとしさ又もなく、恋を重

1　ここでは遊女のこと。　2　「誰となく寄せては返る波枕浮きたる舟の跡もとどめず」（『夫木和歌抄』雑　藤原良経）。
3　遊女が千人の男性客の相手をする。「一双ノ玉手千人ノ枕　半点ノ朱唇万客嘗ム」（『円機活法』十二）。

下関稲荷町遊郭

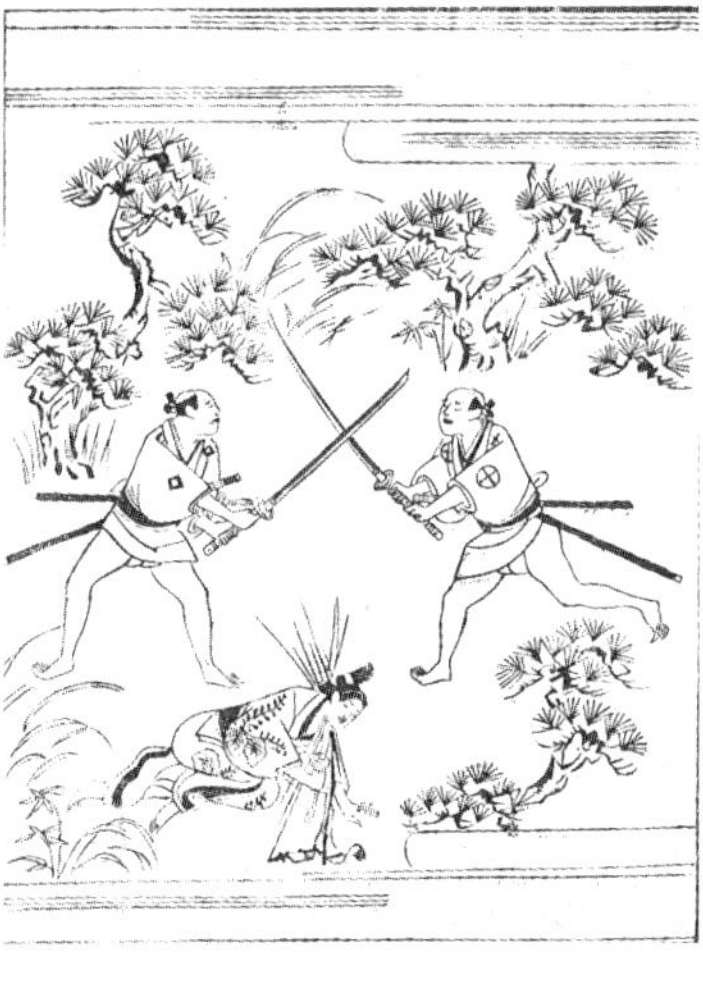

ねしうちに、この男今は心底《しんてい》残さず語りけるは、「我が本国《ほんごく》は[7]出羽《では》の庄内《しやうない》の者、荒嶋小助《あらしまこすけ》といひしが、子細あつて傍輩《はうばい》の億住《おくずみ》源太兵衛《げんたべゑ》討ちて、首尾よく所を立ち退き、今ここに知るべの町人を頼み忍びけるは、『一子源十郎《げんじふらう》、我をねらひ諸国を巡る』と聞くから、身隠し、遊山《ゆさん》所もはばかるなり」と段々物語して、「天理にて源十郎に討たれてもある時は、菩提《ぼだい》を弔《と》ひ給はれ」と、[8]春日《かすが》の御作《さく》の守り観音《くわんおん》賜りければ、限りのやうに思はれて悲しく、涙に沈みて別れしが、その後《のち》は日々に疎《うと》くなりて、「尋ね給はぬは世に憂き浪人ゆゑか」と思ひやられ、いとど口[9]惜しく、日毎《ひごと》に状通《じやうつう》して、たまさかに会ふ時は、[10]枕も定めず涙にして、一日を暮らしぬ。

その後《のち》また、旅人《りよじん》の雨宿りの憂き晴らしに、酒の友となりけるに、この男もまたこの[11]定家《ていか》に深くなづみて、長崎まで下《くだ》れる舟より上がり、「[12]主《しう》なしの身の楽はこれぞ」と、ここに日を送り、夜《よ》をこめて女郎のために良き事ばかりつのりて、定家もま

4 「紅舌」は、美人の口もと。「万客」は多くの遊客。「まことに朱脣万客に嘗めさせ」（『好色一代女』巻五の四）。
5 現在の山口県下関市赤間市にあった稲荷町遊廓のこと。
6 現在の福岡県遠賀郡。江戸時代は、遠賀川流域からの年貢米の積出しや瀬戸内・博多方面からの商品の積替港としてさかえた。
7 現在の山形県北西部。米の産地として知られる。
8 飛鳥時代の仏師で春日の里に住んだ鞍作止利《くらつくりのとり》のこと。

飛鳥大仏（伝鞍作止利作）

9 思いのままにならぬこと。
10 契りもせず。11 遊女の呼び名。

た、おのづからに気を移して、小助事《こすけこと》は忘れし。これ[13]不心中《ぶしんぢゆう》にはあらず。常の女さへ時に従ふ習ひなれば、まして流れの身として、定家は奇特《きどく》の女ぞかし。小助、[14]尾羽《をは》を枯らして、会ふべき頼りなきを、女郎の方《かた》より[15]揚屋《あげや》の首尾を調《ととの》へしが、今は[16]了《れう》簡《けん》尽きて、親方吟味強く、忍びて逢ふ事も絶えたり。

また、源十郎もこの遊興に[17]路金《ろきん》尽きて、跡《あと》へも先へも行《ゆ》き難し。諸神に大願《だいぐわん》掛けて、敵《かたき》討つ身の不覚ぞかし。これも契りを重ねてから、子細を語りて聞けば、小助身の上の事に疑ひなし。定家身に震ひ出でて、それもまた、この人もいとしさ変はる事なし。何とも差し当たつての迷惑[18]、[19]大方《おほかた》ならぬ因果なれば、先《ま》づこの事小助殿に通じて、この所を立ち退き給へる文《ふみ》したためし時、源十郎小者、小助ありかを見出だし、走り来《き》たつて険しく様子語り、女郎と思ひ、何の遠慮もなく内談せしは、「その家[20]野離《のばな》れこそ幸ひなれ。松の茂みに木隠《こがく》れて、[21]人家《じんか》を出だして名乗り掛け、願ひのままに討つべき」と、着込《きごみ》・鉢巻して刀の

12　浪人なので、定まった君主がいない。
13　百八十頁注41。
14　落ちぶれて、みすぼらしくなること。
15　遊里で、客が遊女屋から遊女を呼んで遊ぶ店。
16　とりはからい、方策。
17　旅費。
18　→百四十五頁注45。
19　並大抵ではない不運。
20　人里離れた野辺。
21　小助が家から出てきたところを。

目釘《めくぎ》を改め、「今日ぞ思ひの晴らし所、女郎もこの身を祝うてたべ。敵《かたき》を討つ縁となる。この程ここに足を留めたる仕合せぞかし。[22]追つ付け目出たう御見《ごげん》に入るべし。[23]首途《かどで》盃《さかづき》さし給へ」と言ふ。是非なく常より機嫌なる顔にして、[24]三献《さんごん》の酒も心を付けて、「大事の前なれば」と控へて、祝儀を含みて暇乞《いとまごひ》して、勇み勇みて揚屋を出でて行く。

程なう町外れの木陰《こかげ》に忍び、小助が様子を見合ひけるに時節と借家《かりいへ》を出でて、何心もなう松原に差し掛かりしを、源十郎進み出でて、「小助、見忘れはせまじ。億住源太兵衛が一子源十郎、親の敵《かたき》討つ太刀なり」と、飛び掛かれば、小助しさつて抜き合はせ、暫《しばら》く斬り結ぶうちに、女の歩みにはかひがひしく、定家この中に飛び込めば、両人目と目を見合はせける。定家は心の程を書き残して、二人の勝負付かざるうちに、速やかに自害して果てける。互ひに大事の中にも、「これは不憫《ふびん》」と涙ぐみしが、その死骸《しがい》を脇に見て、入り乱れて手を負ひ、両人共に

22 すぐに。
23 門出を祝う酒。
24 吸物や肴を添え、大・中・小の杯で一杯ずつ三度繰り返して九杯の酒をすすめる酒宴の礼法。三三九度の杯。

相討ちにして命終はりぬ。小助が働き、源十郎が残念、定家が心ざし、分けて三所《みところ》に面影《おもかげ》残り、見し人これを世語《よがた》り[25]の涙。

25 世間で語りぐさになること。

## 読みの手引き

### ◇定家の「義理」と古伝説

非常に高い偶然に支えられた一話である。

本話の主人公である遊女定家は、荒嶋小助と彼を親の敵と付け狙う億住源十郎の両者の相手をつとめた。そして、敵を討つ者と討たれる者の両方に深く馴染むのである。しかも、両者の故郷である出羽庄内から遠く離れた定家が遊女として勤める下関で二人は対面を果たすのであった。二人の侍が同じ場所・同じ遊女に出会う確率は、言うまでもなく極めて低い。加えて、定家は遊女から身を退き、筑前芦屋に帰郷するまで秒読み段階に入っていた。よって、三者が接触したのは、偶然のいたずらにほかならない。このあまりにも出来過ぎた偶然の重なり合いこそ、本話のドラマチックな展開を可能にした条件でもあった。

本話で先に定家と馴染んだ荒嶋小助は、自ら打ち明けた通り、億住源十郎に父の敵と狙われ、全国各地を転々と逃げ回っているため、長期間にわたり馴染み客にはなれない境遇だった。源十郎もまた、定家と長く馴染むことの叶わぬ身であった。なぜなら、あてどなく敵を探す源十郎には路金が尽きるのは火を見るよりも明らかだったからだ。もしも二人の内いずれかが、まとまった期間定家と馴染んでいたならば、本話の敵討は実現しえなかったであろう。

こうしたいくつもの偶然が本話にちりばめられているが、その中心に定家を置くべきなのは疑う余地のないところだ。彼女は、次第に遠ざかって行った荒嶋小助に代わり、長崎に下る航路の途中で立ち寄った億住源十郎と馴染みとなる。西鶴は、これを心移りの軽薄と責めてはいない。

本話冒頭、遊女勤めとは「枕を千人に交はし」、「一つの心をその日の男好けるに持ちな」すのが本質と規定する。この冒頭部分は、中盤での定家評価への呼び水としても機能している。それを証拠に、西鶴は次のように書いている。「定家もまた、おのづからに気を移して、小助事は忘れし。これ不心中にはあらず。常の女さへ時に従ふ習ひなれば、まして流れの身として、定家は奇特の女ぞかし」。つまり、定家が小助のことを忘れて源十郎に馴染んだのは、「不心中」ゆえではなく、「枕を千人に交はす」、「流れの身として」は、遊客の恋心に応じる模範的な、「奇特な」態度であると西鶴は評価したのだ。

ところで、本話は真間手児名《ままのてごな》伝説あるいは、生田川説話を類話として創作されたとの指摘がそなわる。すなわち、美女が複数の男性に思いを寄せられ、いずれかを選ぶことが出来ないまま、世を儚んで自ら命を絶つストーリーを基盤としている。

前者は、下総葛飾郡の真間手児名がその美貌にひかれて言い寄る男たちをしりぞけ、世を儚み入水自殺する話である。『万葉集』山部赤人及び高橋虫麻呂の長歌・反歌等により知られる。後者は、菟名日処女《うなひおとめ》が小竹《をさ》田男《だをとこ》・血沼の丈夫《ますらを》の二名に言い寄られ、「一人に靡《なび》かば一人の恨み深かるべし」とこれを拒否し、生田川に入水自殺する話である。観阿弥作の謡曲等により知られる。手児名は、「何すとか身をたな知りて波の音のさわぐ湊の奥つ城に臥《こ》やせる」と、覚悟の上で水に飛び込み、菟名日処女もまた、「住みわびつわが身捨ててん」と、覚悟の上で生田川に身を投げる。上記のストーリーは、確かに億住源十郎が親の敵である荒嶋小助を討ち果たそうとするところへ、定家が覚悟の自害を遂げる本話に重なる。

だが、定家は手児名とも菟名日処女とも違い、小助と十太郎の二人を拒絶したわけではなく、むしろその逆に両者の愛情を受け入れたのであった。それは、不貞行為ではなく、先述したように、遊女の流れの身としては「奇特な」行為にほかならなかった。手児名や菟名日処女にとって、二人（以上）の男性の気持ちに応えるのは不貞行為であったが、定家にとってはその反対だったのである。換言すれば、類話の美女たちは男を選べなかったが、定家はどちらも選んだのだった。

その点、武家の娘として遊女のつとめを拒絶し、貞節を守り抜いた本作品の小桜（巻四の四）とは違い、定家は「枕を千人に交はし、紅舌万客になめさせ」る遊女にふさわしい態度を取ったといえる。

定家は、先行説話の美女たちのように、言い寄った男性の選択を拒んだのではなく、敵を討つ武士（億住源十郎）と敵（荒嶋小助）のいずれの側かの加勢を拒んだのである。

先述したように、本話に幾筋にもはりめぐらされた偶然の中心には、定家がいた。そのことは、源十郎の敵が先客の小助だと判明した瞬間の「何とも差し当たつての迷惑、大方ならぬ因果なれば」という本文の表現からも明らかである。次々と気を移しながら、何人もの男性を相手にしなければならないのが、「大方ならぬ」遊女としての「因果」であった。

衝突を避けようとした定家は小助に下関を立ち退くよう文をしたためたが、時すでに遅く、源十郎は彼の居場所を特定していたのだった。定家は「常より機嫌なる顔にして」、源十郎の敵討の門出を祝った。遊女の身の因果を自覚しつつも、定家は二人の遊客にあくまで誠意を尽くし、両者の立場を立てようとした。

定家はあたかも手児名や菟名日処女の影を追うようにして、敵討の場に身を投じる。小助と源十郎は、その最中に自害した定家を横目に「不憫と涙ぐん」だのは、彼女がこの偶然の渦の中心にいて、且つその責任を負おうとしたのを察したからだ。

小助と源十郎は、結局相討ちとなる。この結末に、菟名日処女の後を追って、刺し違えた小竹田男・血沼の丈夫の面影を重ねことも あるいはできようが、定家が小助と源十郎の二人の立場を尊重した「義理」に応ずるべく、あえてどちらかが生き残る結末を西鶴は用意しなかった、とも解釈できると思われるのだが、いかがであろうか。

（浜田）

# 六の一　筋目《すぢめ》を作り髭《ひげ》の男

山城《やましろ》の宇治《うぢ》[1]の里に、身を隠して住める浪人あり。当分の世渡りに、壺《つぼ》[2]の入れ日記など書きて、彼方此方《あなたこなた》の気に入り、年月《としつき》ここに重ねけるに、「昔はいかなる人ぞ」と、ゆかしかりき[3]。久しく先祖の事を語らざりしが、ある時、所の人の集まりて、「紫野《むらさきの》[4]の一休《いつきう》[5]は名僧なりける」と、咄《はなし》のついでに、「蜷川新右衛門《にながはしんゑもん》[6]は文武《ぶんぶ》の人」と聞き伝へて誉めぬれば、かの浪人少し歌学《かがく》[7]ありて、その身花車《きやしや》[8]に育ちければ、ふと出来心にて、筋な[9]き事を申し出だし、「某《それがし》は蜷川新九郎《にながはしんくらう》と

1　現京都府宇治市。茶の名産地。
2　茶の銘柄を記した紙。茶の銘柄には和歌の言葉が多い。
3　周囲は知りたがった。
4　京都市北区の大徳寺周辺。
5　一休宗純。室町時代の禅の名僧。宇治に近い薪寺にも住んだ。
6　蜷川親当《ちかまさ》。一休説話に一休の話相手として登場、和歌・連歌をよくした。
7　歌の知識・心得。
8　優雅に。武にうといこの人物の様でもある。
9　筋目は家系。その根拠のない、出鱈目な。

て、新右衛門が孫なる」と語りぬ。かねて新九郎と名を呼べば、自然の道理に叶ひ、各々疑ひ晴れて、「さては蜷川の流れ程ありて、万事[10]しをらしく見えける」と、それより後《のち》は、世間にこの人を[11]疎《おろ》かにせずして、「新右衛門孫」と言ひふらしければ、いよいよ新九郎[12]子細を作りて、蜷川代々の系図をこしらへ見せける。

この事世に沙汰して、[13]岐阜《ぎふ》中納言《ちうなごん》秀信《ひでのぶ》公に[14]身代《しんだい》済みて、武芸は外《ほか》になし、歌道専らに心掛けしが、これもまこと少なく、蜷川の末といへる名聞《みやうもん》ばかりに、面《おもて》向きを見せ掛け、[15]内証は色に迷ひ、もとより悪心の侍なり。

10　上品に。
11　粗略にせず。
12　それらしい様子をつくろい。
13　織田秀信。信長の孫。関ケ原の前哨戦で西軍に属したため、攻撃をうけ降伏した。二年後没。
14　仕官を得て。
15　実際は。↓三十七頁注9。

その頃、蜷川次郎丸《にながはじらうまる》とて、新右衛門筋目に紛れなき人、我が身一つを浮世と捨てて、十八歳より出家して、津《つ》の国金竜寺《こんりゆうじ》の山陰《やまかげ》、[16]古曽部村《こそべむら》といふ所に、南を見晴らし、草庵を結び、笹の細道分けかねて、[17]木末《こずゑ》の夏となりにけり。能因法師《のういんほふし》の詠《なが》め残されし、[18]生駒《いこま》の山も雲の峰重なつて、北は桜の盛りかと、景色を疑ふ[19]入相《いりあひ》の鐘、涼しき風に無常を観じ、あながち仏の道も願はず、朝暮《てうぼ》和歌に心を寄せ、折節は[20]笙《しやう》の音《ね》を楽しみ、無我にして山居《さんきよ》の行ひ、殊勝さこの人の心ぞかし。

その頃、都[21]白川《しらかは》のほとりに、これも身を[22]歓楽に取り置き、明日の事を知らず、今日まで暮らされける、星合主膳《ほしあひしゆぜん》といふ人、入道《にふだう》して星薄坊《しやうはくばう》と申せしが、この法師の男盛りに、[23]我若道《われじやくだう》の結び、世にあるより深かりき。そのよしみとて、今も忘れず、ここに尋ねて過ぎにし事を語り慰み、落葉は煙の種となり、釣《つり》釜《がま》に素湯《さゆ》たぎらして、咽《のんど》の渇きを止《や》めて、「貧家《ひんか》の[24]気散じ、これぞ」と、宵《よひ》の間もなく[25]明け方に別れ、京都に帰りさまに、宇

16 現大阪府高槻市。能因の隠棲地と伝えられ、次郎丸とイメージを重ねる。
17 「わが宿の梢の夏になる時は生駒の山ぞ見えずなりゆく」(『後拾遺集』夏 能因)。
18 大阪と奈良の県境にある生駒山地の主峰。「雲」と付合。
19 夕刻の寺の鐘。「山里の春の夕暮来てみれば入相の鐘に花ぞ散りける」(『新古今集』春 能因)。鐘・落花・無常の有名な能因歌のイメージから、次郎丸の欲のない恬淡とした内面が連想される。
20 雅楽の楽器。
21 京都市左京区北白川から東山の麓を流れる。
22 風雅を楽しむ。
23 男色の関係。
24 気楽さ。→百十頁注11。
25 夏の短夜の明け方。

治に住みたる浪人の噂、蜷川氏《にながわうぢ》の筋なき事を言ひ立て[26]にして、
岐阜秀信公に仕へて、高知《たかち》[27]を下《くだ》し賜り、我が世と心に任す由を
語り、「いかにしても憎き仕方」と言ひ聞かせけるに、次郎丸
入道、何となくうち笑ひて、「世の中には、かかる紛れ物多し。
我らの先祖の名を借りて、武家を立つるも口惜しき所存なれど
も、その者が身を助かる頼りにならば、改むる事なかれ」と、
大様《おほやう》[28]に言ひ捨て、その通りに済みける。

その後《のち》、かの新九郎、身を作り者[29]なれば、諸事に武家の作法
違ひて、一家中《いつかちゆう》これを疎《うと》む折から、天命尽きて、大寄合《おほよりあひ》[30]の座を
惣立《そうだ》[31]ちの時、岩田外記之進《いはたげきのしん》刀と差し替へて、屋形に帰りぬ。外
記之進は、跡役《あとやく》[32]にて、心静かに立ち出で、刀掛け[33]を見しに、我
が刀にはあらず。「これは誰の物ぞ」と、茶の番の坊主[34]に尋ね
給ひしに、革柄《かはづか》[35]に蟹《かに》の目貫《めぬき》[36]、無地の鉄鍔《てつば》[37]に栗色の刻み鞘《ざや》[38]、普段
これを見慣れて、「たしかに蜷川新九郎殿の刀」と言ふ。「然《しか》ら
ば汝《なんぢ》ひそかに行きて、その断り[39]を申し、替へて参れ」と言ひ付

26 証拠として。
27 高い知行。高禄。
28 心広く。
29 偽物。
30 大勢での会議。
31 一斉に立って帰る際。
32 後片付けをする係。
33 入口にある太刀を掛ける所。
34 茶坊主。
35 鹿や鮫の皮で巻いた刀身を握る部分（以下38まで図版参照）。
36 刀身と柄を留める釘の頭を覆う部分。蟹の眼の細工が施されていた。
37 刀身と柄の間に装着される楕円形の金属部分。
38 刀身を納める筒。表面に刻み目がある。新九郎の刀は装飾性が濃い。
39 →百二十三頁注7。

けられ、既に[40]新九郎屋敷に立ち越え、このあらましを通じけるに、謝つて何の子細[41]もなき事を、この刀差し当たつての無分別、「某《それがし》が腰の物にあらず、近頃[42]卒爾《そつじ》[43]なる事を申しける」と、存知の外《ほか》[44]なる返事に、使ひの坊主迷惑して、この段、外記之進に申せば、堪忍ならず、吟味役人に言ひ届けて、詮議になりぬ。然《しか》も外記之進刀は来国光《らいくにみつ》[45]が作なり。新九郎刀は平安城義国《へいあんじやうよしくに》[46]と銘《めい》はありながら正しからず。かれこれ不首尾[47]に極まり、新九郎儀切腹仰せ付けられ、皆指を差し、籠乗物《ろうのりもの》[48]に押し入らるる面影を笑ひぬ。

かかる時、この乗物の向かうより、出家一人駆け付けけるを、各々怪しく思ひ、「なかなか命乞《いのちごひ》は叶はざる事なるに、無用の法師の出所《でどころ》」と、先《さき》を払へ[49]ば、案の外《ほか》なる訴訟人、「私は蜷川新右衛門が子孫次郎丸といへる者の入道なり。然るに、この新九郎、筋目跡形《あとかた》[50]もなき事を申し上げ、御家《おいへ》[51]に住む事心外ながら、この身なれば許し置く処《ところ》に、この度《たび》の悪事[52]、先祖の名を下《くだ》す事、

40 早くも。
41 支障。
42 ひどく。
43 無礼な。↓百三十三頁注10。
44 想定外の。
45 鎌倉時代末期の名刀。
46 江戸時代初期に京都で活躍した刀工。刀剣は近世と近世以前で価値が大きく異なる。
47 （新九郎の）落度。
48 士分以上の犯罪者を護送する駕籠。
49 追い払う。
50 根拠。
51 織田家に仕官すること。
52 悪評、転じて悪事。

末代、家の恥辱なれば、堪忍ならず、これぞ我が家の系図」と、新右衛門自筆の物を差し上ぐれば、またこの儀御詮索あるに、これも新九郎悪名に紛れなく、[53]御仕置変はつて、[54]打首《うちくび》にあひけるとなり。

53 処分。→九十一頁注41。
54 切腹より重い武士にとっての極刑。

## 読みの手引き

◇偽者の武士、偽物で馬脚をあらわす

宇治の山里に、身を隠した浪人が、茶壺入れの日付など書いて、周囲に気に入られていたが、ある集まりで一休の話になり、その禅問答の相手として知られる蜷川新右衛門は文武両道の人であると評判になると、この浪人「ふと出来心にて」、実は自分は新右衛門の孫新九郎だと「筋なき事」を言いだす。以前から新九郎と名乗っていたため話の辻褄があい、歌学のたしなみや上品な風采から真に受けられ評判となると、調子に乗った新九郎は「蜷川代々の系図」を捏造して見せる。評判を呼んで、ついに織田秀信に召し抱えられるが、武道は二の次、誠の少ない歌と蜷川の子孫であることで、歌人の顔はつくろうものの、実態は色に迷う悪心の侍であった、と語られる。

読者の多くは、蜷川と聞いて、まずは『一休はなし』に再三載る、一休との歌の応答による禅への理解の深さが想起され、新九郎が歌を詠んで蜷川の名を騙る事情を了解するとともに、蜷川が病を得て末期に至っても、古狸が化けた阿弥陀の来迎の幻術を見抜き、矢を射って幻を払った、武道の達人としての側面（巻三の一「蜷川新右衛門末期に化生を射事付一休導師の事」図版参照）をも思い起こして、新九郎が家系を詐称して大家の家来に収まったことを憎んだであろう。

さて、やはり西鶴は場面を転換し、能因にちなみの摂津古曽部に隠棲する本物の蜷川の子孫次郎丸を登場させ、そのすがすがしい世捨て人と歌詠みぶりを、「殊勝さ此人の心ぞかし」と西鶴特有の文体で、読者に共感を呼ぶように描く。次郎丸とかつて衆道の関係にあった星薄坊が、風流の交わりの後、京都に帰る折、新九郎の仕官を語って憎むところも、読者の気分を代弁したものだろう。しかし、鷹揚な次郎丸は、「世の中には、かかるまぎれ物おほし。我等の先祖の名をかりて、武家を立るも口惜き所存なれども、その者が身をたすかるたよりにならば」と、これを咎めようとはしない。ここが、新九郎を憎み、処罰したい読者の予想を裏切ると同時に、後の話のオチの伏線であったことは、最後に知れる。

舞台は岐阜に戻って、「作りもの」の新九郎は、諸事武家の作法と異なって家中全体から疎まれていたが、大寄合の帰り、

刀を間違えて帰宅、間違えられた岩田外記之進は、茶坊主の証言から間違えたのが新九郎であることを割り出し、茶坊主に取り替えてくるよう、密かに言う。

　岡山藩の家臣およびその家族が、刀・脇差を紛失し、本人の責任が明らかな場合、当事者が全て藩を出奔しており、盗まれた可能性が高いと認められた場合には、帰参が許可されるが、家の存続のため逃げた息子を親が追い、切腹させて「家」の存続を図ったケース等が紹介されている。このように帯刀を重視するのは、形式的装束・風儀の観点からばかりでなく、勇気とそれを行動に移す心の準備があることが武士には求められたからであろう（谷口眞子『近世社会と法規範』Ⅰ・第2章・三）。

　つまり、刀の紛失は、切腹や家名断絶につながる重大事案だから、穏便に済ま

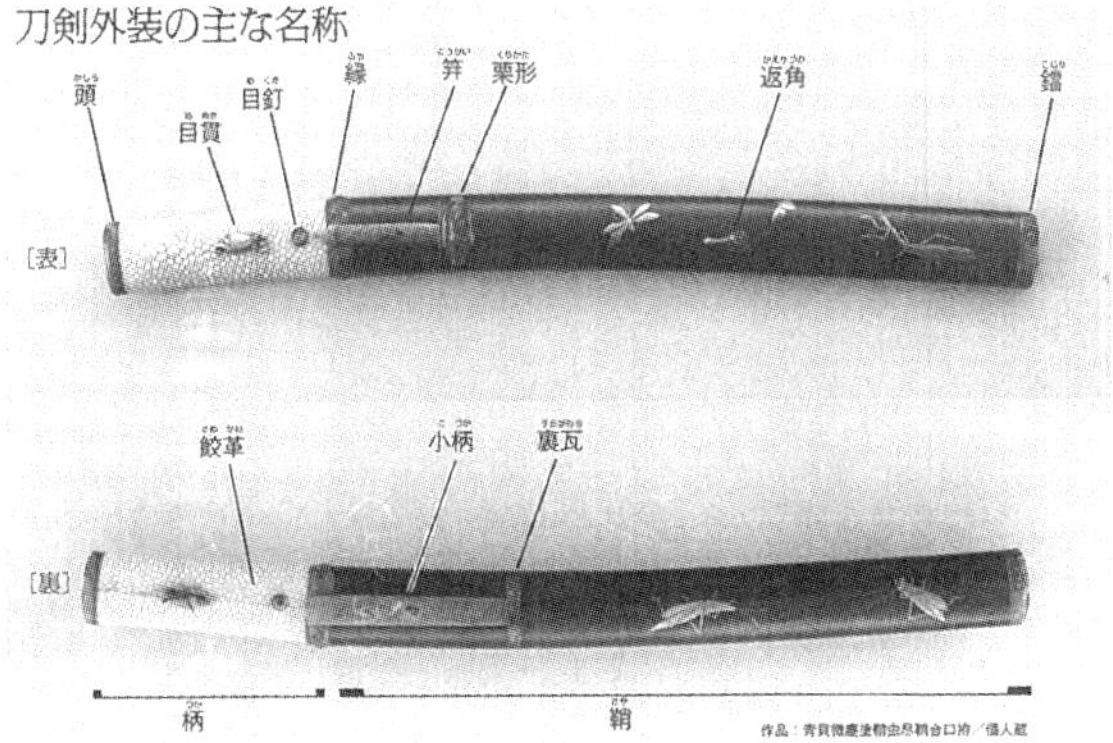


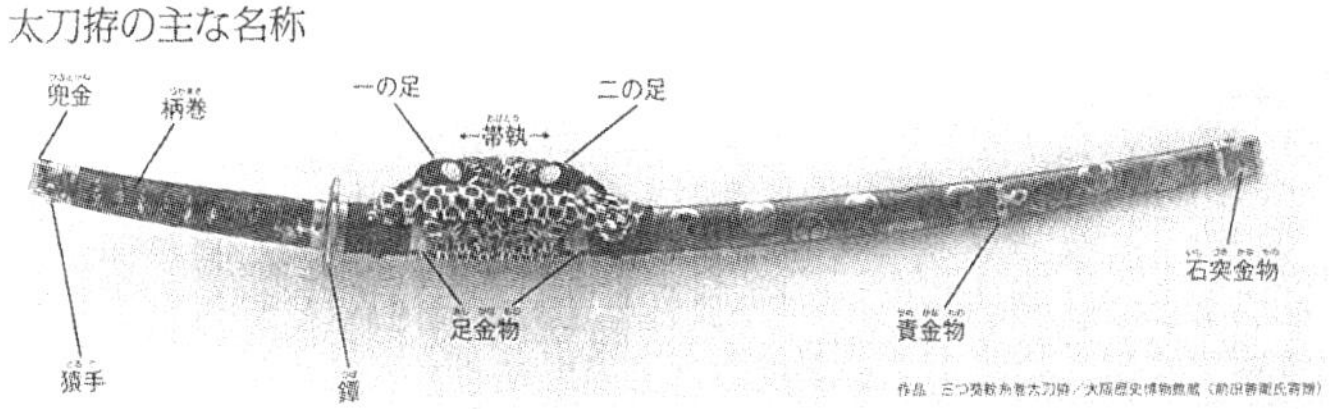


『特別展　変わり兜×刀装具　戦国アバンギャルドとその昇華図録』（大坂歴史博物館・産経新聞社）

せようとしたわけである。ところが、新九郎は謝っておけば問題もなかったものを、「差しあたつての無分別」から、自分の刀ではない、「卒爾」なる、すなわち「無礼」なことを言う、と突っぱねる。

なぜ、新九郎は、このような態度を取ったのか。一つ考えられるのは、先の谷口の報告に照らして、刀の紛失を認めれば、それが漏れて問題になることを懸念した、という解釈である。今一つは、後の僉議で明らかになるように、外記之進の刀は来国光、新九郎の刀は橘義国であったということも考えられる。講釈でも有名な軍学者神田白龍子の『新刀銘尽』（享保六年刊）によれば、刀剣は慶長以前を「古刀」、以降を「新刀」と区別するが、来国光は初代の鎌倉末期から、下っても二代目は観応・貞和年間の南北朝期に活躍したという、刀剣史上の黄金期のもので、近世以降の義国、しかも贋作とではその価値に大きな開きがあったことが、原因だったのではないだろうか。

新九郎は、出来心で蜷川の流れを詐称して評判をとり、系図を捏造して織田家に仕官するに至って、作り物で世を欺くことに麻痺してしまったのではないのか。そして今回もつい出来心で、国光を着服し、刀など紛失していないと言い放って、一挙両得と考えたのが、「さしあたつての無分別」の内実だったのではなかろうか。刀の縁から出てきた「差し当つ」という動詞には、「ねらいをつける」の意味もあることを想起するべきかも知れない。本人同様偽物の新九郎の刀は、新刀らしく、目貫や鞘に意匠をこらした、いかにも彼らしいものであったことも思い合わされよう。

しかし、あろうことか、外記之進に「卒爾なる事を申ける」と言い放ったのは、墓穴を掘ったとしか言いようがない。新九郎は、刀の紛失が重大事案であることをかさに着て、どうせ公には訴え出まいと高をくくったのだろうが、名誉の観念に生きる武士には、その魂たる刀を奪われた上の「無礼者」よばわりに我慢ならず、外記之進は公に訴え、僉議の結果、紛失の罪が問われたばかりか、偽の刀と交換に高価な名刀をくすねようとした罪まで露顕し、切腹と決まって、籠乗物に押し入れられ、刑場へと向かう。

その時、一旦は読者の視界から消えていた、本物の蜷川次郎丸が「出家一人」とまず無記名で登場、よくある命乞いかと追い払われそうになるところまで、読者の意表をつく狙いは明らかである。実は命乞いではなく、予想外の訴訟人だとして、「わたくしは蜷川新右衛門が子孫次郎丸」と名乗る口上は、音読の場を想像させるような語りだが、次郎丸は新九郎の系図捏造を見逃してきた事情を語った上、「此たびの悪事」は、「先祖の名をくだす事、末代家のちじよく」と訴える。

つまり、系図よりも、武士にとって大切な、刀をめぐる武士の「義理」を心得ず、調子にのって名刀をだまし取ろうとしたことが、結果、系図の捏造をも露顕させて、新九郎は切腹より不名誉な、打ち首になったという落ちとなるわけで、先に新九郎の系図捏造を問責しないと次郎丸から肩透かしを食った読者は、想定外のカタルシスを得ることになる。

ここで指摘しておきたいのは、新九郎のように系図を粉飾・捏造し、仕官にありつく浪人が現実にいたからこそ、読者は溜飲を下げることになったのではないか、という点である。そもそも新九郎の仕官先は、なぜ織田秀信に設定されたのか。この武将は、秀吉が信長死後の織田の天下を簒奪する際、利用された折の三法師の幼名で知られるが、近世期には、関ケ原で西軍に加担して、前哨戦の岐阜城攻防戦で敗れ、投降した末路でも知られていたことだろう。全国で展開された関ケ原関係の戦を集成した軍記の先駆け『慶長軍記』（寛文三年序）の巻六「岐阜城没落事」以来、綺羅を好んだ秀信とその家中は、軍装を整えるのに手間取って会津攻めに遅れ、石田三成からの誘いに、近臣の言に惑わされて加担することになった愚将として伝えられていた。この織田の家風のイメージが、新九郎のような「まぎれ物」が潜り込む余地を生んだという解釈も可能だろう。

さらに、系図の捏造をする浪人と織田秀信を直接につなげる軍書もある。『江源武鑑』（明暦二年刊）は、系図捏造の確信犯として当時から知られていた沢田源内の手になるものと伝えられ、偽書との評判のあったものだった。この書の末尾、巻十八にはこうある。関ヶ原の戦いに際し、秀信の母、それに妻と娘は大坂で人質となっていたが、岐阜落城後、六角氏の旧臣でもある和田孫太夫によって救出される。しかし、夜間岐阜まで逃げ延びるのは不可能であったため、和田は秀信の母と自分の娘である秀信の妻を刺し殺し、首だけを送り届ける。幼い娘は和田に背負われて逃げ延び、後六角義郷に嫁ぎ、元和七年義郷との間に氏郷を儲けた、という。

『重編応仁記』（宝永八年刊）の小林正甫は、本書の作者六角氏郷が近江の土民ながら佐々木氏の後裔を詐称、偽系図作りを行うも仕官かなわず、京都のある僧房に隠れていたが、狩野氏を詐称した僧永月が磔になったのを聞いて薄氷を踏む思いをし、偽書『江源武鑑』の作者でもあった、と伝える。さらに、佐々木家後裔の和算家建部賢明は、沢田源内が坂本雄琴村の土民の出であり、母は同じ雄琴村の百姓和田氏で、青蓮院尊純法親王の小坊主として仕え、博覧強記、江戸に出て、近江源氏の正統を名乗り水戸に仕官しようとしたが、系図が六角氏嫡流の鑑定にあって偽物とわかり、江州へ逃げ、土地の神職・僧を語らい、『江源武鑑』を刊行した他、『諸家大系図』等の捏造を行った、と伝える。

小林の証言が、『武家義理物語』より後のものであることは気になるが、秀信と偽系図の連想から『江源武鑑』を想起した読者もいたかもしれない。また、『江源武鑑』まで思い浮かべることが深読みだとしても、綺羅を飾るのに手間取り出陣が遅れた秀信や岐阜家中のイメージと、宇佐美や沢田源内に代表される系図・勲功捏造の横行が、この話のリアリティを支えるものであったことは、認めていいのではないだろうか。

そして「筋目を作り髭の男」の場合、家名の詐称や系図の捏造の悪は当然として、刀の取り違えを素直に謝罪して、問題を公にしないよう配慮し、外記之進の名誉を汚すような「卒爾」なる悪口をはかないことが、心得るべき「義理」であったというところに落ち着くのだろう。（井上泰至「決断をめぐる物語」「近世文藝」一〇四）

（井上）

# 六の二　表向きは夫婦の中垣《なかがき》

[1]文禄《ぶんろく》の頃《ころ》、都《みやこ》の西、[2]東寺《とうじ》のほとりに、常に変はりて、不思議なる夫婦の人あり。[3]縁ほどをかしき物はなし。その男は七十余《よ》にして、頭《かしら》に黒き筋なく、浦嶋《うらしま》がいにしへを今見る親仁《おやぢ》なるに、その女は、[4]二八にまだしき春の山、花の唇より物言ふかとあやまたる程の艶女《えんぢよ》、少し[5]物腰に小訛《こなま》りあつて、四国《しこく》育ちとは知れける。「京《きやう》の女ならば、[6]形《かたち》慢《まん》じて[7]男憎みをすべきに、田舎《いなか》人《びと》の律儀さ、見苦しき人に添ふて、月日を送られける」と、これを[8]感ずる人はなく、[9]その美形をせめ

1　天正二十年（一五九二）十二月文禄と改元。文禄五年十月に慶長と改元。
2　京都市南区九条町の教王護国寺。真言宗東寺派の総本山。当時、周囲は田畑や小家が多かった。
3　諺「縁はいなもの味なもの」。
4　十六歳にも満たない。
5　→百二十四頁注17。言葉つきに少し訛りがあって。
6　器量自慢して。
7　夫を嫌うこと。
8　「感ぜざる人はなく」とあるべきところ。
9　その美しい姿をせめて一目だけでもと嘆いていたが。

て見る事を歎《なげ》きしに、この男、年は寄れども、行儀に暫時《ざんじ》も油断せず、[10]鮫鞘《さめざや》の中脇差《ちゆうわきざし》、常住《じやうぢゆう》[11]反《そ》り返して、[12]目に角《かど》を入れ、命を何とも思はぬ有様、人自《おの》づから恐れて、その内に[13]頼る者なかりき。朝夕《てうせき》のいとなみ、何するとも見えず、米を炊《かし》き[14]釜の下焚《したた》くまでも、その女の手には掛けず、男の業《わざ》には似合はざる事をもして、女をいたはりける。

　そもそもこの夫婦と見えし人の生国《しやうこく》は[15]予州《よしう》の武士なりしが、[16]金子合戦《かねこかつせん》、天正《てんしやう》の乱れに、この息女《そくぢよ》の父[17]柳井右近《やなゐうこん》討ち死にし給ひ、御妻子流浪あそばしけるを、我《われ》腰抜け役の留守番頼ませ給へば、せめての働きに、人々[18]隠国《いんこく》いたさせ、世静まつて後《のち》、[19]播州人丸《ばんしうひとまる》の里にしるべありて、一年《ひととせ》を暮らしけるうちに、この母、御病死、憂き世とは存じながら、これほど悲しき事、身を思ふ[20]日影者《ひかげもの》の、何《いづ》くへも道狭く、この姫子《ひめこ》を連れて、老いの浪の寄るべ定めず、廻国《くわいこく》して、やうやう今の都に来て、憂き住まひ、[21]世間は夫婦分《ふうふぶん》にいたせしも、恐れなれども、姿すぐれさせ給へ

10　鮫皮を巻いた鞘。
11　抜刀できる状態で。
12　目を怒らせて。
13　通ってくる。
14　かまどの下の火。
15　伊予国（愛媛県）。
16　いわゆる秀吉の四国征伐において、天正十三年、小早川・吉川軍が東伊予に上陸、長宗我部元親の同盟者・金子元宅《もといえ》、元春兄弟の守る高尾城や金子城などを攻略した合戦。その後、元親は降伏。
17　未詳。
18　難を避け、国元などに隠れ住むこと。
19　播磨国（兵庫県）明石の大倉谷。柿本人麻呂の社がある。
20　世を隠れ忍ぶ身。
21　世間に対しては。

ば、諸人《しよにん》[22]の執心うたてく、恋を止《や》めさせんがために、かく夫婦とは申しならはしける。昼は「女房ども」[23]と言へば、息女もかしこくて、「旦那旦那《だんなだんな》」と言ひなし給へり。この心やすきより、姫いつとなく、まことの妻のごとく思ひなして、うちとけさせ給ふも、この男身を固め、武士の心底《しんてい》を立て、ゆめゆめそれに気を移さず。さりとはむつかしき[24]、相住《あひず》み[25]の年をふりぬ。

折節、夏の雨しきりに、宵《よひ》より鳴神《なるかみ》[26]響き渡りて、常さへあばら家《や》、殊更こぼれて、軒の雫《しづく》もいたく降り込み、南風《みなみかぜ》激しく、板戸も掛《か》け金《がね》外れて、外《そと》の光の恐ろしく、内の灯火《ともしび》影消えて、女心にはひとしほ物悲しく、頼む人とて親仁《おやぢ》なれば、ゆたかに伏したる懐《ふところ》に駆け入らせ給ひ、「恐《こは》や」としがみつかせ給ひ、やごとなき御肌の身に触れば、観音経《くわんおんぎやう》[27]を読誦《どくじゆ》して、随分心を移さざりしが、神鳴《かみなり》も落ち方知れずをさまり、雨もをだやみて、壁下地《かべしたぢ》[28]の忍竹《しのべだけ》に、白玉の取り添ふも、物あはれにやさしく見えて、「昔男《むかしをとこ》[29]の女を騙《だま》し、鬼一口《おにひとくち》に、噛み殺されたし[30]と思ひ入り

22　周囲の男たちが思いを寄せるのをわずらわしく思い。
23　目下の者への呼びかけ。複数形ではない。
24　厄介な。
25　同居。
26　雷。
27　『法華経』観世音菩薩普門品の通称。その偈から、煩悩を去ることや雷除けの功徳があるとされた。
28　壁土を塗る骨組みとして、篠竹を格子状に組んだもの。ここでは壁が崩れ落ちてむき出しになっている。
29　在原業平。「鳴神」「あばら家」「白玉」「鬼一口」「噛み殺され」「闇の夜」など、すべて『伊勢物語』六段を踏まえる。
30　女にのめりこんで溺れてしまいたい。もしくは「た」は衍字で、かみ殺されたの意か。

たる闇《やみ》の夜《よ》も、正《まさ》しくこんな面影ならめ」と、親仁[31]老《お》いを起こして、「人の知る事にはあらず、律儀《りちぎ》も物によれ」と、左の足をうちもたせけるが、「[32]弓矢八幡《ゆみやはちまん》誤つたり。いかにしても道を背《そむ》けり。扨も浅ましき心底かな」と、[33]我《われ》と悪心翻《ひるがへ》して、それよりむく起きにして立ち去り、[34]観念の明かり窓のもとにして、その夜《よ》を過ごし、その後《のち》はいよいよ恐れて、この御息女を見奉りしに、その[35]頃高家《ころかうけ》の方《かた》より美女御尋ねあそばされしに、都《みやこ》の事なれば、美君あるべき物なりしに、いづれも少しづつの[36]障《さは》りありて、宮仕《みやづか》ひの望み絶えける。然《しか》るにかの息女、御尋ねの年の程なれば、装《よそほ》ひ繕《つくろ》ふまでもなく、御目に掛けしに、「これに続きて又あるべからず」と、詮議《せんぎ》極まりての後《のち》、[37]筋目を正し給ふに、父母《ぶも》ともに歴々の武士なれば、これに子細はなかりき。されどもこの親仁、夫婦の語らひなしけるとの取り沙汰、第一の障りとなり、この首尾《しゆび》変はりて、かの息女を帰させ給ふに相《あひ》見《み》えし時、この親仁[38]所存の段々言上《ごんじやう》申せど、「これぞ[39]縁者の証

31 老いの身ながら情欲を起こして。
32 しくじりを悟った時の言葉。→百三十三頁注8。
33 自ずから。
34 観念のよりどころとする明かり窓。「観念の南窓」（三の五）。
35 →百七十七頁注17。ここでは宮中または公家。
36 欠点。差し支え。
37 素性。
38 自身の見解。
39 親類や近親者は証人として認められない。

人」と、誰《たれ》か取りあげ給ふ御方《おかた》もなかりし。「身に誤りのなき事は、後日《ごにち》に相知《あひし》るる御事あり。このたび[40]官女《くわんぢよ》にそなはらざりしは[41]縁づくなれども、下人の不作法《ぶさはう》とは、世の聞こえ迷惑至極の所なり。是非に今一度《ひとたび》御取り持ち頼み奉る。私《わたくし》なき誓文《せいもん》なり」と、左の腕《かひな》を自《みづか》ら打ち落として、涙に沈みぬ。この心ざしを感ぜさせ給ひ、御疑ひ晴れさせられ、この美女御寵愛の御枕《おまくら》のあした、なをなを[42]身の曇りを去つて、[43]月の都の只中《ただなか》に住み給ひぬ。

40 宮中または公家に仕える女人。

41 縁次第。

42 これまでの疑いが晴れて。

43 都の美称。

## 読みの手引き

### ◇仮面夫婦の物語

京に住む、七十余りの男と十六未満の美しい娘という、親子と見紛うかのような夫婦。実は仮面夫婦なのだが、そこに至るまでの事情とは——彼らの生国は伊予国で、天正年間に娘の父・柳井右近が討死にし、その妻子を家臣である男が匿っていた。やがて右近妻が死に、娘一人が残される。男は娘を連れ回国の果てに都に来、娘の美しさゆえ変な虫がつかないようにと、あえて夫婦と偽り、粗末な家で暮らしていたのであった。しかし、娘はいつしか自身を本当の妻のように思い込み打ち解けるが、男は「武士の心底を立」て、あくまで主の娘として扱い、決して本意を忘れずにいた。

そんなある夏の雨の宵、雷が響き、娘は恐がって男にしがみつく。娘の肌に触れ、雷除けの観音経を読誦しながら平常心を保とうとする男であったが、「人の知る事にはあらず、律儀も物によれ」と左の足を姫にもたせかけたが、すぐに「悪心翻して」、その晩は何事もなく過ごし、以降は娘を敬して遠ざけ、一身に世話をした。やがて、娘にさる高家の宮仕えの話が持ち込まれる。その際、この男と夫婦となっていたことが問題となった。男は娘の潔白を言いつのるが、「縁者の証人」として却下される。男は下人である自身に関わって娘の名が汚されるのは承伏しがたいとし、嫌疑を晴らすため「左の腕を自ら打ち落として」涙ながらに訴えた。これに感じた高家方は娘を迎え、実際に疑いも晴れ、都で幸せに暮らしたのであった。

### ◇「左の腕」を斬った理由

さて、この末尾の男の行動であるが、なぜ、嫌疑を晴らすのに「左の腕」を自ら斬ったのだろうか。そして、それが作中効力を持つのはなぜなのだろうか。『武家義理物語』では、相手に対し何かを訴える手段として、最も極端な形として自害という手段も描かれるが、本話に限っては「左の腕」を斬るのである。参考までに、姫にもたせかけたのは「左の足」であり腕ではない。この点に関し、典拠論として「申蒯断臂《しんけいだんぴ》」を踏まえているという指摘があるが、本話において腕を斬るに至る論理を説明するには十分ではない。左腕を斬って自身の心を示す、というモチーフに限れば、達磨の「恵可断臂《えかだんぴ》」の方がよっぽど知られていたと思われる。

### ◇『伊勢物語』第六段との比較

一方、この話は、副題に「年寄男も縁かや京住ひ　神鳴の夜業平の昔を思ふ事」とある通り、『伊勢物語』第六段（芥川の段）があからさまに重ねられている。箇条書きにすると、

①「姫」を隠し守るという状況設定。

②「昔男の女を騙し、鬼一口に、噛み殺されたしと思ひ入りたる闇の夜も、正しくこんな面影ならめ」という男の言葉にあるように、雷の夜、あばら家にいる男女という点（ただし、『伊勢』では男がいたのは「戸口」）。

③本話の娘をめぐる展開が、原話における「二条の后」の「ただにおはしける時」との状況設定を踏まえている点。

などの諸点に認められるが、両者の重なりはこれらにとどまるのだろうか。

芥川の段はよく知られているように、『伊勢物語』の中ではやや変則的な構成となっている。女が鬼一口に消え、「白玉か…」の歌が記された後、いわば種明かしのような一節が付されている。すなわち、事の顛末は、藤原基経・国経が「いみじう泣く人あるを聞きつけて、とどめてとりかへし」たことを「かく鬼とはいふなりけり」と、鬼の種明かしがなされるのである。周知のように、西鶴は既に貞享三年（一六八六）刊『好色五人女』巻四で、お七と吉三郎が結ばれる場面として「又雨のあがり神鳴あらけなくひびきしに、「是は本にこはや」と、吉三郎にしがみ付けるにぞ、をのづからわりなき情ふかく」と、「表向きは夫婦の中垣」とほぼ同じ趣向を用いている。ただし『五人女』では、明くる朝、母がお七を引き連れていってしまい、「おもへばむかし男の鬼一口の雨の夜のここちして、吉三郎あきれ果てかなしかりき」という一節まで描かれ、母が「鬼」に見立てられているからこそ、芥川の段を二重化したことが十全に活かされるのである。芥川の段を踏まえる以上、雷の夜のみでは不十分で、女性の消失もしくは「鬼」の正体が示されない限り消化不良となってしまう。

◇「鬼」は誰か

本話の場合、雷の夜の女性の消失はない。とすれば鬼の方が、何らかの形で示唆されてはいないだろうか。そう考えると、先の「左の腕」の意味が生きてくると思われる。鬼と腕斬り（さらに京）と来て真っ先に連想が働くのは、渡辺綱と鬼伝説であろう。このモチーフは、西鶴が『武道伝来記』巻三の二「按摩とらする化物屋敷」、『西鶴諸国はなし』巻一の二「見せぬ所は女大工」などで繰り返し用いているが、本話では男が自らの腕を斬っている。ということは、鬼は男その人になってしまう——このやや意表を突く種明かしこそが、本話の読解に関わるのではないだろうか。

話の表面上、雷の夜に娘を連れ去る鬼は不在であった。しかし、最後に男が自らの腕を斬るという身の処し方は、ストーリーの上では高家に対し潔白を証すと同時に、鬼が彼自身であったということも暗に含意されているのではないか。すなわち、この時、男は自らの心に住み着いていた悪心＝鬼をも葬り去るというけじめをつけたわけで、これは、寸前で止まったとはいえ仮にも誤った自分自身への決着であり、また「人の知る事にはあらず」というに反してあの夜の機微を知る、読者にのみは分かる仕掛けとなっている。

本話は読みようによっては、老いた男の、侍であると同時にただの男であることの葛藤が、身も蓋もない現実として滑稽なくらいに暴き出されているわけだが、このアンビバレンツな感情を最後の一場面に焦点化した点に、古典を踏まえた表現の面白さがあると思われる。加えて末尾で、雲上に仕えることになった姫が「月の都の只中に住み給ひぬ」と描写されているが、この表現は、娘と男とを、かぐや姫と翁とに見立てながらも、二人の別れをめでたいものとして、『竹取物語』の逆を行く展開を企図したものかもしれない。（木越）

# 六の三　後《のち》にぞ知るる恋の闇討《やみうち》

「何事も、差し当て[1]の分別《ふんべつ》は必ず後悔」、ある人の言へり。今日を明日の沙汰[2]に延《の》べ、その道理至極[3]の時、是非を正す[4]を、まことの武士といへり。それも事によるべし。

その頃、加賀《かが》の国、大正寺《だいしやうじ》[5]の城主山口玄蕃頭《やまぐちげんばのかみ》[6]家来に、千塚《ちづか》藤五郎《とうごらう》といへる男、十六歳の時、父藤五左衛門《とうござゑもん》を闇討《やみうち》に遭ひて、その時分いろいろ御詮索《せんさく》あそばしけるに、相手知れ難く、[7]その通りにこの沙汰終はつて後《のち》、藤五郎に仰せ渡されしは、「随分思案をめぐらし。父を討つたる者相知《あひし》

1　当座の。巻六の一の読みの手引き参照。
2　決済のための判断。
3　筋がよく通った解決法や思考が思いついた時。
4　物事の良しあしを決める。
5　現石川県加賀市の中心部。
6　山口宗永（一五四五―一六〇〇）。秀吉に仕え、小早川秀秋の付家老となるが、秀秋の越前移封に伴い、大聖寺城主として独立。関ケ原では西軍に属し、前田利長を相手に奮戦するが、敗れて自害した。
7　そのまま捜査は打ち切りとなった。

るる節《せつ》、この本望[8]を達すべし。汝《なんぢ》が身にしても是非[9]なき仕合せなり。少しも引け[10]たる所なし。敵《かたき》住居見定め次第に、暇《いとま》[11]を取らすべし。先《ま》づそれまでは、藤五左衛門名跡《みやうせき》[12]相違なく、大番組《おほばんぐみ》[13]に入りて相勤《あひつと》め申せ」との上意、有難く、その通りに人も許して、若年《じやくねん》にして大役《たいやく》勤めかぬる武士にあらず、流石千塚の家を継ぐべき心ざし見えけると、各々末頼もしく思ひぬ。

程なく六、七か年過ぎて、血気盛んになつて、親討ちたる者の行方《ゆくへ》を、朝暮《てうぼ》心掛《こころがか》りに過ぎし。「これを討たでは武士の一分《いちぶん》[14]立たざる所」と、諸神に宿願《しゆくぐわん》を掛けて、この事ばかりを祈り

8 父の敵を討つ宿願。

9 何ともしようのないめぐり合わせ。

10 卑怯な。父の敵を討たなければ卑怯ということで、家督を継げない場合もあった。

11 敵討ちを行うための休暇。

12 後目。

13 主君の警護役。本来幕府旗本の職制だが、諸藩にも類似の職はあった。

14 →五十一頁注30。

て、今に定まる妻子も極めず、現《うつつ》にも夢心《ゆめごころ》にも、親の面影を見る事千度《ちたび》なり。ある時、思ひも寄らぬ事に、闇討の相手知れける。

我が母人《ははびと》相果《あひは》てられし後《のち》、父藤五左衛門いまだ[15]流年《りうねん》盛んなれば、[16]後婦《こうふ》は求めずして、美形の妾者《てかけもの》を置きて、老楽《おいらく》の寝屋《ねや》の友として、面白酒《おもしろざけ》も折節は[17]乱《らん》に及び、日頃《ひごろ》は武道の男なれども、女には弱き心ざしを見られ、いづれ[18]智愚《ちぐ》の分かちもなく、色道《しきだう》に惑はぬはなかりき。そもそもこの女は京育ちなりしが、丹波《たんば》の[19]笹山《ささやま》に縁組して、尾瀬伝七《をのせでんしち》といへる浪人と[20]語らひしに、次第に[21]尾羽《をは》打ち枯らして、渡世なり難く、この女の[22]手道具まで[23]代《しろ》なして、今は[24]了簡尽きて、むごき仕方は、[25]暇乞なしに文《ふみ》書き捨て、その身はいづくに行きしも知れずなりにき。女心に悲しく、これを歎《なげ》くにかひもなし。[26]道を立ちて独り暮らせば、[27]渇命《かつめい》に及び、[28]身を墨染《すみぞめ》になす事も、[29]一心よりおこらぬ出家も嫌《いや》なれば、[30]世渡りの頼りばかりに、又[31]奉公勤めける。

15　流れ去りゆく年の意味から転じて、年齢。16　後妻。17　酒を過ごして乱れること。『論語』郷党編「唯だ酒は量なし。乱に及ばす」をふまえたか。18　智恵のある者もない者もいずれにしても。19　現兵庫県篠山市。山口宗永在世中は城はなく、慶長十四年（一六〇九）築城。松平康重が藩主で、五万石。元和五年まで在城。後に藤井松平家を経て、西鶴の時代は形原松平家が当主。20　夫婦生活を送る。21　→二百五頁注14。22　妻の調度品は、婚礼の際妻の実家から送られるものであった。23　売り払って金に換え。24　二人で生活を立てていく考え。25　別れの挨拶もせず、書置きだけのこして。江戸時代夫婦関係の解消は公的には夫の離縁状によってのみなしえた。26　女の道を立てて行衛しれずの夫との関係を解消しない（できない）まま、独居すれば。27　飢え死に。28　出家すること。29　自分の宗教心からでない出家。30　生きていくためだけに。31　妾奉公。

伝七二度丹州《ふたたびたんしう》に帰り、女のなりゆく物語を聞きて、なほ執心止《や》む事なく、「何とぞ主人の[32]手前を出でて帰り、縁は尽きせねば、この事早く」と頼りを求め、忍びて文遣《ふみつか》はしけるに、この女見るまでもなく[33]かいやりて、年頃の恨み、殊更別れさまの難儀、思ひ出すさへ身震ひして、「[34]さりとはその男恨めしや」と、胸を痛めけるも、[35]道理に詰まれり。さるによつて、返事せざる事を恨み、「さては今勤める主人、寵愛の余り[36]外《ほか》をせきて、その身を自由させぬと見えたり」と、[37]一筋に思ひ極め、段々ありか尋ね、[38]加州《かしう》に立ち越え、思ひも寄らざる藤五左衛門《とうござゑもん》恨みて、[39]討つて退《の》きけるが、この女、[40]主人是非も浮世の別れに、その歎《なげ》き止《や》む事なく、年月の御厚恩忘れず、せめては[41]御菩提弔《ごぼだいと》はんため、都の[42]下賀茂《しもがも》に[43]柴《しば》の戸をさしこめ、[44]姿の飾りを切つて捨て、後《のち》の世を願ひしに、伝七、又ここに尋ね入りて、かく仏の形の[45]衣を汚《けが》し、[46]昔を今もつて歎く。「思ひ寄らずや」と、荒く言へるを、取つて押さへ刺し殺し、そのまま草庵出でて行く。

32　支配。
33　破り捨て。
34　なんとまあ。
35　↓百九十七頁注5。
36　他の男との関係を切らせて。
37　ひたすらに思い込んで。
38　加賀。
39　闇討ちにして逃走する。
40　主人との是非もない死別に。
41　冥福を祈るため。
42　現京都市左京区の下鴨神社の周辺。
43　豊臣秀吉が築いて洛中洛外を分かった御土居という土塁の外に位置した。
44　草庵。
45　髪を切って。
46　尼僧の衣。
帰らぬ昔に戻ろうと今だにかきくどく。

この女の弟大蔵《おとどだいざう》といへる者、前髪《まへがみ》[47]盛りの小《こ》草履取り、東山《ひがしやま》南禅寺《なんぜんじ》[48]の末寺《まつじ》に奉公[49]せしが、これを聞き付け、深く歎きぬ。しばらく思案して、「この程『浪人の伝七、ここに無理入りせし』と、姉の語られけるが、正しくこの者の仕業疑ひなし。さては藤五左衛門殿討ちけるも、伝七に極まれり。命を取る事小腕《こうで》[50]に叶はざれば、これより行きて、藤五郎《とうごろう》殿に申し合はせて、敵《かたき》を討つべし」と、加賀《かが》の国《くに》に尋ね行き、始めの子細を語り、「尾《をの》瀬《せ》伝七《でんしち》、生国《しやうごく》は播州竜野《ばんしうたちの》[51]の者なれば、必ず国元に住居定まったる事なれば、急ぎ播磨《はりま》[52]に御下向あそばし、伝七討ち取り、御本望達し給へ。その男、たとへ身に墨を塗ればとて、それがし日頃に目印あり」と、勇めければ、藤五郎《とうごろう》喜び限りもなく、「今宵《こよひ》のうちに用意して、明日は御暇願ひ、罷り下るべし。旅用意仕れ」と、ひそかに跡《あと》[53]の儀申し付くる所へ、家老中《からうじゆう》御用ありとの御使《おつかひ》、早速登城《とじやう》仕れば、備中《びちゆう》の福山《ふくやま》[54]へ御使者に仰せ付けられ、初めての役目、「有難《ありがた》き仕合せ」と、お請けを申すう

47　元服前の十四、五歳か。↓八十頁注44。

48　現京都市左京区にある臨済宗南禅寺派の大本山で、塔頭があった。

49　寺侍。寺の警護・寺務にあたる。

50　武芸の劣ること。

51　現兵庫県たつの市。山口宗永在世当時は播磨一体が池田家の所領だったが、西鶴の時代は脇坂五万石の独立した藩となっていた。

52　現兵庫県西部。後の西宮での出会いの伏線か。

53　留守中の事。

54　現岡山県総社市の福山村山頂に天正年中まで城があった。現広島県（備後国）福山市の城は、元和八年水野勝成が完成。

ちにも、敵《かたき》の事を[55]飛び立つほどに思ひ入れ深し。

「主命《しゆうめい》なれば是非もなく、先《ま》づこの度相勤《あひつと》めて、後日《ごにち》の沙汰」と、かの大蔵《だいざう》も同道して、備中に下《くだ》りしが、津《つ》の[56]国西《くにし》の宮《みや》の宿《しゆく》に着けば、所の人、立ち重なり、[57]落馬して旅人《りよじん》の危ふかりとて、「[58]気付けよ。水よ」と言ふ声騒ぎぬ。大蔵これを見て、「あれは敵の伝七なり」と、身を震はして申し上ぐる。藤五郎も「これは」と、[59]差し当たつて分別し、「主命の御用の時、たとへ無事の身なりとも、[60]討つべき所にあらず。殊更かかる難病、なほもつて」と、大蔵に[61]義理を言ひ聞かせ、所の人に妙薬《めうやく》を教へ、「この打ち身には、鹿の[62]袋角《ふくろづの》を[63]紺屋《こんや》の糊《のり》にて摺り混ぜて付くと、そのまま痛み去るもの」と、念比《ねんごろ》に病人の事をいたはり、「正気付くに[64]子細はあらじ。その時分これを見せよ」と頼み、文《ふみ》書き残し、「難病は討たずに、命を助け置く」と、右の[65]段々[66]打付《うちつけ》書《が》きに言ひ置かれける。

その後《のち》、病人[67]験気《げんき》の時、彼の文を相渡《あひわた》しければ、伝七この心

55 鳥が飛び立つように敵伝七のことが気がかりで上の空となる様子。56 現兵庫県（摂津国）西宮市。西国街道と中国街道の交差地で、戎神社の門前町。挿絵参照。57 十日戎の前日、戎さまが馬の乗って町内を回るとの伝えがあり、それを踏まえたか。58 気付け薬。59 冒頭の「さし当ての分別かならず後悔」を踏まえる。60 敵討ちは正々堂々と行われなければいけなかった。61 主人の命令を受けた役向きを果たさねばならず、瀕死の敵を討っても武家の名誉とはならない道理。62 夏新しく生え変わった皮をかぶった角。強壮剤。63 紺屋の型染の折、染めない模様の上に塗る糊。もち米やうるちに米ぬかを混ぜ煮て作る。64 間違いない。65 事情。→百十七頁注18。
66 挨拶の前文を略した手紙。
67 薬が効いて回復した折。

底を感じ、「まことある武《ぶ》は格別なり。世界に長らへて詮《せん》なし。もと某《それがし》が悪心」身に覚えて、加賀に立ち越へ、「その身の悪事、西の宮の首尾[68]さりとは有難し。それゆゑ御親父様《ごしんぷさま》を討つたる所に罷《まか》りて、自害仕るなり。止《とど》めをさして給はれ」と、心中の通り、[69]札に書き記して、[70]思ひ切りたる最期《さいご》。「藤五郎が討たざるは、討つにまさりし武道」と、[71]理《り》を責めて、「[72]天晴神妙《あっぱれしんめう》なる[73]心入れ」と、国中《こくちゅう》に是を誉めける。

68 なんとも。
69 江戸時代、京阪の劇場で渡す通行券の木札。伝七の心中を率直に記した手紙は、藤五郎の心にも通じての意。この手紙が証拠となり、父の仇討ちが証拠立てられ、評判を呼ぶことになる。
70 伝七の願い通り、闇討ちの現場で自害し、藤五郎が介錯した。
71 道理にかなった言い方をして。
72 感心な。 73 心がけ。

## 読みの手引き

### ◇一人よがりな恋の結末

関ケ原軍記の始発『慶長軍記』巻五「北国合戦附諸葛孔明事」によれば、山口宗永は、東軍方で数倍の前田勢を相手に奮戦して自害した勇敢な大名として伝えられる。千塚藤五左衛門が闇討ちにあっても、息子の藤五郎には卑怯な落ち度はないと扶持をとり上げない、善なる殿のイメージが付与されるのも、このあたりが根拠になっていたか。藤五郎は藤五郎で、それに甘えることなく、明け暮れ父の敵を討たなくては武士の名誉にかかわると、諸神に祈願する。ただの祈願ではない。二十三、四の血気盛んな年齢にもかかわらず、結婚もせず、夢にも親の面影を見ることたびたびであった。この一念に神々も答えたという解釈は、現代では説得力がないが、西鶴の時代は、まだ神仏の力は大きかったと考えておくべきである。少なくとも小説世界の前提となる論理と世界観がそこにはあったろう。それは、物語後半の山場、西宮神社での敵との邂逅の場面で明らかになる。

さて、西鶴の筆は、藤五郎に先回りして、闇討ちの事情を明かす。妻に先立たれた藤五左衛門は、日ごろは武道を心がける男ながら、実は妾を囲って、酒色に乱れることもあった。女は、丹波篠山に住む浪人尾瀬伝七の妻だったが、生活に困って、妻の道具も売り払い、別れの挨拶もなく書置きばかり残して去ってしまっていた。筋から言えば、伝七は妻に離縁状を与えて、法的にも自由の身にしてやるべきだったが、自分勝手なこの男にそれは求むべくもない。女は、尼になることもいやで、生きていくために藤五左衛門に妾奉公したのであった。

ところが、伝七は、丹波に帰ると妾奉公に出た女のことが忘れられず、元の鞘に戻るよう手紙を寄こす。女は中身も読まずこれを破り捨て、伝七のむごい仕打ちを思い出して恨みを募らせるばかりであった。地の文にあるように、道理は女の方にある。しかし、理性で割り切れぬのが表題にもある「恋の闇」で、女はまだ自分を忘れずにいるが、主人の藤五左衛門が手放さないのであろう、と伝七は勝手に思い込み、これを闇討ちにしたのであった。このあたり、色の話になると西鶴の筆は冴える。

女は藤五左衛門の情けが忘れられず、京都下鴨で尼となって主人の菩提を弔うが、伝七はここを尋ねあて、復縁をかき口説いて拒絶されるや、女も刺し殺し、そのまま逃走した。勝手な男の恋は、勝手な思いをぶつけるだけの結末となってしまった。これも「恋の闇」である。伝七はまだ自分が間違ったとは自覚しきっていない。

女の弟の口から、闇討ちの犯人の正体が藤五郎に知らされてから、読者はどうやって敵討ちがなされるのかに興味を移す。伝七の故郷が播州龍野であることを知って、敵討ちを願い出ようとする藤五郎だが、思わぬ殿さまの命令で備前福山へ出張となる。しかし、龍野は経路に近い。肝心の大蔵も同道する。いきおい、読者の期待は高まる。こうして西宮社頭での落馬騒ぎの中、伝七と運命の出会いとなる。特に戎と馬の縁を知る、大坂・京都の読者は、いよいよ本望を遂げるのかと思ったことだろう。しかし、藤五郎は咄嗟の判断で、出張中の身でもあり、敵伝七が瀕死の状態では、と敵討ちをあきらめる。読者は本話冒頭の、咄嗟の判断はえてして後悔するものだが、それも時による、という持って回った言葉を思い出し、この咄嗟の判断の当否を測りかね、宙づりとなる。藤五郎の判断は正しい、しかし、それではみすみす伝七を取り逃がしてしまうではないか、と。

ところが、この決断の事情を率直に書き知らせた、藤五郎の手紙を読んだ伝七は、「恋の闇」から目を覚ます。正々堂々とした藤五郎の、武士の鑑たる心根に、我を取り戻すのである。それに比べて、恋ゆえに卑怯な闇討ちをした自分の情けなさ、そのような藤五郎の父藤五左衛門が、「恋の闇」から女をかくまったのではないことにも思い至ったであろう。闇討ちの現場に名乗り出て、自害し、藤五郎に介錯されることで、伝七は最後に武士の名誉を辛うじて保ったとも言える。しかし、「恋」の観点から見れば、伝七は女を殺して生きがいもなくなっていたのではないかとも推測できる。殺すほどに女を自分のものにしたかったのであるから、女を殺した時点で己れも死ぬべきであった。伝七が果し合いに及ばす、自害とその介錯を願い出たのは、藤五郎の武士としての真心に照らされた、死に時を誤った己の恋の始末のつけようだったと読めはしないか。表題にある「後にぞしるる」とは、闇討ちの事情と共に、「恋の闇」に迷った伝七の心だったのである。

武家の義理を鏡として、むしろ恋に迷った哀れな男の心が浮かびあがるところに、謎解きや筋の展開だけで読ませるのではない、西鶴の弱い心の人間へのまなざしが読者の心に響いてくる一編である。

（井上）

## 六の四　形《すがた》の花とは前髪《まへがみ》の時

人も一盛りは花。[1]木村長門守《きむらながとのかみ》召《め》し使《つか》ひに松尾小膳《まつをこぜん》とて、[2]形を奉公の種として、衆道《しゆだう》時めく十六歳よりこの家に勤めける。生国《しやうこく》は[3]石州浜田《せきしうはまだ》にて、杉山市左衛門《すぎやまいちざゑもん》といへる人と、[4]念友《ねんいう》の語らひをなしけるが、[5]出世なれば、別れを惜しき恋路を見送りて、市左衛門勧めて上方《かみがた》に上《のぼ》しける。その心ざし頼もし。[6]山海万里《さんかいばんり》は隔てつれども、文《ふみ》にて契りを込めて、朝夕《てうせき》その人の事を忘れずして、[7]独りは目も合はず、過ぎにし戯《たはぶ》れ枕ゆかしき。

　折節、鴫野《しぎの》宇《う》右衛《ゑ》門《もん》といへる侍、執心

1　木村重成（?―一六一五）慶長十九年（一六一四）大坂冬の陣に籠城し、豊臣方の将となった。翌元和元年（一六一五）大坂の夏の陣において、五月六日城外若江で井伊直孝の軍勢に敗北し、討死した。

2　外見上の美形を奉公の手立てとした。

3　現在の島根県浜田市。近世初頭は、毛利氏の支配下に入ったが、関ヶ原の戦いにより毛利氏が減封され、一時幕府領となった。元和五年（一六一九）伊勢松を掛けて状付けられしに、「情け心離れて存ずる子細あつて、外《ほか》への念比《ねんごろ》思ひも寄らず。重ねてはこの儀御無用、御返事も仕るまじき」と言ひやれば、宇右衛門せきて、首尾見合はせ、小膳が部屋に尋ね入り、是非を極めて身の障《さは》りを、[8]無理に吟味をする。小膳少しも驚く気色《けしき》なく、「我思し召しての御事《おんこと》、[9]あだには聞かず。然《しか》れども、国元にて言ひ交はせし人ありて、[10]誓紙《せいし》もこれ見させ給へ。いかにしてもこの義理立てける」、そもそもの事ども、内証ともに語りて、「今よりそなた様を頼み入り、衆道のとても叶ひ難し。誠の兄弟分に思し召され、御引き回しに預りたき」と、理を尽くして申せば、宇右衛門これを聞き分け、それよりしては[11]如在《じよさい》なく、小膳[12]後見《うしろみ》を格別なる心遣ひを致せり。

　また、玉水茂兵衛《たまみずもへゑ》といふ侍、これも状を付けて歎《なげ》くうちに、宇右衛門親しく語るを見出《いだ》し、「以前より執心かくる我等《われら》事は捨て置き給ひ、後《のち》に申せし人と、御念比《ねんごろ》あそばす事、いかに

坂より古田重治が入封した。
4　男色の兄弟分の契りをかわした。
5　小膳の出世に障るといけないので。
6　遠く離れること。「うたての仰せ候ふや、山川万里を隔つれども、互に通ふ心づかひの」（謡曲「高砂」）によるか。
7　一人では目をつぶって眠ることが出来ない。
8　強いて問いただす。
9　いいかげんに。おろそかに。
10　小膳と市左衛門が兄弟分を誓い合った起請文。
11　抜け目なく。
12　後ろだてとなり、力添えをすること。

しても心外なり。何ほど言ひ訳ありても堪忍なり難し。とかふ言ふに及ばず。討ち果たすべし」と、思ひ切りて見えし時、小膳も今は了簡《れうけん》[13]なく、「さやうに仰《おほ》せらるるとても、こなたには毛頭曇りなき事なり。然《しか》れども命を惜しむにあらず。いかにもお相手になるべし。しかし小腕《こうで》[14]なれば、そなたの御太刀下[15]に罷《まか》りなるは知れたる事、跡《あと》の儀は見苦しかぬやうに頼み奉る。さて出合ひ[16]はいつ頃」と申せば、茂兵衛いよいよすすみて、「十九日の夜《よ》こそ宵闇《よひやみ》なれ。初夜《しよや》[17]より前に玉造《たまつくり》[18]の芝原《しばはら》に参り合ひ、死出《しで》の旅路の二人連れ。浮世の月を見るも一日二日《ひとへふつか》なれば、身の取り置き心静かにあそばせ」と、互ひに礼儀を述べて立ち別れぬ。

　程なく約束せし十九日の夜《よ》に入りて、小膳人をも連れず身ごしらへして、申し合はせし野辺《のべ》に行きて、しばし相待《あひま》ちぬれど、人影も見えねば、すぐに茂兵衛長屋《ながや》[19]に行きて、「この詮議《せんぎ》せん」と忍び忍びに行きけるに、跡《あと》に人の足音すれば、竹垣に身添へ、

13　聞きわけがない。
14　→二百三十六頁注50。
15　斬り伏せられること。
16　果し合い。
17　午後八時〜九時頃。
18　現在の大阪市東区東部から天王寺区にかけての広い地域を指す。

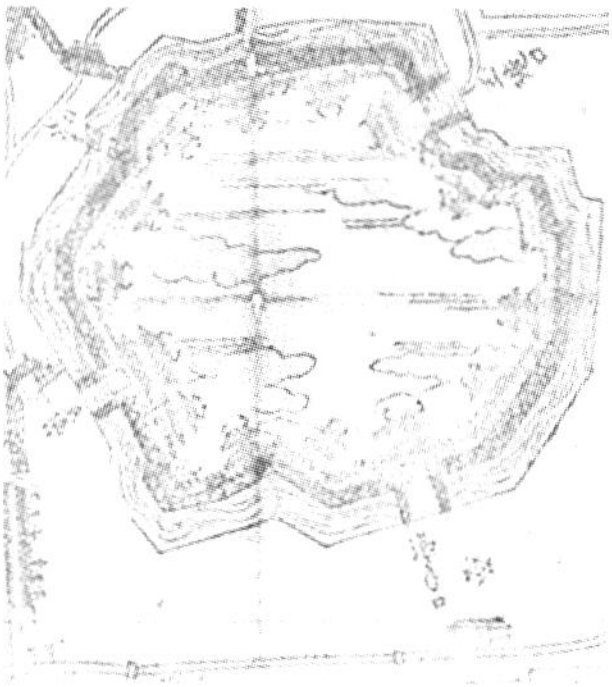
図版右上、大坂城玉造口

19 下級武士や中間が住まいとした長い一棟の建物をいくつにも区切って、一区切りごとに一戸とした住宅。
20 →五十一頁注30。
21 背後から、応援、加勢すること。
22 頼りとなる後ろ盾がある。

「ここを大事」と隠れける。その人を「誰ぞ」と思へば、念比《ねんごろ》せし宇右衛門なるが、目の早き侍にて小膳と見付け、そのまま立ち寄り、「これは何とも合点参らず。只一人忍び給ふは、茂兵衛に情け語らひと見えたり。さもあれば、この男なかなか一《いち》[20]分《ぶん》立ち難し。その上は、茂兵衛・そなた、両人を相手なり」と、少し腹立《ふくりふ》道理なり。小膳騒ぐ風情なく、「これは入り組みし子細あり」と、始めの段々語れば、「いよいよ恨み有り。念比とはかかる時の事なり。『[21]後詰《うしろづ》めにはこの宇右衛門、頼もしき山[22]あり』と思し召し、茂兵衛討ち給へ」と、小膳力を添へて、屋形に案内させて、門に立ち聞きすれば、茂兵衛分別《ふんべつ》変はりて、「いまだ書置《かきおき》に取り紛れ、延引《えんいん》申すなり。ここにまた相談あり。宇右衛門と御念比あそばさねば、この方《はう》に何の恨みもなし。それに討ち果たし所にもあらず。この方には少しも申し分ない」と言ふ。「こなたに『言ひ分なき』と仰《おほ》せらるる上は、この方もその通り」と、何の詮《せん》もなき茂兵衛が仕方なり。

それより宇右衛門と大笑ひして立ち帰り、なほ頼もしき侍、外《ほか》より思ふには格別、義理一遍《ぺん》の語らひ、小膳が[23]姿の若松、千《ち》歳《とせ》の春を重ね、末々武《ぶ》の家栄え、太刀抜かずして[24]治まる時津《ときつ》国久しき。

23　小膳が樹齢の若い松のように末永い将来が約束されている。
24　四時にわたり、順調によく治まった国。「四海波静かにて国も治まる時つ風、枝も鳴らさぬみ代なれや」（謡曲「高砂」）を踏まえた祝言。

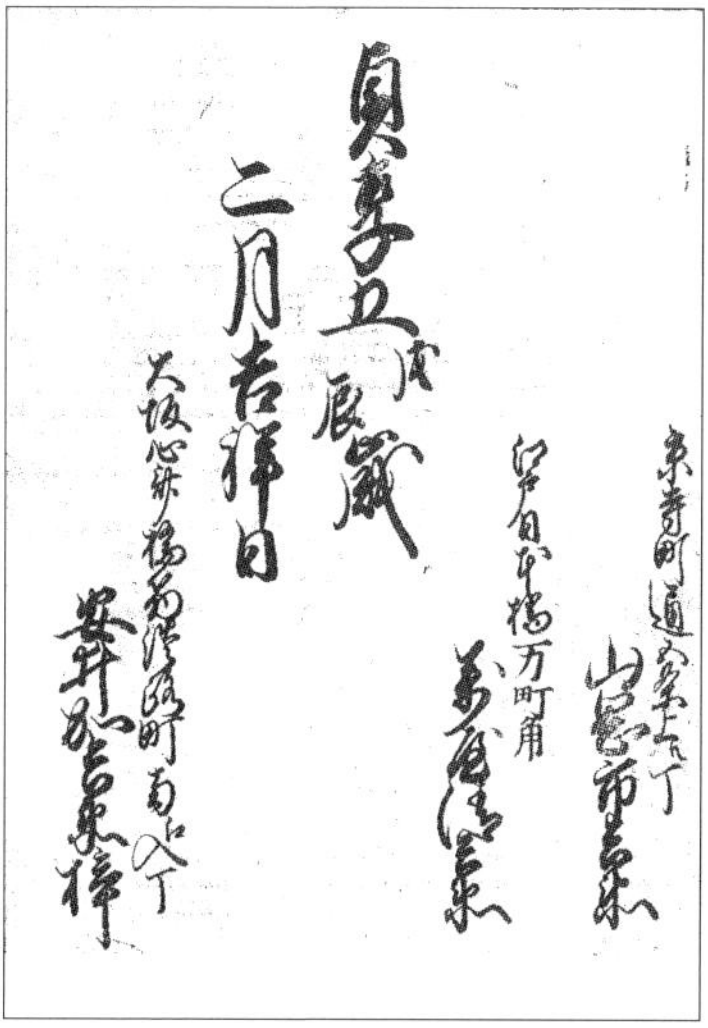
京寺町通五条上ル町　山岡市兵衛
江戸日本橋万町角　万屋清兵衛
貞享五戊辰歳
二月吉祥日
大坂心斎橋筋順慶町角　安井加兵衛板

京寺町通五条上ル丁
山岡市兵衛
江戸日本橋万町角
万屋《よろづや》清兵衛
貞享《じやうきやう》五戊辰歳
二月吉祥日
大坂心斎橋淡路町南江入丁
安井加兵衛梓《し》

## 読みの手引き

◇最終話は、いかにして〈祝言〉に導かれたか？

江戸時代の草子類は、一般に祝言《しゅうげん》で幕を閉じる不文律がある。ただし、最終話を悲話に仕立てたために処罰されたり、業界から追放された作者の記録は寡聞にしてその例を知らない。とにかく、江戸時代の草子類作者にとってそれは破るべからざる規制《コード》であった。したがって、本話の結末が松尾小膳をめぐるいざこざに解決を見て、「末々武の家栄え、太刀抜かずして治まる時津国久しき」の祝言で閉じたのは、当代のルールに従ったまでのことだった。

たとえば、西鶴『本朝二十不孝』（貞享三年・一六八六　十一月刊）は、親不孝者が登場する二十話で構成された浮世草子作品である。その最終話「古き都を立ち出《いで》て雨」（巻五の四）もその例に漏れず、無類の喧嘩好きがたたって、奈良で刀屋を営んでいた実家から追放される徳三郎が主人公である。追放後放浪を余儀なくされる主人公の境遇からは、到底幸せな結末を想像できない。ところが、そんな徳三郎にすら江戸日本橋のほとりに立派な角屋敷を構え、「永代、松の枝を鳴らさず、この御時、江戸に安住して、なほ、悦びを重ねける」との祝言が用意されている。そのからくりは、次の通りである。放浪の末江戸に到着した徳三郎は、芝の土器《かわらけ》町（現在の港区麻布台付近）で、生活に困窮した虎之助と浪人の父母に出会う。実は養父母だったこの両親は死んでしまい、徳三郎は残された虎之助の世話を焼いたところ、実の父親である信濃の立派な武士が現われ、礼金として金子百両を与えた。その結果が、先の祝言だったのである。

このように、最終話が祝言でしめくくられる約束事は、作者の常識であり、また読者にとっても常識であったと考えられる。その説明は今回は割愛するが、祝言が予想されるストーリーより、それを予想させない危機的状況をいかに逆転させるか、その落差こそが作者の腕の見せ所であった。

では、本話における危機的状況を整理しておこう。

石見国浜田出身で、美貌から木村長門守に召し使われた松尾小膳は、故郷に杉山市左衛門という念友を残しており、文通も続けていた。その小膳に鳴野宇右衛門と玉水茂兵衛が付け文を送って口説く。しかも、市左衛門が念友であることを承知で、小膳の「後見」として交流していた宇右衛門と親しく語り合っていたのを目撃した茂兵衛は、小膳に執心したのは自分が先だと主張し、果し合いを申し込むに及ぶ。さらに、その晩、小膳が誤解を解くべく茂兵衛と話し合っていたところを宇右衛門に目撃されてしまい、いよいよ果し合い間際になる。いわゆる「三角関係のもつれ」を西鶴は畳みかけるような語り口で展開させる。

「衆道の友呼ぶ千鳥香炉」（巻一の三）の本欄でも解説したように、男色の世界では過去の念友関係が強い拘束力を持つ原則がある。だから、桜井五郎吉は自分の遺志を樋口村之介に託し、千鳥の香炉を持っていた六十過ぎの老人との関係維持に努めたのであった。本話でも同様に、小膳は市左衛門との念友関係を守り抜くべく、宇右衛門・茂兵衛の気持ちを尊重しつつも、それに応ずることはできないと拒否し続けたのである。さらに、小膳は茂兵衛に果たし合いを申し込まれた際、言い訳は一切せず、「こなたには毛頭曇りなき事なり。然れども命を惜しむにあらず。いかにもお相手になるべし」と、これを受け入れた。武士らしい潔さではあるが、この発言が三人の間に一触即発の状況に追い込んでしまった。

加えて、松尾小膳の主君・木村長門守は、慶長二十年（一六一五）大坂夏の陣において、井伊直孝の軍勢に囲まれ討ち死にした。その臣下たちに幸せな末路が待ち受けているわけがない。とはいえ本話は、この歴史的事実に改竄を加える目的で西鶴が設けたわけでもあるまい。そもそも、本話が何故、徳川方に敗れて死んだ木村重成周辺を設定したのか。その理由が説き明かされなければならないところだが、ふさわしい回答を準備できていないので、読者諸賢の考えにゆだねたい。ここでは、木村長門守の家臣という設定自体が祝言の阻害要件になっている点のみを確認しておこう。

話を戻して、松尾小膳をめぐる「三角関係のもつれ」は、いともあっさり解決へと導かれる。果し合いの夜を迎え、小膳は玉水茂兵衛の長屋に「詮議」をするために入った。鳴野宇右衛門は「目の早き侍」で、これを目撃し、出し抜かれたと勘違いするが、さにあらず。小膳は茂兵衛に宇右衛門とは念友ではないと事情を説明したところ、茂兵衛は納得し、果し合いの中止を呼びかける書置きを用意する最中であった。宇右衛門もまた、事情を理解し鞘を収める。小膳がわざわざ自分を斬り殺すかもしれない相手の家を訪れたのは、果し合いを避けたかったのではなく、杉山市左衛門という念友がいる事情を知らぬままそれを実行に移すのは不本意なのではないかと、伝えるためであったのだろう。こうして、一触即発の事態は一気に逆転し、先に引用した大団円に向かうのである。

ところで、本話にはもう一つの仕掛けが施されている。というのも、念友関係にある松尾小膳と杉山市左衛門は、ともに大坂・荒木与次兵衛座付の役者であった松本小膳・杉山勘左衛門の名を一文字ずつもじったと考えられるのだ。

松本小膳は女方の役者で、西鶴が『男色大鑑』（貞享四年・一六八七 正月刊）に、「松本間三郎も小膳といひし」（「別れにつらき沙室《しやも》の鶏」巻八の二）と伝えるように、間三郎と改名した。役者評判記類の記録は、改名後に集中している。中でも、『新野郎花垣』（延宝二年・一六七四刊）では、「命のあれば多くの春を過れども松本まさる花は見ざりき」の一首を添えて評判されており、あるいは「人も一盛りは花」、「形を奉公の種とし」た本話の松尾小膳の造型をなすヒントとしたのかもしれない。『武家義理物語』刊行後も、「この君濡れ事の名人」（恋雀亭四楽『古今四場居色競百人一首』元禄六年・一六九三刊）などと、華麗な立ち振る舞いが評価された役者であった。

一方、杉山勘左衛門は、延宝元―正徳元年（一六七三―一七一一）の足かけ四十年近く活躍をみた役者で、道化役ないしやつし役で評判をとった。たとえば、山の八『野郎立役舞台大鏡』（貞享四年刊）には、「道化なくては狂言はならぬもの」と記されている。

両者は、『武家義理物語』刊行時にも現役の役者であり、先述の通り、荒木与次兵衛座に所属した経歴を有する。ただし、両者が同じ演目で共演した記録は残されておらず、接点の有無についても不明である。いささか心もとない限りではあるが、当代の読者にとって、松尾小膳・杉山勘左衛門の両名を想起するのは容易であっただろうし、二人の間に何らかの恋愛沙汰があったとするならば、西鶴の仕掛けに喜んだ読者も少なくはなかっただろう。

西鶴は俳諧撰集『句箱』（延宝七年・一六七九　八月）で鶴川生重・小嶋妻之丞等の役者と接点を有したほか、『難波の皃《かほ》は伊勢の白粉《おしろい》』（天和三年・一六八三　正月か）という上方の役者評判記を書きおろすほど演劇界には精通していたので、小膳と勘左衛門の間で何らかの接触があったならば、熟知していたと推察される。（浜田）

## 参考文献

【『武家義理物語』を読むために】

《影印本》

・近世文学書誌研究会編編『近世文学資料類従』西鶴編10（一九七五年・勉誠社）

・新編西鶴全集編集委員会編『新編西鶴全集』第3巻本文篇（二〇〇三年・勉誠出版）

《翻刻本文ならびに注釈》

・潁原退蔵・暉峻康隆・野間光辰編『定本西鶴全集』第5巻（一九五九年・中央公論社）

・麻生磯次・冨士昭雄訳注『（決定版）対訳西鶴全集』8武家義理物語（一九九二年・明治書院）

・冨士昭雄・広嶋進校注・訳『新編日本古典文学全集』69井原西鶴集④（二〇〇〇年・小学館）

※『武家義理物語』校注・訳は、広嶋進が担当。

【古典武道書を読むために】

・今井正之助・加美宏・長坂成行校注『太平記秘伝理尽鈔』東洋文庫709・721・732・763

（二〇〇二年・平凡社）※続巻刊行中。
・佐藤正英校訂・訳『甲陽軍鑑』（二〇〇六年・ちくま学芸文庫）
・大道寺友山著・古川哲史校訂『武道初心集』（一九四三年・岩波文庫）
・新渡戸稲造著・矢内原忠雄訳『武士道』（一九三八年・岩波文庫）

## 【近世の武家・武家の義理を知るために】

・守随憲治「義理」（『守随憲治著作集』第4巻　一九七九年・笠間書院）
・谷口眞子『近世社会と法規範　名誉・身分・実力行使』（二〇〇五年・吉川弘文館）
・谷口眞子『武士道考―喧嘩・敵討・無礼討ち』（二〇〇七年・角川学芸出版）
・井上泰至『サムライの書斎　江戸武家文人列伝』（二〇〇八年・ぺりかん社）
・相楽亨『武士道』（二〇一〇年・講談社学術文庫）
・笠谷和比古『近世政治の源流と展開―近世武家社会研究論考―』（二〇一一年・清文堂出版）
・磯田道史『文春学藝ライブラリー　近世大名家臣団の社会構造』（二〇一三年・文藝春秋）
・井上泰至『近世刊行軍書論　教訓・娯楽・考証』（二〇一四年・笠間書院）
・笠谷和比古『武士道　侍社会の文化と倫理』（二〇一四年・ＮＴＴ出版）

【注】

＊なるべく絶版本は掲載せず、図書館や書店で入手しやすい書籍を選んだ。

＊『武家義理物語』の作品論や研究論文は、掲載しなかった。研究書・学術雑誌類に収録された論文については、国立情報学研究所のCinii Articles（http://ci.nii.ac.jp/）や国文学研究資料館のホームページ内の「国文学論文目録データベース」（http://base1.nijl.ac.jp/~rombun/）等にアクセスし、検索すること。

（浜田）

## 編著者略歴

井上泰至（いのうえ　やすし）
1961年生まれ。防衛大学校教授。
著書に『サムライの書斎』（ぺりかん社、2007年）、『近世刊行軍書論』（笠間書院、2014年）、『関ケ原はいかに語られたか』（編著、勉誠出版、2016年）など。

木越俊介（きごし　しゅんすけ）
1973年生まれ。国文学研究資料館准教授。
著書に『江戸大坂の出版流通と読本・人情本』（清文堂出版、2013年）、「主命の届かぬ場所―『武家義理物語』『新可笑記』より」（『国文論叢』51、2016年9月）、「『新斎夜語』第八話「嵯峨の隠士三光院殿を詰る」と『源氏物語』註釈」（鈴木健一編『江戸の学問と文藝世界』森話社、2018年）など。

浜田泰彦（はまだ やすひこ）
1977年生まれ。佛教大学准教授。
共著に、『西鶴諸国はなし』（三弥井書店、2009年）など。論文に、「『世間親仁形気』〈祝言〉の方法―「老を楽しむ果報親父」の『文正草子』利用をめぐって―」（『京都語文』第23号、2016年11月）、「『色里三所世帯』の再検討―「天子」を真似る外右衛門―」（『鯉城往来』第19号、2016年12月）など。

武家義理物語　三弥井古典文庫

平成30年6月5日　初版発行

定価はカバーに表示してあります。



発行者　吉田栄治
発行所　株式会社三弥井書店

〒108―0073東京都港区三田3―2―39
電話03―3452―8069
振替00190―8―21125

ISBN978-4-8382-7105-4 C0093

整版・印刷　富士リプロ